HELENA HENSCHEN

I skuggan av ett brott

Brombergs

Pocketutgåva
Första upplagan, andra tryckningen

Omslag: Pompe Hedengren/Eva Lena Johansson
Omslagsfoto: Anders Henschen
Grafisk form: Helena Henschen
Tryck: STC i Avesta AB, 2005
ISBN 91-85251-41-0

Förord

I skuggan av ett brott är en roman baserad på en verklig händelse i min mammas familj. Så långt det har varit möjligt bygger boken på uppgifter hämtade från offentliga arkiv och bibliotek, men med få undantag finns ingenting av mer personligt slag, som brev, dagböcker eller liknande, bevarat. Där dokumenterade fakta har tagit slut har jag låtit dikten ta vid och fiktionen har fått näring från samtal med personer som har egna minnen av det som hände.

Brottets skugga föll över de efterlevande, och trots att det inträffade för så länge sedan är händelsen fortfarande sårig. Därför har jag varit sparsam med namn och låtit några av bokens personer heta något annat än i verkligheten. Mina systrar Marie Henschen, Dagmar Olson och Isabella Smith har följt arbetet mycket nära. Boken är min personliga tolkning av det som inträffade, men sökandet efter vad som hände och hur det kom att påverka de efterlevande, är också deras.

Jag vill tacka Elsa Alexandersson, Lotta Dolk, Helena Friman, Jan Halldin, Kristina Henschen, Axel Heyman, Anders Isaksson, Saskia Lagerbielke, Inger Liljefors, Monica Schwartz, Tullia von Sydow, Anja Trägårdh och Birgitta Wadström som på olika sätt deltagit i bokens framväxt. Släkten von Sydows släktförening har stött mig att lyfta fram sådant som under många år varit svårt att vidröra, samt hjälpt mig med bidrag och tillgång till föreningens arkivhandlingar. Till sist, tack Lennart Ström för allt stöd under den långa arbetsprocessen.

Stockholm i maj 2004
Helena Henschen

UPPSALA DEN 7 MARS 1932.

Jur. stud. Christian Fredrik Viktor Albert von Sydow, 23 år, född 4/6 1908, cirka 178 cm lång, smärt, avlångt något pussigt ansikte, cendré med å högra sidan benat hår, gråblå ögon, ganska stor, något inåtböjd näsa med ett snett övergående ärr, ordinär mun och dito haka samt ett mindre men djupt ärr å underkäkens högra sida, iklädd troligen svart kavaj, randiga byxor, vit krage, svart slips, ljusgrå överrock och svart styv hatt.

Fru Sofie von Sydow, 23 år, född 6/3 1909, cirka 175 cm lång, smärt, askblont hår, ser mycket bra ut, iklädd mörk klänning, lång mörk kappa med persianskinn å krage och ärmar, liten svart hatt och svarta lågskor.

Begäres efterspanade och anhållna såsom misstänkta för mord.

Polismyndigheten i Stockholm

Efterlysningen nådde Uppsalapolisen klockan tio på måndagskvällen den 7 mars 1932 några timmar efter det att häradshövdingen Hjalmar von Sydow och två tjänstekvinnor hittats ihjälslagna i en våning på Norr Mälarstrand i Stockholm. Misstankarna riktades omedelbart mot sonen Fredrik von Sydow.

Fredrik och hans hustru Sofie anlände med taxi till Uppsala samma kväll klockan tjugo i åtta och bilen stannade utanför Stadshotellet. När droskägaren Erik Oskar Valdemar Nordkvist nästa dag läste om morden i tidningen och såg ett publicerat foto på paret, var han säker på att det var Fredrik von Sydow och dennes hustru som han hade kört. Han noterade att fru von Sydow i verkligheten hade sett mycket bättre ut än vad bilden i tidningen visade.

De frågade efter ett ledigt rum på Stadshotellet, men alla rum var redan bokade. Man vet att paret lämnade hotellet och ankom till restaurang Gillet vid Fyristorg i Uppsala strax före klockan åtta. Rockvaktmästaren Ernst Gustaf Norman hade känt igen makarna von Sydow och noterat tidpunkten för deras ankomst.

De var på flykt från en död till nästa död. De ville ha en frist bara, en kort stund till att leva. Innan Gillet stängde vid midnatt skulle deras resa vara fullbordad.

> Måndagen den 7 dennes klockan omkring 10.25–10.30 eftermiddagen, blev fru Sofie von Sydow berövad livet medelst ett revolverskott, som hennes make, juris studeranden Christian Fredrik Viktor Albert von Sydow avlossat mot hennes huvud, under det makarna von Sydow uppehöllo sig i vestibulen en halv trappa upp inom Hotell Uppsala Gille, här i staden, varefter mannen von Sydow omedelbart därefter och på samma plats berövade sig själv livet genom att med samma revolver skjuta ett skott mot sitt eget huvud.
>
> Uppsala Polis
> Kriminalavdelningen

Genom polisens vittnesförhör blev Sofies och Fredriks sista timmar kartlagda. Händelseförloppet upprörde, det var inte bara det faktum att Fredrik avlossade de dödande skotten invid restaurangen, utan också den provocerande rekvisitan: champagne, ostron, rosor och musikstycket som de påstods ha bett musikkapellet att spela, en sorti som på en teaterscen. Vad som var sant är oklart, händelsen omgavs av rykten och skrönor och morden blev det stora samtalsämnet, inte bara i Uppsala utan i hela landet.

Ingen kunde förklara varför Fredrik von Sydow hade tagit livet av sin far och familjens två tjänstekvinnor. Ingen visste, och ingenstans i brottsutredningen framkommer något motiv. Vad som hände inne i Fredriks huvud, och vad som utlöste ett sådant våldsamt utbrott den där måndagseftermiddagen i mars, är okänt. Sjuttio år har gått och dådet är i dag lika gåtfullt som då. I den efterlevande familjen är händelsen onämnbar. Den är hemlig och förbjuden att vidröra. Händelsen finns inte och har aldrig ägt rum. Kanske är det just därför som dess existens är så påtaglig.

DE VAR SÅ UNGA, bara tjugotre år. Dagen före morden hade de firat Sofies födelsedag tillsammans med några vänner på Skarpö i Stockholms skärgård och Sofie hade sagt att det var första gången som hon diskade en disk. Hennes händer var oförstörda som på ett barn och Fredriks haka fortfarande nästan fjunig.

I mars 1932 hade tidningarna svarta rubriker, nästan som krigsrubriker. Morden blev förstasidesstoff i alla svenska dagstidningar under en vecka fram till den 13 mars då landet skakades av ännu en skandal, nämligen nyheten att finansmannen Ivar Kreuger hittats skjuten i Paris. De två händelserna hade inget samband med varandra utom just detta att de sammanföll i tid. De sönderbläddrade tidningsläggen är sedan länge ersatta med mikrofilm och även dessa hör till de mest tummade och repiga i Kungl. bibliotekets tidskriftsarkiv.

Morden på Hjalmar von Sydow och de två tjänstekvinnorna, kokerskan Karolina Herou och husan Ebba Hamn innehöll alla de ingredienser som en riktigt stor skandal ska innehålla; kända personer, ung bråd död och gastkramande detaljer. Morden fortsätter att fascinera och dyker då och då upp i tidningarna som några av de mest uppmärksammade i Sverige. Vid millennieskiftet nämndes de som en av årtusendets societetsskandaler, år 2001 togs de upp bland de illgärningar som drabbat Stockholm alltsedan 1300-talet: Käpplingemorden, Gustav III, Olof Palme ... samt de sydowska morden. Brottet blev teaterpjäs och tevefilm och fick en egen monter i polismuseet med berättelsen utlagd på internet.

Fredriks far, häradshövdingen Hjalmar von Sydow, var polischef i Stockholm vid sekelskiftet 1900, riksdagsman i första kammaren, men framför allt chef för Svenska Arbetsgivareföreningen från bildandet 1907 och fram till sin död. Han var en central gestalt i svensk arbetsmarknadspolitik under 1900-talets första kvartssekel och mest känd för allmänheten blev han som den hårdföre arbetsgivargeneralen under Sveriges största arbetsmarknadskonflikt, storstrejken 1909.

De sydowska morden begicks i en familj som till synes hade allt. Man bodde i en åttarumsvåning på Norr Mälarstrand med utsikt över Riddarfjärden. Hustrun hade varit sjuklig och gått bort flera år före brottet, men en trotjänarinna skötte hushållet med hjälp av en kokerska och en husa. I familjen fanns fyra barn, först två flickor, sedan Fredrik och så sladdbarnet, en flicka. De ansågs alla ha gott läshuvud, inte minst Fredrik som tog studenten med höga betyg. Somrarna tillbringades i Velamsund med stan på lagom avstånd. Sommarbo, som huset kallades, var en av skärgårdens ståtligaste grosshandlarvillor. Trädgården var anlagd som en engelsk park med konstgjord grotta, parkbänkar, vita trädgårdsskulpturer och utkikstorn med tub. Trädgårdsmästare krattade, ansade och klippte och blomsterfång bars in och ordnades i vackra vaser. I vagnslidret stod droskan och i stallbyggnaden bodde kusken, beredd att hämta gäster från stan om de inte kom med ångbåt.

Här firades familjetilldragelser då släktingar och prominenta gäster bjöds ut till fest bland blomsterurnor i skuggande grönska. Det var födelsedagar, bröllop eller dopkalas då den yngsta dottern firades som om barnet inte bara var den gamle hövdingens prinsessa, utan också hela det svenska näringslivets. Häradshövdingen och hans hustru umgicks i de högsta svenska näringslivs- och politikerkretsarna.

Vid stranden en bit bort från Sydows fanns en annan villa, inte lika storslagen, men ändå imponerande med rosafärgade grusgångar, tennisbana och ett särskilt annex för tjänstestaben. Här tillbringade Sofies familj somrarna, när man inte befann sig i Sandhamn vid havsbandet. Fadern och de fyra barnen kappseglade och under regattorna flyttade hela familjen dit ut. När seglingssäsongen var över återvände man till Velamsund eller till tolvrumsvåningen vid Strandvägen i Stockholm.

Barnen i de båda familjerna lekte och umgicks. Jungfrur passade upp dem, privatchaufförer hämtade och lämnade dem och gastar riggade deras båtar. Familjerna förskansade sig bakom rikedom, och det hemliga innanmätet blottades aldrig för utomstående.

Fredrik och Sofie hade alltså bott grannar och lärt känna varandra redan som unga. Deras pappor var båda framgångsrika och högt uppsatta personer, Fredriks i Svenska Arbetsgivareföreningen och Sofies far Alrik, som byggde upp sitt sjöförsäkringsbolag Hansa till det som senare blev Trygg-Hansa. De båda fäderna styrde sina familjer med samma maktspråk som de tillämpade i styrelserum och chefsstolar. I dåtidens patriarkala familjestruktur ansvarade mannen för alla åtaganden utanför familjen medan det ankom på kvinnan att styra över sitt revir, barnen och hemmet med tjänstefolk. Men varken Fredriks eller Sofies mödrar förmådde göra detta. Fredriks mor tillbringade långa perioder på sjukhem och Sofies mamma lämnade hemmet när Sofie var tolv år. Papporna var sällan hemma och deras försök att fjärrstyra hem och barn var säkert dömt att misslyckas. I vilket fall kunde de inte ersätta de frånvarande mödrarna, och när barnen kom i tonåren blev det allt tydligare. Fredrik och Sofie gjorde vad många andra ungdomar förmodligen skulle ha gjort om de haft möjlighet. De reste ut till de tomma villorna när sommarsäsongen var över, tullade ur spritförråden och ordnade föräldrafria fester. Vin och sprit var begärliga och svåråtkomliga varor under motbokstiden, men både Fredriks och Sofies pappor hade tilldelats extraransoner. Rykten spreds om de vilda festerna i Velamsund, men nådde säkert inte patriarkernas öron. Vem skulle ha vågat berätta någonting sådant? Knappast tjänstefolket, för det skulle bara drabba dem själva eftersom ansvaret för barnen hade anförtrotts dem. Knappast grannarna som under vinterhalvåret utgjordes av bosatta fiskare och lantarbetare. För dem var livet i de stora grosshandlarvillorna lika avskilt som om det pågick på en annan planet.

Fadermord intar en särställning i litteratur och myter. Fadermord, modermord, brodermord ... det är Hamlet och Macbeth, Bröderna Karamazov och Orestes, som jagas från land till land med brinnande facklor. Det är Oidipus som sliter ut sina egna ögon när det uppenbaras att han har dödat sin far och gift sig med sin egen mor. Oidipus har brutit mot två tabun, incest och fadermord. Att han är utan skuld förringar inte gärningen, tvärtom tar den ut sin hämnd och förgör honom.

En känsla av skuld och skam. Ett gissel för den som är oskyldigt drabbad. Den skyldige kan betala sitt brott och göra sig fri, men inte den som ingen skuld har, för han har ingenting att sona.

Fredrik och Sofie efterlämnade en treårig dotter. Det lilla barnet samt Fredriks yngre syster, som upptäckte vad som hänt i våningen på Norr Mälarstrand, fick bära på en känsla av skuld och skam genom hela livet. Vem får längta efter en sådan far, vem kan tillåtas sörja en mördare? De bemöttes som smittade med någonting onämnbart som ingen förmådde vidröra. Omvärlden vände sig bort, det fanns ingen tröst att ge och ingenting att tillägga. Mamma har farit till Paris, sa man undvikande till treåringen som upphörde att tala och väntade ensam i sitt rum dit jungfrurna bar in maten. Den femtonåriga systerns upplevelser efter händelsen var likartade, kanske svårare. I ett slag hade allt utplånats som varit hennes barndom. De vuxna som stod henne nära var mördade. Hemmet upplöstes, det av pengarna som inte hade förlorats i Kreugerkraschen gick till skulder och själv kallades hon till vittnesförhör. En grannfamilj förbarmade sig över henne och hon fick bo hos dem fram till studenten.

Hjalmar von Sydow var min morfar, Fredrik min morbror och hans då femtonåriga lillasyster, min mamma. Brottet är inte längre det nervkittlande samtalsämne som det en gång var, och bland de efterlämnade släktingarna finns det bara några få som har egna minnen av vad som hände. Men hos mig har de obesvarade frågorna ständigt varit aktuella. Vad hade hänt i min mammas familj som ledde till en sådan katastrof? Under hela mitt vuxna liv har jag funderat över händelsen, periodvis vaknat av den på morgnarna eller låtit den olösta gåtan flyta in i sömnen, men det har också funnits tider då den glidit undan och förlorat i betydelse. Under min uppväxt återkom ofta samma dröm. Någon krossar en glödlampa och häller glasskärvorna i mitt öra. Som barn uppfattade jag drömmen som obegriplig trots att en enkel tolkning är uppenbar; någonting smärtsamt hade uppenbarats, något som öronen inte förmådde höra.

Brottet kom att kasta skuggor långt fram i tiden. Att tala om morden var uteslutet och gick det inte att undvika sa man Händelsen, men med så låg röst att det knappast hördes. Det var som med djävulen som kallades Den grå eller Den onde. Att ta ordet djävulen i sin mun stigmatiserade. Man riskerade att själv bli en djävul.

Om ett brott blir föremål för rättegång, gärningsmannen döms och avtjänar sitt straff, blir det kanske en renande och klargörande process där fallet sedan kan läggas åt sidan. Men så blev det inte med detta brott. Det fick aldrig något avslut och de frågor som de anhöriga bar på förblev obesvarade. Fredrik och Sofie omnämndes aldrig i familjen, än mindre ställdes frågorna. Vad fick Fredrik att göra sig skyldig till detta illdåd? Valde verkligen Sofie, en ung vacker kvinna och mamma till ett litet barn, att självmant följa honom in i döden? I verkligheten är det bara ett fåtal frågor som har ett enkelt svar. Man letar efter motiven och vill så gärna veta sanningen men den får man aldrig veta. Jag söker ändå en förklaring och reser till min mamma i Köpenhamn.

OKTOBER 1991. Mamma sitter mitt emot mig i den blårutiga fåtöljen bredvid björksoffan. På bordet bredvid står en tebricka. Earl Grey förstås, mjölk i den svarta lilla Wedgwoodkannan, engelska kex, pomeransmarmelad i gråvit stiltonkruka. Hon har nyss kommit hem från sjukhuset. Operationen lyckades inte, prognosen är dålig och både jag och mamma vet att hennes tid är utmätt. Vi vet att det som måste sägas, ska framföras nu under mitt korta besök i Köpenhamn. Men vi säger ingenting, vi sitter tysta och smuttar på teet. Gatusorl från Ströget tränger in genom fönstret som står på glänt. Ljuset är påfallande starkt i rummet trots att det är gråmulet ute. Mamma har inga gardiner eftersom hon tycker om det vita ljuset. Det gör hennes bleka ansikte ännu blekare och hon liknar en ängel, tänker jag, med det nytvättade håret silverskimrande. Också klänningen är ljus. Hon bär en skär bomullsklänning som min syster har köpt på Twilfit i Stockholm. Mamma har just provat den och konstaterat att den är lite för stor. Det gör ingenting, fållen kan sys upp och hon ska se till att gå upp en smula, säger hon. En svag doft av parfym omger henne, Mitsouko, samma doft som hon alltid haft och samma som jag också brukar använda.

Vi talar om hennes barndom. Om modern som dog tidigt

och om storasystern som gav henne så mycket kärlek, om pappan i vars knä hon brukade krypa upp för att höra sagor, om bästa vännen i våningen ovanpå och grottorna de byggde i tegelupplagen på Norr Mälarstrand, om pojkvännen som höll hennes fräkniga ansikte mellan sina händer och sa, att ett ansikte utan fräknar är som en natthimmel utan stjärnor. Det är en lycklig barndom som mamma målar upp. En uppväxt helt utan mörka fläckar.

Vad hände den där dagen? Jag ställer frågan som jag alltid burit på men aldrig vågat uttala. Jag måste få veta och det är kanske sista gången jag besöker henne. Att frågan är tabubelagd är jag klar över, men min önskan om att hon själv ska berätta väger tyngre. Jag ångrar mig omedelbart. Mammas blick försvinner långt bort och ögonen slocknar.

Jag känner igen den blicken, jag blir plötsligt barnet som försöker pillra upp låset till lådan i björkbordet. Mamma kommer in i rummet och ser vad jag gör, tvärstannar och pressar fram ett nej. Rummet gör en volt, jag tappar andan, vad händer, vad är det som händer, vad finns det i lådan ... (långt senare får jag veta att där ligger brev från Fredrik). Sådana minnen sköljer över mig i samma sekund som jag ställer den förbjudna frågan, ögonblicksbilder av en skräckslagen mamma som plötsligt upphör att se och tala. Det är minnen som gömmer hemligheter som inte får röjas och inte går att förstå. Det lilla barnet tror att det är hon som åsamkat mamman skräck och stumhet. Så införlivar också barnet, som är jag, mammans trauma och skyddar sin mamma, och ställer aldrig de svåra frågorna.

Nu, för första gången, har jag ställt en smärtsam fråga. Mamma svarar inte och talar inte. Hon är inte längre närvarande. Jag sitter mitt emot och lyssnar efter ord som inte kommer. Golvuret bredvid dörren till salen slår nya slag för varje kvart.

Mammas ögon är ovanligt mörkt blå, men de ser inte och har förlorat all kontakt. Jag reser mig och försöker ta om henne, men hon märker det inte.

Men sedan då, vad hände sedan, efteråt, säger jag i ett försök att bryta hennes paralysering. Till sist kommer en lösryckt mening.

I kväll får ni röka hur mycket ni vill, sa de. Du förstår, vi smygrökte ibland.

Sedan säger hon inte mer. Jag funderar över ordens innebörd och tror inte att hon har valt denna enda mening utan skäl. Hon vill berätta om en medkänsla hon mötte om än så tafatt uttryckt, om någonting vardagligt, något som innehöll normala proportioner och som kunde gå att uppfatta som tröst. Det slår mig att just det här är karaktäristiskt för mamma. Hon hakar sig fast vid det ljusa hur obetydligt det än är. Det är hennes sätt att överleva.

Mamma dog en kort tid efteråt. Hon kunde aldrig tala om morden som hennes bror gjort sig skyldig till, än mindre ge någon ledtråd till varför.

TULLIA VON SYDOW och mamma träffades på några av den sydowska släktföreningens möten och fann varandra bland alla äldre damer och herrar; två unga flickor som hade det gemensamt att de nyligen förlorat sina pappor. Annars var de inte särskilt nära släkt eftersom de tillhörde två olika grenar av familjen, men deras fäder hade bildat släktföreningen och kanske var det därför som de var där. Jag kontaktar Tullia, nu åttiotre år, och vi ses i riksdagens lunchservering.

På något obegripligt sätt tycktes din mamma klara av allt det svåra som hon hade gått igenom, berättar Tullia. Hade en sådan familjetragedi hänt i dag hade hon fått träffa psykologer och kristerapeuter och fått all möjlig hjälp för att kunna hantera det som hänt, men sådant fanns ju inte på 1930-talet. Tullia talar om den osynliga muren som växte runt mamma. Kom hon in i ett rum vek folk undan med blicken, låtsades inte se henne och gick inte fram till henne. Människor visste bara inte hur de skulle bete sig, vad de än sa skulle det låta tafatt och ihåligt och ingen ville riskera att göra ont värre.

Sedan fanns det också en annan typ av reaktion, fortsätter Tullia. Det var hyenorna, de nyfikna som sänkte rösten och frågade: Är du släkt med, eller känner du möjligen till ...? Det blev svårt att heta von Sydow och det var ju många personer som hette det. Det hände att det stod *Fadermördare* på dörrposten när man kom hem, och ända till i slutet på 1970-talet kunde man mötas av reaktioner. Rullgardinen drogs ner i alla hem där man hette von Sydow. Tidningar gömdes undan för barnen, ingen pratade om vad som hade hänt men alla visste ändå. En hel släkt drabbades.

En osynlig mur som växte runt min mamma. Tullia sätter ord på någonting som jag inte kunnat identifiera. När vi sitter och talar med varandra över dagens rätt, blir jag varse innebörden av min mammas lidande och hur det kom att påverka också mitt och mina syskons liv. Hennes allra starkaste drivkraft bestod nog i att få upprättelse, att bli sedd som den duktiga och rättrådiga person som hon ju var och bli kvitt den skamstämpel som hon oförskyllt hade fått på sig.

Jag vet inte om min mamma någonsin erfor en känsla av inre upprättelse. Hade jag kunnat fråga henne, skulle hon ha sagt att hennes fem döttrar var den största upprättelsen. Hon skulle ha svarat med en kringgående rörelse som likväl var sann. Mina systrar och jag blev levande bevis på att hon, trots allt, hade lyckats. Stoltheten över oss var också en stolthet över sig själv. Men ingen av oss fem kunde hjälpa henne att bearbeta sitt trauma.

De sista åren av mammas liv bodde hon omväxlande i Köpenhamn och i Stockholm. När hon blev sjuk och hade vistats en tid på Rigshospitalet i Köpenhamn, lades hon in på ett sjukhus i Stockholm. Är du släkt med, eller känner du möjligen till …? viskade hennes rumskamrat när mammas efternamn uppenbarades. Det blev som en sista påminnelse och bekräftelse; mamma kunde inte leva i Sverige, och det visade sig att hon inte skulle tillåtas att dö i frid. Vi hämtade hem henne från sjukhuset, min syster som är läkare skötte henne och mamma dog i min säng omgiven av alla sina döttrar.

Mamma finns inte längre och kanske inte heller rumskamraten från sjukhuset. Den generation som tystnade i de sydowska hemmen är också borta, och jag frågar Tullia om rullgardinerna nu tål att dras upp. Är det möjligt att skriva en bok om det som hände? Ja, svarar hon. Ingenting gott har någonsin kommit ur förtigande och den största skadan uppstod när ingen vidrörde det som hade hänt. I stället växte fantasier och dunkla föreställningar om upprepningens magi och onda gener.

Ett trauma uppstår när något händer som man aldrig har kunnat föreställa sig. En överväldigande händelse inträffar som ligger bortom det mänskligas ramar. Bilderna förföljer den drabbade med sinnesintryck som inte går att bli kvitt och som kan dyka upp när som helst. Tiden läker sår och sorg, men inte ett obearbetat trauma för det kvarstår hela livet. En sådan katastrof blir för de inblandade en händelse utanför tiden, blir ett öde, blir bilder och minnen, blir frågor som inte upphör att stiga fram ur det omedvetnas djup: Varför, varför? Katastrofen förblir som drömmar och fasa.

I MORDENS SLAGSKUGGA ser jag en flicka som håller sin lillasyster i handen. Hennes ansikte byter utseende, ibland är hon fräknig med kortklippt hår som min mamma, ibland ser hon ut som jag. Deras ansikten glider ut och in i varandra med blicken riktad långt bort. Jag är femton år när jag första gången hör talas om morden i min mammas familj.

Vissa händelser syns som utskurna bilder. De flyger fritt och liknar fönstren i en adventskalender när man öppnat luckorna. De är just bilder, inte filmsekvenser, utan frysta ögonblick så komprimerade av rörelse att de verkar alldeles stillastående, som energier som förtätats till svarta hål, till svarta solar. De är målade glasskivor. Genomskinliga som gammaldags skioptikonbilder. Några har bleknat men andra lyser fortfarande med bjärta färger och den här är en sådan.

Jag ser ett kök, jag är femton år och familjen äter middag i köket. Golvet är belagt med ljusgröna och mörkgröna vinylplattor i schackmönster. Bakom min rygg finns ett stort fristående Elektroluxkylskåp, och jag måste flytta lite på stolen varje gång en mjölkflaska eller ett paket Tre Ess-margarin ska ut eller in. Familjen sitter runt matbordet; gråmönstrad perstorp, två utdragsskivor som båda är utdragna, basttabletter under varje kuvert. Lysröret i taket är släckt så här vid middagstid och över bordet hänger en höj- och sänkbar lampa vars plåtskärm koncentrerar ljuset. Resten av köket ligger i dunkel; en spis, en diskbänk, ett tredelat fönster över en arbetsbänk, en dörr till skafferiet, en dörr ut till kökstrappan, med en köksklocka ovanför, och en öppning mot serveringsrummet, vars golv också är schackrutigt men med röda och svarta vinylplattor.

Det är den sista gången vi äter middag tillsammans innan familjen löses upp. Jag minns inte vad vi äter till huvudrätt, men jag minns efterrätten. Det är lingon och mjölk, som oftast avslutar höstmiddagarna. Ibland äter vi nyponsoppa eller soppa på gubböron, som är blötlagd torkad frukt, och på födelsedagar kan man få gelépudding gjord på Jellopulver, men det här är en vanlig tisdagskväll i oktober med lingon och mjölk.

Mamma och pappa sitter mitt emot varandra vid bordets kortsidor, mamma närmast kökstrappan och pappa intill spisen och de fyra syskonen längs bordets långsidor. Barnen reser sig och hjälps åt med att duka bort huvudrätten och ställer fram efterrättstallrikar. Jag lyfter ut mjölktillbringaren ur kylskåpet och räcker den till mamma eftersom det är hon som ska börja. Skålen med lingonsylt skickas runt och sedan mjölkkannan. En slev lingon, en skvätt mjölk, en mörkröd syltö i en vit sjö på tallriken och skeden ligger fortfarande orörd när jag kastar en blick på köksklockan. Det blir plötsligt bråttom. Min syster och jag ska iväg till skolteatern som börjar halvåtta, och ingen av oss har kommit ihåg att säga någonting om det, och vi kommer inte att hinna äta klart.

Vi ska bort på teater.

Så roligt. Vad ska ni se?

Vi tittar på varandra min syster och jag och letar efter pjäsens namn, *Ett brott* är det, ett teaterstycke av Sigfrid Siwertz som heter Ett brott. Min syster reser sig från stolen, gör sig redo för att lämna bordet, har hunnit äta efterrätten och är redan på väg att gå.

Den heter Ett brott.

Adventskalenderns lucka är en fallucka, fönstret splittras, den är vindrutan på en bil som krockar, i minnet ett exploderande stjärnfall, och sedan ... Det är nog pappa som berättar att teaterpjäsen handlar om morden i mammas familj, och det är första gången som någon talar med mig om detta, kortfattat och utan detaljer.

Jag sitter plötsligt ensam kvar vid bordet med en röd ö i en vit sjö på min tallrik. Jag lyfter skeden och klyver en klump av levrat blod som färgar mjölken röd. Jag rör med skeden, rör och rör.

Kort därefter flyttar mamma till Danmark. De två händelserna hade kanske inget samband, men i mitt minne hänger de ihop. Hon reser till ett land där ingen känner till en teaterpjäs som heter Ett brott och där folk inte tystnar när hon träder in i ett rum. När de första snödropparna sticker upp i rabatten intill villans södervägg står hennes flyttlårar redan packade. Bokhyllorna är tomma, mammas säng i den stora sängkammaren finns inte längre och mina tvillingsystrar niger och säger adjö till sina lärarinnor. En dag när jag kommer hem från skolan är både mamma och tvillingarna borta. Huset säljs.

Jag vrider på min skioptikonskiva. Det är en sorts konfirmation som framträder, en bekräftelse och förklaring till den oförklarade tystnaden och mörkret som ibland tog tag i min mamma. Jag ser min initiationsrit till vuxenvärlden; jag hade fått vetskap om morden och det sammanföll med barndomens abrupta slut. Den röda ön som färgar mjölken röd är en bild som jag förknippar med min mammas uppbrott. Jag blir bäraren av Händelsen, de obesvarade frågorna, den aldrig berörda familjehemligheten och ruvar på det svarta ägget som inte får brista. När jag slutligen pickar sönder skalet inifrån, gör jag någonting absolut förbjudet. Men det dröjer mer än fyrtio år innan jag förmår besöka arkiv och bibliotek och beställa fram alla handlingar om morden.

JULEN HAR JUST PASSERAT men det stora huset i Bergslagen är fortfarande fyllt med barn och småbarnsföräldrar. Fredriks och Sofies dotter, nu över sjuttio år, är på besök och vi sitter vid köksbordet och pratar och en liten bandspelare står emellan oss. Bordet är belamrat med en halvt urdrucken nappflaska, en korg med apelsiner, våra tekoppar och den stora ljusstaken vars ljus fladdrar i luftdraget när folk passerar. Lilla Salle sitter i barnstolen med en gröttallrik och hans pappa försöker tålmodigt mata honom, hundvalparna skuttar och åker kana på trasmattorna, grönsaker skärs i små bitar inför middagswoken, eftersom ingen står ut med julmat ännu en dag. Mitt i detta talar vi om Händelsen i vår familj.

När jag sedan spelar upp bandet är det svårt att uppfatta vad vi säger. Småbarnsjollret, det svaga ljudet av skottlossning från teven i vardagsrummet, matlagningsslamret, ... *livets träd i blomning står, där som rosor aldrig dör*, som hörs från Stadsmissionens julskiva i övervåningen – allt har bandspelaren registrerat. Ett avtryck från en lycklig dag, tänker jag, heligheten i vardagslivet är nog denna blandning.

Doft av glögg och torkad nejlika. Hala sötmandlar skvätter ur skalen när jag trycker på dem. Mamma är inte med den här julen heller ... jag refererar fortfarande till min mamma som har varit död i sju år nu. Apelsinerna som hänger från takkronan med röda band och utskurna mönster i skalen är sådana som hon gjorde. Eller gjorde hon det? Jag lyssnar efter hennes röst inom mig, men hör den inte. Jag letar intensivt efter de välbekanta tonfallen men de är så långt borta, så djupt nerbäddade i hjärnsubstansen. Det är nog så det ska vara när ens mamma har gått bort. En normal sorg efter en normal död som får lov att sörjas, till skillnad mot mammas trauma när hon förlorade sin familj.

Vi samtalar om skuggorna som föll över vår familj, om det som hände efter mordkatastrofen. En granat briserade plötsligt i de efterlevandes kroppar, en tillvaro blåstes bort i en chockvåg. Normala funktioner upphörde, det treåriga barnet förstummades liksom min mamma. De kunde inte längre tala, inte äta och inte röra sig. De befann sig i ett dödsliknande tillstånd. Hur länge? Sofies dotter skakar på huvudet, vet inte, minns inte.

Bardo är ett tibetanskt ord för ett sådant tillstånd. Det stora bardot är döden, då man lämnar allt levande och träder in i dödens ingenmansland, men de flesta människor drabbas av mindre bardon någon gång under sitt liv. Någonting är slut som man inte har räknat med ska ta slut. Allt det som man har litat till och stött sig på är bara borta. Man vet inte längre hur man ska uppföra sig eller tolka det som händer. Plötsligt befinner man sig i ett hav av ingenting, i ett liv utan framtid. De som klarar av att genomlida sådana bardon genom att bygga upp en inre karta med nya referenser kommer aldrig mer att tro att någonting bara kommer att förbli.

När vi söker förklaringar till brottet flyter olika funderingar upp. Vi tycker oss se skuggor i både Fredriks och Sofies familjer; ljudlösa vibrationer som känns men kanske inte hörs och ett oförklarligt och alltid närvarande muller från … ja, varifrån? Blev Fredrik och Sofie bärare av många års, kanske ett helt livs ackumulerade spänningar? När utbrottet till slut kom, behövdes antagligen inte särskilt mycket för att utlösa det.

Men Sofie, om någon, borde väl ha sökt sig bort från en man som bar på sådana laddningar eftersom hon själv växte upp i en familj där underliggande strömningar förgiftade tillvaron? Jag ställer frågan till Sofies dotter som funderar en stund. Kan det vara så att man dras till det välkända, undrar hon. Man söker sig till mammas gata, just därför att den är så innerligt välbekant. Fredrik och Sofie kände igen sig i varandra och det växte fram en samhörighet mellan dem.

Det tystnar i bergsmansgården, den ena familjemedlemmen efter den andra går till sängs, men vi fortsätter vårt samtal långt in på natten. När vi söker orsakerna till den katastrof som inträffade, framstår förtigandet och undanhållandet av sanningen som ett genomgående drag i både Fredriks och Sofies familjer. Flykten från sanningen, att inte se, att blunda inför svårigheter och undvika att konfronteras med fakta, medverkade kanske till den katastrof som skulle komma, men förklaringarna till det som hände måste ändå sökas någon annanstans.

Ingenting om vare sig psykisk ohälsa eller drogmissbruk finns antecknat om Sofie, men att Fredrik var psykiskt instabil långt före dådet har vi båda hört talas om. Både hans syskon och vänner hade befarat att något skulle kunna hända.

Vad var det de såg? Det finns ett fåtal medicinska anteckningar bevarade, men de är knapphändiga och alltför allmänt skrivna för att någon tydlig sjukdomsbild ska kunna utläsas. Det går att spekulera kring de bakomliggande orsakerna till dådet, men faktum kvarstår att någon enkel förklaring aldrig kan ges. Inte heller vet man vad som kan ha varit den utlösande faktorn. Kanske blev det bråk med Hjalmar om pengar, eller att någon av tjänstekvinnorna vägrade att lämna ifrån sig nyckeln till spritskåpet.

Vad hände i vår familj? Ett skeende växte fram som ingen önskade. Men för att kunna iaktta något sådant måste man kunna ta ett steg åt sidan. Först med en viss distans går det att se vad som händer. Många gånger väjer man för sanningen därför att konsekvenserna blir så svåra, och de flesta människor har starka drivkrafter att undvika plågsamma fakta.

I förtigande och skam växer skuggorna. Det finns många familjer där det förekommit självmord, incest eller förskingring och det är inte ovanligt att man låtsas som om det aldrig har hänt. Men det går att leva med skuggorna som en aspekt på vem jag är. Det är möjligt att ta reda på fakta och prata sakligt om det som hänt. Riktas ljuset mot skuggorna bleknar de och förflyktigas.

Jag söker brottets orsaker, letar efter svar och genom dem något slags försoning. Men när jag lyfter blicken från kretsen av de mina, öppnar sig ett annat perspektiv där förklaringar, förståelse och försoning saknar intresse. De mördade tjänstekvinnorna hade också pappor, mammor, syskon och barn. För dem blev morden det yttersta uttrycket för överklassens arrogans.

Jag ser ett porträtt av en flicka med skrattgropar i kinderna, en ung kvinna som för första gången har låtit fotografera sig. Ögonen ler, hennes hår är omsorgsfullt ondulerat och hon är finklädd med mörk ylleklänning, broderad krage och under kragen en rosett. Det är Ebba Hamn, husa hos familjen von Sydow.

DE RÖR SIG i samma salong, husan Ebba Hamn och herrskapet, men de vistas inte där samtidigt. När Hjalmar tar på sig hatt och rock för att bege sig till sitt arbete, går Ebba in med dammtrasa och borste. Hon putsar den lilla empirebyrån i mahogny, gnider bordsskivor och karmstolar, plockar bort nerfallna blad från blommorna i fönstren, skakar soffkuddar och borstar soffans plymåer. När hon hör honom återkomma och rassla med nyckeln i den stora entrédörrens lås, kilar hon kvickt ut i serveringsrummet. I salongerna härskar herrskapet, i köket kokerskan Karolina Herou och däremellan, med serveringsrummet som sluss, springer Ebba av och an. Hon besöker aldrig herrskapets domäner utan något specifikt ärende och i köket väntar kokerskan med ständigt nya arbetsuppgifter.

Ebba Hamn är tjugofyra och Karolina Herou sextiotre år gammal när de berövas sina liv. Om kokerskan vet man att hon skilt sig från sin make, och ordnat bostadsfrågan genom att ta tjänst hos Sydows. Ebba Hamn flyttade till Stockholm och bort från »den vita piskan«, som mjölkningen kallades på landsbygden, men frågan är om livet som husa i stan var så mycket bättre. Lönen var fri kost och husrum plus en liten slant. De unga flickorna från landet klev över tröskeln från en livegenskap till en annan, och föreställningen att stan gör en fri gällde i vilket fall inte arbetsförhållandena. Ända fram till 1920 tilläts husagan som innebar att det var tillåtet att fysiskt misshandla tjänstefolk. Överhetens syn på tjänstefolket levde länge kvar, och det var inte bara deras arbetskraft som man ansåg sig ha fri förfoganderätt över, utan också deras kroppar. Att de unga flickorna utnyttjades sexuellt var inte ovanligt, vare sig på landsbygden eller i städerna.

Ett hembiträde hade ingen bestämd arbetstid, men kunde få ledigt en onsdagskväll och någon söndag om det passade med familjens planer. Hon skulle alltid stå till tjänst hur sent det än blev, och morgonen därpå skulle våningen vara städad klockan åtta och herrskapets sängar bäddade som vanligt. Först 1944 reglerades hembiträdenas rättsliga ställning och arbetsförhållanden.

Ebba Hamn och Karolina Herou bodde hos Sydows i varsitt rum. Det fanns också en trotjänarinna som kom några timmar om dagen men bodde på annat håll, och på så vis hade de ett förhållandevis självständigt arbete. Ändå vantrivdes Karolina Herou från första början. Det var alldeles för arbetsamt, särskilt när det var många ungdomar hemma, uppgav hon till arbetsförmedlingen som hon regelbundet sökte upp för att få en annan plats. Hon berättade att Fredrik hade svårt att komma överens med fadern ifråga om pengar och att han hade gjort inbrott i vinkällaren och tagit vin och sprit. Ebba Hamn däremot trivdes bättre, var visserligen irriterad på Fredrik men tyckte att Hjalmar var vänlig. Men en kort tid före morden tycks någonting ha hänt. Fredriks uppträdande hade förändrats, om han uppträtt hotfullt eller skrämt dem på annat sätt vet man inte, men så sent som veckan före morden besökte Ebba Hamn och Karolina Herou tillsammans arbetsförmedlingen. De ville båda ha en annan tjänst.

I polisdossiern finns anteckningar från samtal med de båda

tjänstekvinnornas anhöriga. Karolina Herous vuxne son återger det som modern berättat: Det hade inte varit något gott förhållande mellan Hjalmar von Sydow och Fredrik. En gång hade fru Herou hört fadern säga att sonen var ett svin. När Fredrik kommit hem från Uppsala lördag och söndag, hade han tagit ur fru Herous hushållskassa, och det hade varit fråga om att få så mycket pengar och sprit som möjligt. Fru Herou hade sagt att hon var rädd för honom och trott att det skulle komma att hända något. Ebba Hamns syster hördes också av polisen: Ebba hade ogillat Fredriks levnadssätt och hans uppträdande mot fadern som hon tyckt vara onaturligt och brutalt. Hjalmar von Sydow hade däremot varit tillmötesgående mot sin son så långt han hade kunnat. Fredrik hade varit mycket begiven på sprit och vid något tillfälle brutit upp faderns spritskåp, druckit ur flaskorna och sedan fyllt buteljerna med kaffe, lånat pengar från höger och vänster och dessutom pantsatt allt fler av sina tillhörigheter. Flera gånger hade han sagt att han skulle skjuta sig om han skulle bli utan pengar, och de senaste fjorton dagarna hade Ebba tyckt att det kommit någonting spänt över honom.

Bilden av Fredrik, som de två tjänstekvinnorna målade upp inför sina anhöriga och föreståndaren på arbetsförmedlingen, var samstämmig. Någonting utöver det vanliga tycks ha inträffat vilket föranledde dem att söka andra arbeten. Deras önskemål noterades hos arbetsförmedlingen men lämnades utan åtgärd. Det fanns kanske ingen annan plats att erbjuda eller så trodde man inte på dem. Vad en kokerska eller husa vittnade om tillmättes nog inte någon särskild betydelse och ingen ingrep för att hjälpa dem. I artiklarna som dominerade tidningarna efter morden förblev de skuggor; två tjänstekvinnor utan annan identitet än just detta, att de blev mördade. Till skillnad från Fredrik och Sofie fanns det ingenting särskilt att berätta om dem. Ingen doft av champagne eller extravagans vidhäftade minnet av dem, de var helt enkelt vanligt rättrådigt arbetsfolk.

I polisutredningen ser jag att Ebba Hamn föddes i Överselö på Selaön utanför Strängnäs och på pastorsexpeditionen meddelar man att födelse- och dopboken är överförd till Landsarkivet i Uppsala. Där hittar jag följande uppgifter: Ebba var dotter till Knut Viktor Hamn, soldat och byggnadsarbetare, boende i soldattorp 741, och hans hustru Matilda Charlotta. De fick fyra barn, Knut Gunnar f. 1904, Ester Charlotta f. 1906, Ebba Matilda f. 1908 och Elsa Viktoria f. 1917, alla kyrkobokförda i Överselö församling.

Det visar sig att den yngsta dottern är i livet, och jag söker upp Elsa som nu är åttiosex år. Hon var fjorton år när Ebba dog, men händelsens smärta finns lika närvarande nu som då, för över sjuttio år sedan. Hon tar emot mig med kaffe och nybakat bröd i sin lägenhet i Södertälje. Hennes lugna blick viker undan medan vi samtalar; det är ett svårt möte, för första gången träffar hon en släkting till hennes systers baneman. Jag frågar om någon från min familj hört av sig tidigare och Elsa skakar på huvudet. Men efter en stund minns hon att det kom ett brev som min mamma hade skrivit någon vecka efter morden. Som min mamma skrivit. Jag fryser till ett ögonblick, min mamma, den femtonåriga flickan som hade förlorat allt, som hade upphört att tala och röra sig, förmådde ändå att skriva ett brev.

I bokhyllan står inramade fotografier med Elsas döttrar, barnbarn och barnbarnsbarn. Hon visar och berättar, döttrarna har två barn var och de i sin tur har också två barn var. Ett porträtt av Ebba är placerat på ett litet bord intill. Bara några dagar före sin död besökte hon fotografen, berättar Elsa. Det blev som ett förebud.

Den 6 mars, dagen före morden, var det Ebbas namnsdag och hennes syster hade hälsat på. De hade tillbringat söndagskvällen tillsammans och tittat på bilderna som just kommit från fotoateljén. Ebba hade berättat att Sydows planerade att flytta till en mindre våning. Framöver behövdes bara en tjänsteflicka, och ville Ebba stanna så skulle Hjalmar bekosta utbildning i hushållsskola så att hon lärde sig laga mat. Ebba hade blivit glad över erbjudandet. Det är tydligt att hon trivdes med Hjalmar, men lika uppenbart att hon tyckte illa om Fredrik. Hon hade berättat hur Hjalmar fått en ny smoking uppsydd som Ebba hade tagit emot från skrädderiet och hängt in i hans garderob. När han skulle använda den, fanns den inte. Ja, då är det väl Fredrik som har tagit och pantsatt den, hade Hjalmar sagt.

Ebba och hennes tre syskon växte upp i ett soldattorp med ett rum och kök som tillhörde en större gård på Selaön. Det var långt till skolan i byn, tjugo i sju gick barnen hemifrån för att hinna till klockan åtta, och på vintern pulsade de genom snön, för några skidor fanns inte – en bild av Fattigsverige som så många kan berätta om; pjäxorna fyllda med halm, sockorna utslitna men med skaften kvar så att ingen ska se det, tidningspapper innanför jackan som skydd mot blåsten ... Efter folkskola och konfirmation började barnen arbeta, Ebba som hembiträde i Strängnäs och därefter i Stockholm dit den äldsta systern redan flyttat.

Elsa berättar och jag lyssnar. Så småningom kommer vi oundvikligen in på mordet och samtalet avstannar. Elsa förmår bara säga några få saker; en journalist hade ringt till gården och berättat, men det var oklart vad som hade hänt. Elsa hade sett fadern komma hem tidigare än vanligt och gå direkt in till modern i köket. Prästen hade anlänt. Dagen därpå hade fadern rest till Stockholm för att ta hand om Ebbas tillhörigheter. Ångbåten från Strängnäs till Stockholm hette Hugo Tamm.

Jag startar bilen och kör E20 mot Strängnäs och sedan ett stycke norrut till Överselö, reser utan tydlig avsikt men vill känna Ebbas närvaro i den trakt där hon hörde hemma.

Vitsippor täcker fuktmarken mellan almarna i en gammal allé som leder till en vitkalkad kyrka. Ett urtvättat aprillandskap med nyharvade sädesfält ryker i blåsten och en rördrom hörs från vassen ett stycke bort. Jag parkerar intill kyrkogården och går in mellan gravar smyckade med påskliljor och penséer. Efter en stunds letande på kyrkogården i Överselö hittar jag Knut Hamns familjegrav där Ebba ligger tillsammans med sina föräldrar. Stenen har en sol av blankpolerad granit.

Den lilla kyrkan rymmer medeltida kalkmåleri i överdåd. Under bilden av nådastolen i kyrkans kor blev Ebba döpt, konfirmerad och begraven. Här stod hon tillsammans med sina kamrater när hon konfirmerades, snubblade kanske på orden i Trosbekännelsen och betraktade samma bilder som jag nu ser, martyrer som helgonförklarats efter lidande och död. Helgonen dominerar kalkmålningarnas motiv och de avbildas med de attribut som dödade dem, Sankta Ursula med en pil, Sankt Stefan med tre stenar i höger hand, Sankt Laurentius som bär ett halster. Sankta Margareta står på en eldsprutande drake – djävulen – som hon förgör genom att visa korstecknet.

Ebba Hamn var en i arbetsfolkets skara, lite mer än tjugo år fick hon leva, ett ögonblick bara i en bygd där människans liv tycks oändligt. *Esbern har huggit stenen som är färglagd*, står det på en runsten i Överselö och hela Selaön är fylld med historia som känns och syns; fet mylla, herrgårdar och slott och jag kör genom en åldrig kulturbygd i hjärtat av svearnas land med Strängnäs åt ena hållet och Uppsala åt andra. Vägen kantas av skyltar som pekar mot gravfält, fornborgar och runstenar, men av soldattorp 741 hittar jag inga spår. Så är det ju, arbetsfolket sjönk bort i historiens anonymitet liksom stugorna de bodde i, medan vittnesbörd om deras möda finns kvar som storslagna monument: slottet Tynnelsö utanför Överselö, marken de bröt till vidsträckta åkrar, stenbumlingarna de spettade loss ur jorden och lade i milslånga murar.

Som så många andra ungdomar begav sig Ebba till Stockholm. Storstaden var en magnet och hennes syster arbetade i tvättinrättningen vid Hemtrevnadens hushållsbolag på Östermalm. Ebba anmälde sig som arbetssökande vid den kvinnliga avdelningen i Stockholms läns arbetsförmedling vid Rödbodtorget och tillträdde anvisad plats som husa hos familjen von Sydow den 1 oktober 1930.

Två systrar från landet flyttar till huvudstaden. De är inte ensamma, de har varandra och kan träffas när de är lediga – en onsdagskväll någon gång eller kanske på en söndag. Nu är Ebba plötsligt död. Polisen frågar om systern vill se Ebba på bårhuset, men hon förmår inte det, inte nu men kanske senare. Hon framför en önskan till polisen, att Ebbas stoft ska föras till Överselö församling, och om ingen annan betalar begravningen så kommer hon själv att göra det.

Det blev Arbetsgivareföreningen som bekostade svepning, kista och transport till Överselö.

Fredriks krets

VAR FREDRIK ETT älskat barn? Hur såg han ut? Mörk, ljus, lång som sin pappa? Var han lik min mamma med samma ljushyllta fräkniga ansikte eller hade han min mosters veka drag? Det finns bara något enstaka småbarnsfoto av Fredrik. Inom familjen skulle minnet av honom utplånas och i min mammas album där han en gång fanns, syns han nu som klisterfläckar efter bortrivna kort. Ett hål bara.

Helt oväntat hamnar ett litet fotografi som föreställer Fredrik på mitt bord. Bilden är knappt större än en tändsticksask och min syster har fått den från en av sina patienter. Kortet föreställer Fredrik tillsammans med tre andra ungdomar och det är första gången jag får se en bild av honom som vuxen. Jag stirrar på den suddiga fläcken som är hans ansikte och försöker utläsa någonting ur det jag inte ser.

Bilden är odaterad, men kan vara tagen vid Sommarbo på Fredriks födelsedag den 4 juni 1928 eller 1929. Ungdomarna är i tjugoårsåldern. De är uppklädda och poserar framför kameran. En yngre flicka bär hatt och en äldre har elegant klänning med sidenscarf och brosch. Fredrik och en manlig bekant är vitklädda och har lättat på sina slipsknutar, det verkar vara en varm sommardag med ärmlösa klänningar och avkastade kavajer.

Solen står högt men eftermiddagens skuggor anas. Kanske har de samlats just före middagen med smörgåsbordet redan framdukat, pilsner i skuggan och brännvinskaraffen väntande i isskåpet. De måste nog skynda sig med fotograferandet för potatisen kallnar och husan har redan slagit på gonggongen.

Jag låter en lupp glida över det lilla fotot och försöker identifiera personerna. Flickan till vänster är Ulla som var min mammas bästa vän. Ulla? Kan det vara möjligt att hon var bjuden på Fredriks födelsedag, och var är i så fall mamma? Så klarnar sammanhanget, kortet är förstås taget på mammas födelsedag den 6 juni och det är hon som håller i kameran. Mamma fick den kanske i födelsedagspresent, en liten lådkamera som den jag själv fick på min elvaårsdag, och nu tar hon den första bilden på sin första filmrulle och ger den sedan till sin bästis. Det blev den enda bilden av Fredrik som sparades åt eftervärlden.

En försommardag i Stockholms skärgård. Syrenerna blommar fortfarande, flaggan är hissad och middagen är framdukad på skuggig veranda. Det blir ingen sup till middagen, det är inte sådant som serveras på en tolvårings födelsedag, dessutom är det spritrestriktioner och motbok. Det är gräddtårtan, inte brännvinet, som står kallt, och på bordet är i stället en kanna med rabarbersaft framställd.

Fotografiet är litet och personernas ansikten små som lillfingernaglar. Hur ser Fredrik ut, vad finns gömt i den ljusa fläcken på fotot? Jag skannar in bilden i min dator och markerar Fredrik som en delförstoring. Skannern sveper över fotot, registrerar det som små punkter och fogar ihop pixlarna till ett ansikte som långsamt träder fram på bildskärmen – en trivial process som jag genomför dagligen i mitt jobb, men som nu får en alldeles särskild innebörd. Ett hårfäste, ögonen ... de liknar ju min mammas! En okaraktäristisk näsa men munnen känns bekant liksom den lilla gropen i hakan. Jag stirrar på monitorn.

En utplånad människa framträder, fyller bildskärmen, inger mig en blandad känsla av samhörighet och obehag och fascinerar därför. Ett klick på *filter, skärpa, oskarp mask*, jag knappar in värden, ställer in *intensitet* och korrigerar kurvan, ser hur bilden byter utseende och växlar mellan mörkt och ljust, hämtar gråtoner med pipettverktyget, retuscherar repor och prickar. För varje moment kommer Fredrik närmare och ansiktets detaljer syns tydligare. Det tar tid för jag arbetar noggrant och långsamt. Efter varje åtgärd, ett nytt intensivt betraktande. Jag kryper in i ansiktets fysionomi och lär känna vinklar och veck som framträder som knappt skönjbara skuggningar. Jag fyller nu tomrummet efter Fredrik i min dator och tycker mig finna spår av hans väsen i ansiktsdragen. Vi får kontakt men jag vill veta mer.

Om Fredriks barndom finns det inte särskilt många uppgifter. Han firar sin fyraårsdag i Vallsjö hos sin mormor och är missbelåten med födelsedagstårtan som hon har bakat. En förargad liten kommentar bara, men som råkar bli sparad till eftervärlden i ett brev. Fredrik gör ibland saker som man inte får. Det berättas att han vid något tillfälle blev så arg att han kastade ut möblerna i sitt rum genom fönstret. En annan gång klättrar han på fasaden på femvåningshuset på Norr Mälarstrand. Kanske är det överdrivna historier, men de låter knappast som vanliga pojkstreck. Min mamma upprörs. Hon är en ordentlig liten flicka som gör sina läxor utan bläckplumpar. Hon berättade att hon alltid var rädd för honom. Fredrik hade en kyla som skrämde henne och han företog sig egendomliga saker. Men min morfar har stora förhoppningar på sin ende son. När Fredrik visar sig intresserad av kemi, får han hjälp av sin pappa att bygga ett helt kemilabb i sitt rum.

Är något av barnen allvarligt sjukt skickas det bort, inte på grund av illvilja utan för att få den bästa vården. Det är vad som sägs. När min mamma får difteri, som är en svår sjukdom, placeras hon i läkarens hem. Men doktorn bor i Höganäs, långt borta från hennes mamma, pappa och syskon, ofattbart långt borta för ett litet barn. I stället blir läkarens tama puma hennes sällskap under flera månader. Puman som heter Bob kan smyga tvärs över ett festdukat bord utan att välta ens ett glas, men för det mesta ligger den vid fotändan på mammas säng. Senare blir den farlig och river en liten pojke. Min mamma tror att det är hennes fel att Bob måste avlivas, för det är hon som har berättat för den lilla pojken om hur snäll puman är. Den placeras uppstoppad på Naturhistoriska riksmuseet i Stockholm där jag och mina syskon kan titta på den.

Efter sin mors död börjar min mamma som tioåring i en internatskola som ligger i Hindås mellan Göteborg och Borås. Den är ett flickinternat som drivs av Ester Boman som är en av Sveriges välkända reformpedagoger. I Tyringe Helpension, som skolan heter, sätts eleven i centrum. Koncentrationsläsning, självfostran och självstyrelse är grundläggande principer tillsammans med friluftsliv och teater. Undervisningen bedrivs efter svenska och internationella pedagogiska influenser, från kontaktnätet New Education Fellowship till Ellen Key, Elsa Köhler och Honorine Hermelin i Sverige. Det finns vid den här tiden två flickinternat i landet, det ena i Hindås och det andra i Södertälje. Varför väljer inte morfar Södertäljeskolan, som ligger nära hemmet, åt sin dotter? Förklaringen är nog den pedagogik som bedrivs i Tyringe Helpension och det berättar någonting om Hjalmar. Han har en modern syn på sin lilla flickas fostran, ser sig visserligen tvingad att skicka iväg henne men väljer med omsorg ett internat där hon ska trivas. Att skolan ligger långt hemifrån är mindre viktigt.

Också Fredrik skickas bort, men inte till en fri uppfostran med moderna psykologiska och pedagogiska idéer, som den Hjalmar väljer åt min mamma. För Fredrik gäller helt säkert andra preferenser. Han är inte bara pojke, han är också den ende sonen och det är därför som hans uppfostran är så olik min mammas. Men det finns kanske andra skäl, som att Fredrik har kommit hem med nedsatt betyg i uppförande. Flera sommarlov i rad skickas han till sjöss i förhoppning om att det ska bli ordning på honom, eller så var det ett lika självklart led i överklasspojkars uppfostran som reservofficersutbildningen senare.

Vad gäller institutioner och myndigheter finns alla handlingar bevarade och katalogiserade. I Stockholms stadsarkiv ligger Fredriks gymnasiebetyg från Norra Real, genomgående betydligt bättre än genomsnittet, visserligen underkänt i matematik men med klassens högsta betyg i filosofi och modersmålet. På några punkter skiljer de sig väsentligt från de övriga elevernas. Hans frånvarotimmar är extremt många och de två sista läsåren samt i studentbetyget har han nedsatt betyg i uppförande, vilket inte förekommer i något av de andra elevernas betyg. Han skriver sin studentuppsats om Elsass-Lothringen och får högsta betyg, men i en av mina intervjuer inför denna bok hör jag antydningar om att han kommit över uppsatsämnena i förväg och därför hunnit läsa in sig på ämnet. Men så stannar jag plötsligt upp. Han tar studenten den 12 maj 1926. Den 29 maj samma år dör Fredriks mor. Hans mamma ligger alltså för döden medan Fredrik gör sina skrivningar och avlägger de muntliga examenstentorna.

I stadsarkivet ligger också elevmatrikeln och jag hittar flera av Fredriks vänner som sedan finns namngivna i polisens vittnesförhör efter morden. De har alltså känt varandra från skoltiden, några till och med före gymnasiet, och umgänget fortsätter också efter studentexamen. Att Fredrik var en person som många beundrade och drogs till, framgår i tidningsläggen. »Han skilde sig redan i realskolan från sina kamrater, inte minst för sin överlägsna begåvning. Lärarna voro överens om att han var en sällsynt intelligent pojke, men han vållade dem trots detta mer bekymmer än glädje, vilket till stor del berodde på hans omfattande levnadsvanor. En fullvuxen lebeman var han redan i femte klassen, och i gymnasiets första ringar förbluffade han sina kamrater och konfunderade sina lärare med att uppträda i käpp och rundkullig hatt. Fredrik von Sydow tyckte också om att bli betraktad som en lättsinnig och erfaren man, trots att han ännu befann sig i de mellersta tonåren.

En klasskamrat till Fredrik von Sydow, som Dagens Nyheter haft ett samtal med, berättar att han var mannen som gjorde vad som föll honom in. Han hade läst ovanligt mycket och tagit särskilt inryck av Oscar Wildes 'Dorian Gray' som han gärna identifierade med sig själv. Han läste också den persiske filosofen Omar Khaiyam och skaffade sig en fullkomligt fatalistisk livsåskådning. Väldiga fester arrangerade han för kamrater – räkningarna skickades alltid till hans far. Då han slutligen tog studenten 1926 gjorde han det med granna betyg. De stora A:en voro täta, men hans flit och uppförande betygsattes alltid ett stycke under de övrigas. Fredrik von Sydow tog också trots sin avancerade ställning i jämförelse med de övriga kamraterna en livlig del i gymnasistlivet, speciellt det litterära. Han skrev en utomordentligt formskön vers och debatterade, livligt applåderad, vid alla gymnasistdiskussioner.« (DN 8.3.1932)

Att Fredrik intresserade sig för litteratur och filosofi är också något som släktingar minns, men citatet ovan är det enda jag hittar där några boktitlar står omnämnda. Finns det någon ledtråd i böckerna, går det att utläsa någonting också om Fredriks person?

Oscar Wildes *Dorian Grays porträtt* förefaller att ha blivit mycket läst, åtminstone i studentkretsar. Författaren Eric Wennerholm berättar om sin skoltid i Uppsala på 1920-talet, hur »Dorian Grön« blev gymnasistårens stora upplevelse. I sin dagbok då han var sexton år, skrev han hur han fick låna Dorian Grays porträtt, som blev en »skimrande« läsning. »Och sedan följde sida upp och sida ner i dagboken alla de kära wildeska aforismerna, som faktiskt ännu går an. En dag kom Mamma instormande i mitt rum, hon hade hört att Dorian Gray var oanständig, på vilket sätt visste hon inte. Jag ställde mig helt oförstående, hade inte förstått det oanständiga. ... Jag läste Wilde, citerade Wilde för alla som ville höra på, även andra.«

I boken skildrar Oscar Wilde en yngling vars skönhet föreviggas i ett målat porträtt. Men Dorian Gray och hans porträtt byter så att säga plats. Dorians inre förfall speglas i porträttet som förändras gradvis, medan han själv på ytan förblir densamme, lika vacker, lika ungdomlig och opåverkad. Dorians konflikt mellan sitt tilldragande yttre och sitt förfärande och kaotiska inre blir till sist outhärdlig och han mördar konstnären som skapade porträttet. Att Dorian Gray är homosexuell (Oscar Wilde själv fängslades för »sodomi«) antyds i boken men det finns också andra utmärkande karaktärsdrag hos huvudpersonen. Han skildras som en narcissistisk personlighet som betraktar livet som estetik och medmänniskor utan empati, och som gör sig till åskådare av både sitt eget liv och andras. »Jag tänker inte vara slav under mina känslor. Jag vill bruka dem, njuta dem, behärska dem«, säger Dorian Gray.

Den persiske 1100-talsfilosofen och diktaren Omar [Umr] Khaiyam översattes till svenska av Eric Hermelin och *Ruba Iyat* kom ut 1928. Att berusa sig med vin är lösningen på livets ångestkval, skriver Khaiyam och tillfogar, »tag på skämt, detta gyckelspel från ångesthjulets sida«. Khaiyam vänder uppochner på gängse värderingar. Att vara förkastad och förnedrad är en nåd att be om, den som är sämst är bäst och verklig ära återfinns bara i de utstöttas skara. Där, bland uslingarna, blir själviskheten kväst och just detta är uslingens triumf. »Ju högre ställning jag bekläder, desto mer sjunker jag. Än underbarare: Ju mer jag, genom varats vin, vart ögonblick är nykter: desto mer berusas jag«, diktar han.

Lärarna såg Fredrik som en begåvad slyngel, men kanske skulle han själv ha beskrivit sig som fatalist eller som en usling i Khaiyams betydelse och mening. En revolt mot Hjalmar och alla de värden som hans far personifierade.

Hösten 1927 skriver Fredrik in sig vid juridiska avdelningen vid Stockholms högskola och hans värnpliktstjänstgöring är förlagd till sommarmånaderna. I Krigsarkivet finns följande anteckning: »Kungl. Maj:t har, genom g.o. nr 1029/1928, i nåder befallt, att den Reservofficersaspiranten, Furiren i A.6 C.F.V.A. von Sydow genom g.o. n:r 2285/1927 anbefallda kommenderingen att vara elev i 1928 års andra reservofficerskurs (sommarkursen) vid Krigsskolan skall omedelbart upphöra.« Fredrik anför sjukdom som skäl för att avbryta utbildningen, blir alltså inte relegerad som rykten gör gällande utan kvarstår som registrerad värnpliktig.

Det surrar av rykten och skrönor kring Fredrik. Skickar han verkligen ett telegram till regementschefen att han önskar bli mött med en kall pilsner på morgonen, eftersom han är på Grand Hotel och dansar och därför missar inställelsen på kvällen till kadettskolan i Karlberg? Händelsen finns antecknad, men ingenting om någon kall pilsner, och han får en varning.

I april 1930 byter Fredrik universitet och fortsätter att läsa i Uppsala. Han hinner inte särskilt långt i sina studier och den 16 april 1931 finns hans sista tentamensresultat antecknat.

Förutom betygen hittar jag flera noteringar från hans Uppsalatid. Hans tilltag att skriva till den franske ambassadören och erbjuda sig att betala det tyska krigsskadeståndet passerar definitivt gränsen för vanliga studentskämt, och hamnar på landshövdingens bord. Det tyska krigsskadeståndet var en het fråga på 1920-talet och Frankrikes försök att tilltvinga sig detta hade hotat sammanhållningen i Nationernas Förbund. Samtidigt hade penningvärdet på tyska mark sjunkit till nästan ingenting i slutet på 1920-talet (dock inte krigsskadeståndet som definierades i guldmark). Jag blir förbryllad, vad står detta tilltag för? Var Fredriks brev menat som ett skämt, eller trodde han sig verkligen kunna göra en insats för världsfreden på det här sättet? I så fall har han ju helt förlorat kontakten med verkligheten. Annat verkar mer att falla inom ramen för studentikost ofog, som att Fredrik stoppar ett telegrambud och öppnar telegram som är på väg till ett bröllop. Men också detta blir en affär med efterräkningar. Som straff avstängs han från Smålands nation där han är inskriven, och förbjuds att besöka stadens restauranger under de två följande terminerna. Jag hittar också en anteckning om en undersökning som gjordes på Smålands nation. Man misstänker att hans privatliv delvis är av kriminell natur. Vad betyder det? Stöld? Att han söp ner sig? Men undersökningen visar inget resultat.

Den 25 april 1931, alltså knappt ett år före morden, skadas Fredrik svårt vid en eldsvåda. Jag letar rätt på sjukjournalen från Akademiska sjukhuset i Uppsala och läser: »Han vaknade i natt vid att det brann i sängkläderna och i rummet. Yrvaken och vettskrämd samt även påverkad av sprit rusade han fram till fönstret och hoppade ut från tredje våningen ned på den stenlagda gångbanan, c:a 10–12 m högt. Blev omedelbart upphämtad av polisen och införd till sjukhuset, inom 4-tiden på morgonen.« Därefter presenteras skadorna: skallbasfraktur, brott på underkäken, handledsfraktur, lårbensfraktur samt ytliga brännskador. Han kvarstannar på Akademiska sjukhuset i två månader.

Fredrik är inte densamme efter olyckan. Han fortsätter sina studier men inga tentamensresultat finns antecknade efter eldsvådan och flera personer vittnar om en märkbar förändring. Sofies far är en av dem, hovrättsnotarien Gösta Boëthius är en annan. »Under hela den tid Boëthius känt von Sydow [sedan 1928] hade han haft den uppfattningen, att von Sydow icke vore fullt normal, vilket senare förhållande tilltagit högst väsentligt efter olyckshändelsen i Uppsala. Även så hade von Sydow varit begiven på starka drycker, vilket begär ävenledes tilltagit det senaste året efter olyckshändelsen.« Också kuratorn vid Uppsala universitet berättar: »Under senaste tiden hade bland hans [Fredriks] kamrater yttrats farhågor för, att han skulle företaga sig något oberäkneligt.« Många talar också om hans spritmissbruk som förvärrats. Vännerna nämner det i vittnesförhören, portvakten ser honom komma sent hem berusad, maskinisten som sköter värmepannan på Norr Mälarstrand berättar att man ska sätta ett extra lås på von Sydows vinförråd i källaren och vaktmästaren på restaurang Cecil i Stockholm, som varit anställd sedan november 1931, berättar att Fredrik och Sofie brukat besöka restaurangen ofta, nästan dagligen.

Bland polisens handlingar hittar jag ett litet handskrivet brev från läkaren Henry Marcus, »... att alkohol som orsak till brott av denna beskaffenhet väl knappast torde vara känt. Det finns endast ett gift vars bruk kan åstadkomma så bestialisk verkan. Det är cocain.« Marcus var professor i nervsjukdomar vid Karolinska Institutet men det finns ingen uppgift om att han var Fredriks läkare eller personlig vän till familjen von

Sydow. Men Stockholm var en liten stad och i kretsarna kände man till varandra, i synnerhet som det gällde en så välkänd person som Hjalmar von Sydow. Grundar sig Marcus brev på något som han visste? Alkohol är de facto bidragande orsak till de allra flesta mord, men Marcus väljer att sätta fokus på kokain och tipsar dessutom oombedd polisen. Varför? Den enda slutsats som går att dra är att han vet hur det ligger till.

Långt senare hittar jag en konfidentiell handling i det sydowska släktarkivet som visar att det verkligen är så det förhåller sig. Professor Marcus hade varit min mormors läkare under de sista åren hon levde. Han visste att Fredrik missbrukare alkohol och »andra narkotiska gifter« och att Fredrik vid »flera tillfällen företett starka tecken på psykisk labilitet och egendomlighet«. Marcus höll för troligt att en psykiatrisk undersökning av Fredrik, om han överlevt katastrofen, skulle ha resulterat i att han »på grund av den psykiska abnormitet hans handlingar både före och vid katastroftillfället företett, icke skulle ha kunnat anses helt ansvarig för brottet«.

Jag läser dokumentationen om Fredriks försyndelser med facit i handen. Morden lägger ett svart filter över uppgifterna vilket alla journalister som skrev om Fredrik efter morden, måste ha erfarit. Allt som hade hänt tidigare i Fredriks liv, mättes nu upp mot en ny identitet, gärningsmannen, fadermördaren och med en sådan finns ingen misskund. Men så gör jag ett tankeexperiment. Hans uppträdande som »en lebeman som konfunderade sina lärare med att uppträda i käpp och rundkullig hatt«, liknar vår tids ungdomar som vill provocera vuxna med sitt utseende. Fredrik skolkade, men hur många har inte gjort det? Ser man det så skiljer han sig inte särskilt mycket från många andra revolterande ungdomar. Fredrik ifrågasatte kanske på goda grunder en förgången tids bestående ordning, men det som inte kan bortförklaras är hans tidiga alkoholmissbruk och ständiga jakt på pengar som blir alltmer desperat och leder till bedragerier i gränszonen till ekonomisk brottslighet.

Hjalmar och Fredrik tycks ha ett komplicerat förhållande till varandra. Å ena sidan talar hans vänner om det som gott; far och son diskuterar filosofi och spelar bridge med vännerna när Fredrik är hemma på Norr Mälarstrand. Å andra sidan är det ständiga uppträden om pengar och Hjalmar är rasande över räkningar och förfallna skuldväxlar som han tvingas betala. Tjänstekvinnorna hade uppgivit att Fredrik uppträtt onaturligt och brutalt mot sin far, men i övrigt finns det ingenstans i vittnesförhören någon uppgift om fysiskt våld, avsiktlig materiell förstörelse eller att andra människor kommit till fysisk skada – fram till den dag då han slår ihjäl sin far och familjens tjänstekvinnor.

Det som finns bevarat är skärvor från Fredriks liv, några spridda avtryck bara, återgivna av andra människor. Vad tilldrog sig mellan dessa skärvor? En tilltagande ångest över att inte motsvara en pappas högt ställda förväntningar? Ett raseri över att tvingas följa en annan människas utstakade väg? En förtvivlan över eget tillkortakommande, som kunde skylas med sprit på krogar och nattklubbar en stund? Kan det ha varit som Hjalmar Söderberg skrev i romanen *Doktor Glas*: »Man vill bli älskad, i brist därpå beundrad, i brist därpå fruktad, i brist därpå avskydd och föraktad. Man vill ingiva människorna någon slags känsla. Själen ryser för tomrummet och vill kontakt till vad pris som helst.«

Pusselbitar fogas i varandra, men stora delar av bottenplattan lyser vita. Där ligger frågorna kring Fredriks person.

I MELLANRUMMEN LIGGER oväntade överraskningar. De uppstår i stunder då man har fått lite tid för sig själv, till exempel på hemvägen från bilverkstan eller under en vanlig söndagspromenad. Det är i de korta avbrotten i ens annars så strikt planerade tid som tankar kan befrias och flyta fritt. Någonting klarnar och plötsligt hittar man en lösning på ett problem. En aha-upplevelse om man har tur.

Det är i sådana mellanrum som skapandet gror. Det händer när man känner sig något så när tillpass och hyfsat trygg, för annars kan demoner i stället ta över och lamslå. Avbrotten är som uppsprättade skåror i ett hölje med saker som legat och väntat, och nu hittar en väg ut.

I mitt arbete är mellanrum ganska ovanliga. Datorer tillåter inga sådana utsvävningar. Tvärtom hypnotiserar de sina användare: de små ögonrörelserna över bildskärmen, maskinens susande. Det instrumentella tänkandet utan kontakt med andra människor medan man sitter alldeles stilla. Det här försätter en i ett hypnosliknande tillstånd. Datorns klonk är startsignalen och så börjar arbetsdagens hypnotiska sejour, ett tidlöst vara utan mellanrum som pågår mellan klockan åtta och sjutton, och fortsätter nästa dag och nästa. Rätt vad det är upptäcker man att det gått ett år. Eller var det två?

Visst förekommer pauser ibland. Men paus och mellanrum är inte samma sak. Pauserna är fyllda med uppdrag: telefonen ringer, man går på toaletten, klockan är tolv och det är lunchrast … Mellanrummen däremot hör hemma i ostördhet. Där kan vad som helst hända.

I mitt hus i Bergslagen ekar tråkigheten när jag vistas ensam där i perioder. Det blir särskilt tydligt när alla barn och gäster lämnar huset efter julhelgerna. När den sista bilen slirat uppför backen går jag från rum till rum i bergsmansgården, tänker att det vore snyggare med ockragula väggar i salen men förmår inte plasta in och ta fram målarburkar, hartsar fiolstråken och slår stämgaffeln mot knäet men lägger sedan tillbaka fiolen och tänder i stället en brasa.

Ibland känns det nödvändigt att utsätta sig för ensamhetens tråkighet. Även när den är självvald drar den all kraft ur armar och händer, och när vinterns elavbrott avlöser varandra välkomnar jag dem. Jag kan sitta kvar i mörkret och vänta utan otålighet för jag vet ändå inte vad jag ska ta mig för. Om avbrottet är långvarigt, vilket ganska ofta är fallet, somnar jag i stolen och vaknar plötsligt med ett ryck när alla lamporna tänds och stereon och radion börjar spela och prata samtidigt. Dag eller natt när jag vaknar? De ser likadana ut på vintern och jag känner på kaminen för att få en uppfattning om hur lång tid som har förflutit.

Det är så här det brukar vara under de första dygnens ensamhet. Det är som om psyket måste ha tystnad och tid för att kunna aktiveras och sätta igång en skapandeprocess. Jag måste bort från vardagslivet med ständigt inkommande data som upptar utrymmet, en ström av intryck som forsar utifrån och in och kräver sortering, värdering och åtgärd. Det är först när slamret från det yttre livet avstannar som det uppstår en konvertering. Strömmen växlar riktning. Ur tråkigheten växer en rörelse från motsatt håll, inifrån och ut.

Det verkar som om tråkighet och skapande har med varandra att göra liksom lyssnandet på ingenting. En dag slår jag på datorn och tankar som jag inte visste att jag hade finns plötsligt bara där och vill bli nerskrivna. Jag finner sammanhang som jag tidigare inte sett och uppfylls av ett flöde av bilder. När elektriciteten bryts igen, står en fylld fotogenlampa på bordet intill soffan. Jag trevar efter tändsticksasken som jag har lagt bredvid den och kryper upp med ett block och en penna i fickan, jag är beredd och ingen tid får förspillas. Elavbrottet kan vara hur länge som helst men jag somnar inte. Hjärnan är på högvarv, andarna har vaknat och all tråkighet är bortblåst.

Jag får fatt i ett årsgammalt barn som drar en liten vagn över en gräsmatta. Gräset sticks under hans fötter. Mörkröda pioner luktar sommartungt intill en grön vattenpump. En barnjungfrus nystärkta förkläde frasar. En ångbåtsvissla rispar den blå sommarhimlen.

Waxholmsbåten kommer, pappa kommer! Den lille pojken släpper vagnen och tultar ut på bryggan. Han springer rätt in i pappas öppna armar. Hans far böjer sig ner och lyfter upp honom i famnen, han har en pappa som luktar cigarr och svagt av pilsner, en pappa som skojar och låter mustaschen kittla i hans nacke när han pussar honom och skrattande drar fram en påse polkagrisar ur rockfickan.

Året är 1909, platsen Sommarbo i Velamsund, personerna Fredrik och min morfar. De första scenerna flimrar förbi. Fladdrande bilder, suddiga skuggor och ljudet svagt och långt borta. Vrid objektivet, ställ skärpan! Jag vill stanna här och måste se tydligt.

SOMMARBO SOMMAREN 1909. Skrindan skramlar över småsten i vägens grunda vagnsspår, gräset på mittrenen har gulnat och torra kamomillruskor slår mot hjulens ekrar. Ett barn sover med en tunn bomullsfilt över sig som skydd för solen. Barnsköterskan som drar vagnen närmar sig en grosshandlarvilla med toppigt blecktorn, och hon stannar och knäpper igen den vita stärkkragen som hon öppnat i värmen, sätter hakbroschen på plats, slätar till förklädet och nålar fast uniformsmössan högst uppe på huvudet. Ingen ska missta sig på att hon är utexaminerad barnsköterska och att lätta på uniformen är bara sådant hon kan göra när hon är utom synhåll för herrskapet. Hon vet att hon kanske är iakttagen, att hennes husmor drar undan spetsgardinen innanför sitt sovrumsfönster en smula, för att kunna se bättre.

Sommarbo. Ett sommarparadis. Ett skuggat paradis. Utanför staketet kring den stora grosshandlarvillans prydnadsträdgård blänker en polishjälm. Reflexerna blir solkatter som studsar över riddarsporrar och rosor. Luften är fylld med humlesurr, fjärilar fladdrar i rabatterna men inte ett löv rör sig i den stillastående julihettan. Två konstaplar patrullerar vid Sommarbo, går runt lusthusets punschveranda, tar en lov kring lekstugan vars lilla dörr står på glänt och kontrollerar att ingen obehörig har tagit sig in i vagnslidret eller i gäststugan som ser ut som en liten kopia av det stora huset.

När de försvinner utom synhåll för herrskapsfrun i fönstret, släpper hon gardinen och går bort till dörren mot trapphallen, och stannar en stund för att oroligt lyssna efter främmande steg. Men poliserna går aldrig in i huset. De sätter sig ibland på verandan som nästan ligger dold bakom en skuggande pipranka och småpratar med varandra, nästan viskande, för att prata ingår inte i reglementet. Deras sablar hänger beskedligt från uniformsbältena, de dåsar för det mesta i sömnig hetta medan de väntar på någonting, fast osäkert vad, gäspar, sneglar mot soluret som står i stenpartiet framför flaggstången och tar av sig pickelhuvorna titt som tätt för att torka svett som rinner över pannan. Skulle steg höras på gruset som omger villan ställer de sig snabbt i givakt och när någon båt lägger till vid ångbåtsbryggan bortom staketet, beger de sig dit för att anteckna skepparens namn och väntar sedan på bryggan tills han ger sig av igen.

Poliserna är utkommenderade för att skydda dem som bor i grosshandlarvillan, och kvinnan i fönstret intalar sig själv att så länge de går vakt finns det ingen anledning till oro. Men det är just deras närvaro som hon finner så skrämmande. Hon är rädd när hon ser dem utanför sitt fönster och blir ännu mer orolig om de plötsligt är utom synhåll.

Båtarna som anlöper bryggan kommer regelbundet vid samma tid varje dag. Det är de reguljära ångbåtsturerna morgon och kväll med ölbåten som skramlar i kölvattnet, fiskaren med morgonens fångst av gädda och abborre upplagd på granrisbädd och kullan från bageriet på Danmarks holme som ror mellan stockholmarnas sommarställen. Varje förmiddag anländer mjölkskjutsen från Velamsunds herrgård, men i övrigt är det sällan som någon okänd dyker upp. Stegen i gruset härrör så gott som alltid från någon av tjänstefolket som skyndar förbi med nyskördade grönsaker, ägg eller nackade tuppar från honshuset, ved eller tvätt i en balja. Det enda som muntrar upp i polisernas långtråkiga tillvaro är när barnjungfrun kommer, eller till och med stannar i trädgården med pojken som hon är anställd för att sköta.

Middagssol och högsommarvärme. Barnsköterskan närmar sig grosshandlarvillan. Gossen sover i skrindan. Konstaplarna sträcker på sig när hon går in genom grinden. Hon är ung och bluslivet stramar. En blick. Ett sänkt ögonlock. Solkatter leker. Ögonkast virvlar i luften. I fönstret på övervåningen dras en mörkblå rullgardin ner.

Det är orostid i juli 1909. Landets största arbetsmarknadskonflikt rullar igång efter flera års strejker. Amaltheadådet finns i färskt minne, då ungsocialister sommaren innan sprängde ett fartyg med engelska strejkbrytare i Malmö hamn. På våren och sommaren 1909 skärps läget och i Velamsund står arbetsgivarchefens sommarställe under polisbeskydd. Upplopp väntas. Blygrå ovädersmoln tornar upp sig och åska mullrar på avstånd. Snart brakar ovädret loss.

Barnjungfrun drar skrindan på grusgången upp mot villan. Hon dröjer sig kvar nedanför verandan, väcker den lille pojken och sätter ner honom i gräset. En konstapel visslar svagt bakom piprankan. Gossen lystrar, reser sig och tar ett par ostadiga steg bort mot verandatrappan. Barnjungfrun stirrar häpet på pojken när han styr sina första steg mot en polis. Nämen, titta vad han kan, utropar hon men hejdar sig genast och sätter handen för munnen. Frun får inte störas, inte för en sådan småsak.

Barnet i blårutig kolt heter Fredrik och Hjalmar von Sydow är hans pappa. Fadern håller just på att missa kvartöversexbåten ut till Sommarbo och anländer andfådd till Blasieholmskajen. Kaptenen håller båten när han ser arbetsgivarchefen. Inga förhandlingar i natt heller konstaterar han och stoppar hoppilandkalle som just ska dra in landgången. Hjalmar pustar och lyfter lite på hatten som tack när han kliver ombord. Han lutar sig mot relingen och kisar mot solen som fortfarande står högt över slottet och Tyska kyrkans höga torn. Ångvisslan tjuter, båten lägger ut och den knappt timslånga färden påbörjas.

Båten rundar Skeppsholmen och Hjalmar följer Södermalms söndersprängda bergvägg som glider förbi. Här anläggs Söders nya pulsåder in mot stan. I krut- och sandrök skymtas arbetskarlar med nakna överkroppar som drar skottkärror och lassar grus högt däruppe. Vägen ska stå färdig redan nästa år och vägbygget är redan det dyraste i stadens historia. Vad det nu ska vara bra för när det finns så mycket annat som behöver rustas upp, tänker Hjalmar, men så blir det tydligen om Lindhagen och hans liberaler får styra stan, eller socialdemokraterna om nu ryktet är sant att han har bytt parti.

Vågskvalp och hetta. Hjalmar pustar i värmen och letar i minnet efter namnet på den nya gatan. Katarinavägen är det visst, Katarina efter kyrkan med sin runda kupol som seglar över berget. Båten stryker tätt intill branten. Det slår honom att han aldrig har besökt Södermalm och han undrar om han någonsin kommer att göra det – fast nej, smutsen är nog värre där än på andra håll i stan. Det är för väl att han har ett sommarställe långt bort från denna kvalmiga stad.

Hjalmar står i aktern, flaggan fladdrar och kölvattnet gurglar befriande friskt när ångbåten lämnar staden bakom sig. De nakna bergen på Värmdösidan glöder i kvällssolen, inget regn har kommit på veckor och björkar och småtallar i bergsskrevorna har redan gulnat fastän juli månad ännu inte är passerad. Han går uppför trappan till matsalen och slår sig ner på en av de röda plyschsofforna, beställer en pilsner, flyttar undan det lilla nysilverstället med ättika och saltkar, öppnar sin portfölj och placerar *Stockholms Dagblad* på bordet. Förstasidan domineras av nyheten att Landsorganisationen proklamerar storstrejk till den 4 augusti. En herre i ljus linnekostym lyfter på hatten och Hjalmar hälsar tillbaka, lite frånvarande med blicken i tidningen. Det är byggmästare Edlund på Skarpö och de har gjort sällskap på båten flera gånger, men den här kvällen är det varken läge för punsch eller ett parti vira. Han pustar och fläktar med handen framför ansiktet och sjunker ner på andra sidan bordet.

Vilket huvudlöst påhitt, vad tror de att de ska uppnå utan ett öre i strejkkassorna, muttrar Hjalmar medan han visar tidningen och pekar på rubriken.

Snart jobbar de väl till vilka löner som helst, ler Edlund. På Skarpö har vi mängder av villor under projektering, så vad vi behöver är billigt arbetsfolk. Han öppnar kavajen, lutar sig tillbaka och tar emot ett glas pilsner som kyparen räcker fram på en liten bricka. Sedan ser han sig omkring, böjer sig mot Hjalmar och viskar: Du måste vidta åtgärder Hjalmar, vi kan inte ha attentatsmän som stryker omkring på öarna. På Eriksvik är de så rädda att fru Helena sover med en revolver under kudden.

Men när Hjalmar varken tittat upp eller svarat på en god stund reser sig Edlund från bordet, lägger kavajen över armen, lyfter på hatten och tar med sitt glas bort till aktersalongen. Cigarren slocknar på askfatet och Hjalmar försjunker i tankar. Verkställer Landsorganisationen sitt utspel tvingas han själv till storlockout. Bättre en stor strid än många små, men det blir dyrt för arbetsgivarna, och det är inte givet att han får med sig alla branscher. Han tar upp en näsduk och torkar svetten från kragkanten och bläddrar i de kostnadskalkyler som han låtit kansliet ta fram. En storlockout kan kosta miljoner. Kan han spela ett så högt spel, kommer hans branschföreningar överhuvudtaget att våga sig på en sådan risk? De blir tvungna, ett farligt läge förvisso, men oundvikligt, mumlar Hjalmar och lyfter bort glasögonen från näsan. Han lutar sig fram mot fönstret, tittar ut över farleden och ser röken från en ryskflaggad laståntgare lösas upp i soldiset. Som i Ryssland med klasshat, mord och revolution, ska vi inte ha det i det här landet. Men tsarens besök häromveckan var en allvarlig påminnelse om det labila läget, när chefen för kustflottan sköts från ett bakhåll i Kungsträdgården. Ett misstag visserligen, gärningsmannen hade tagit fel på person och trott att det var en rysk officer. Vad kommer härnäst?

Han slänger upp portföljen med en duns på bordet, samlar ihop papper och tidning och stoppar ner dem, tar hatt och käpp och går ut på akterdäck med energiska steg. Hjalmar resonerar fram och tillbaka med sig själv, han står inför sin första stora strid och kommer tveklöst att klara utmaningen. Nu är tiden kommen. År 1909 är den stora kraftmätningens år. Det gäller landets framtid, det gäller positioneringen av Arbetsgivareföreningen – och därmed också hans egen framtid.

Det lilla badhuset med sin badsump syns redan och strax kommer båten att styra in bakom Tegelön i Velamsundsvikens mynning. Med ens faller hans privata bekymmer över honom och han hinner lägga sin panna i djupa veck innan båten lägger till vid bryggan. Hjalmar går med tunga steg över landgången.

Ångvisslan väcker Ruth, som Hjalmars hustru heter. Hon går fram mot sovrumsfönstret, drar upp rullgardinen och tittar ut. Hon iakttar de båda döttrarna som springer fadern till mötes med Fredrik mellan sig, hur Hjalmar drar upp en påse polkagrisar ur fickan och ger till flickorna och därefter lyfter upp gossen i famnen. Hon ser honom nicka till konstaplarna och vända sig om för att kontrollera att de undersöker passagerarna. Ingen får stiga av utan att ha styrkt sin identitet och förklarat sitt ärende till Velamsund. Ruths blick glider över det ena okända ansiktet efter det andra, vad har dessa människor här att göra? Men så lägger båten ut och förutom Hjalmar är det bara majoren i herrgården som stigit av. Hon drar sig lättad bort från fönstret till sängen, lägger sig och kvider i kudden: Hjälp mig, Hjalmar, ta mig härifrån. Men när hans tunga steg knarrar i trappan, vänder hon sig om och låtsas sova.

Sover du, lilla Ruth, viskar han medan han försiktigt skjuter upp dörren in till sängkammaren. När hon inte svarar sätter han sig på sängkanten och stryker över hennes hår. Han har så mycket som han vill berätta för sin hustru efter de senaste dagarnas händelser och behöver någon att dela detta med. Ruth kan lyssna, deltagande nicka och ibland också skaka på huvudet. Hon fäller inga onödiga kommentarer, och det är just detta han så väl behöver när han bollar sina tankar fram och tillbaka. Men nu är hon sjuk och han måste bespara henne allt som kan oroa. Därför säger han ingenting om arbetsmarknadsläget, och när Ruth viskande frågar, svarar han bara att dagen har varit bra och ungefär som vanligt. Han vill undvika hennes frågor och vältrar över intresset på henne, orkar hon komma upp till middagen, tro? Nej, nja, kanske ... Ruth sätter sig upp i sängen, stryker bort en svettig hårslinga från kinden och måste genast bort till kommoden för att kräkas. Hjalmar suckar. Det är ett misstag att hon väntar barn igen. Hon ville absolut amma Fredrik själv, vilket hon inte gjort med döttrarna, och hade förklarat att faran för att bli i grossess under amning i stort sett är obefintlig.

Jag läste i tidningen om storstrejkshotet, säger Ruth plötsligt. Vad tänker du göra? Hon sköljer ansiktet med vatten och ett skuldmedvetet leende skyler skärpan i hennes fråga när hon sneglar åt hans håll. Den verkliga orsaken till hennes illamående är inte graviditeten som Hjalmar tror, utan den oro hon känner inför våldet som hotar. Hon är rädd. Livrädd. Skräcken har hållit henne på helspänn i veckor och på nätterna har hon legat sömnlös. Jag kvävs av ångest, vill hon ropa.

Ruth har bett jungfrun att komma upp med tidningen varje morgon, och sedan läst varje liten notis, varenda nyhetstelegram och alla artiklar som på något sätt berört Hjalmar och arbetsmarknadskonflikten. Hon vet att Stockholms garnison står i beredskap, att kavalleripatruller är utkommenderade för att bevaka särskilda platser i stan och att hela länets polisstyrka är mobiliserad med indragna fridagar och förbud att lämna huvudstaden. Hundratusentals arbetare kommer att stå utan arbete och utan lön och Hjalmar, hennes egen make, står beredd till en strid vars like landet aldrig har upplevt.

Hjalmar hindrar sin impuls att fatta tag i hennes axlar och ruska henne. Jag behöver dig, vill han säga, om jag någon gång behöver ditt stöd så är det nu. I stället låter han sina händer falla ner i knät. Han kan inte belasta henne med sina bekymmer för hon har nog med sina egna. Han kan inte göra annat än att hoppas att allt går väl tills förlossningen är över och Ruth återhämtar sig – om hon nu gör det. När den lilla flickan dog strax efter födseln för några år sedan, hade Ruth sjunkit ner i ett mörker. Inte ens när hon födde den son som de båda längtat så efter, tycktes hon finna någon tröst.

Jag är så rädd, viskar Ruth. Hon berättar om främmande män som hon sett i buskaget nedanför sängkammarfönstret, om nattliga ljud av knäckta kvistar och smygande steg i trappan och hur hon legat orörlig i sängen natt efter natt och lyssnat och inte ens vågat ropa till någon av poliskonstaplarna som gått vakt.

Men Hjalmar svarar inte. Han vänder sig bort, reser sig och går mot dörren. Han känner sig plötsligt mycket trött.

Den 4 augusti 1909 drar storstrejken igång. Söndagen före är det ett massmöte vid Hornsbergs hage i Stockholm. Tiotusentals människor samlas trots hällande regn. De kommer helgdagsklädda från alla håll: Enskede och Aspudden, Råsunda, Söders kåkar och hyreskasernerna längs Fattigmannagatan, Sibirien på Norrmalm, Östermalms gårdshus och Svältholmen som Kungsholmen kallas. Nu ska landets arbetare upp till kamp mot kapitalets utsugare. Det blir tal och sångkörer, man sjunger Internationalen och Arbetets söner och Kata Dalström talar om klasskamp och kapitalism. Hon möts med dånande applåder och hurrarop som aldrig vill ta slut. Man viftar med hattar och näsdukar, regnet tilltar men folk stannar ändå kvar till långt fram på dagen.

Ruth och familjen är kvar på Sommarbo. Det är poststrejk och ångbåtsstrejk och Hjalmar kommer inte ut. Han arbetar mestadels långt in på kvällarna, ägnar söndagarna åt promenader, stannar ibland för ett glas punsch på Blanch's café eller tar spårvagnen ut till Den vita staden som är sommarens stora utställning på Djurgården. Han trivs med att röra sig bland folk och är numera en välkänd person i stadslivet. Man lyfter på hatten när man möter honom. Ofta kommer någon herre och vill samspråka ett tag och damer i eleganta sommarklänningar nickar och ler mot honom under vidbrättade hattar. I takt med att Hjalmar blir alltmer omskriven i dagstidningarna ökar inte bara männens utan också kvinnornas intresse. Han ser sin betydelse bekräftad av människor på gatan och erfar känslan av makt som uppspelthet, när inte oron för familjen tar över. Han längtar efter sin hustru men begäret övergår snabbt i dysterhet när han ser hennes stackars kropp framför sig under det virkade överkastet. Inte ens maktens lustkänsla kan hålla stånd mot sur kräklukt, barnskrik, missbelåtna jungfrur eller poliskonstaplar som inget annat vill än att åka hem. Hjalmar stannar i stan även när han skulle ha kunnat ta en droskbil ut till Sommarbo, och är i själva verket rätt nöjd med att disponera sin våning på Norr Mälarstrand i ostördhet. När Ruth telefonerar och erbjuder honom att ta hem hushållerskan, lämnar han det utan åtgärd.

På Sommarbo är stämningen inte alls så dyster som Hjalmar tror. Det stämmer att Ruth är sjuk och befinner sig i sängen för det mesta. Men de två poliserna längtar inte hem och varken husan eller barnjungfrun är missbelåtna, tvärtom. Aldrig har trädgårdslanden skötts med sådan noggrannhet och aldrig tidigare har bärbuskarna plockats av ända till det allra sista kartet. Poliserna vankar av och an på gräsmattorna medan tjänsteflickorna nu förlägger hushållsarbetet huvudsakligen utomhus. Det vita trädgårdsbordet förses med vaxduk och zinkbaljor. Den blå emaljskålen med soda står bredvid och rotborstar ligger prydligt uppradade i gräset. Husan föredrar plötsligt att skrubba potatisen i det fria och gossen som barnsköterskan ibland bär på armen, blir konstaplarnas inträdesbiljett till hennes hjärta. Genom att klappa den lille på huvudet eller låta pojken pillra på de blanka uniformsknapparna, går det lätt att påkalla också sköterskans intresse, och när hon släpper ner barnet på gräsmattan och helt glömmer bort Fredrik, tycker sig poliserna ha avancerat en bra bit. Men när jungfrun skymtar frun uppe i fönstret, drar hon sig snabbt utom synhåll – en onödig undanmanöver inför en husmor som inte längre förmår ingripa.

Men Fredrik då, vem intresserar sig för barnet? Han kan få leka med sina systrar i lekstugan korta stunder, men blir utknuffad när han slänger dockservisen i golvet. Han har ju en mamma men hon har låst in sig i sängkammaren. Ruth har förlorat all förmåga till kontakt och tillbringar dagarna bakom fördragna gardiner. I väntan på Hjalmar som aldrig kommer är hon utlämnad till skymningens och nattens skuggor och vågar varken gå ut i trädgården eller ner till ångbåtsbryggan, inte ens på dagen. Hennes väsen är inneslutet i en kokong av skräck och dit in når ingen. Fredrik har en mamma men hennes hjärta är stängt.

I slutet av augusti påbörjas packningen inför höstflytten till stan. Korgar fylls med hartsade saftflaskor och paraffinerade bärkompotter. Krukor förbinds med dubbla smörpapper över sylt och saltgurka. Serviser, matsilver, sänglinne, dukar, allt liksom fruns och barnens tillhörigheter, packas i trälårar. Tjänstefolk springer upp- och nerför trapporna med svetten strömmande och med jagade blickar. Ingenting får glömmas, golv ska skuras och mattor skakas, vedspisen gnidas med spissvärta och musfällor gillras i skafferi och handkammare. Trädgårdsdrängen krattar grusgångarna, tömmer vattentunnorna och välter dem uppochner. Gårdskarlen bär in trädgårdsmöbler och går sedan runt och låser alla uthus och bodar. Ruth sitter i korgstolen på verandan gömd bakom piprankan och väntar på att husan ska slå upp sommarens sista sup till karlarna. Ingen lägger märke till Fredrik som tultar ut på bryggan och lägger sig på mage, tittar på ett spiggstim och ser en trollslända drunkna, ser sjögräs med gröna slingor bölja runt fisksumpen och drar in lukten av tång i näsan.

VISTELSEN HEMMA i stadsvåningen gör Ruth gott. Den ångest som hållit henne i ett så förtvivlat grepp börjar släppa. Ruth kan börja skratta när Hjalmar skämtar under middagen. Hon leker långa stunder med lille Fredrik, ägnar tid åt att själv fläta flickornas hår på morgnarna och börjar intressera sig för den äldsta flickans framsteg i skolan. När husan knackar och anmäler besök av någon väninna, lyser Ruth upp och skickar iväg husan till konditoriet på Kungsholmstorg. Hon ber att få ner några undanhängda mammaklänningar från vinden, och ser till att de blir vädrade och borstade, och följer ibland med Hjalmar till en och annan middagsbjudning.

När barnen har gått och lagt sig, kryper Ruth upp i björksoffan i vardagsrummet och tar fram en stickning medan hon väntar på Hjalmar som är sen. Två spädbarnströjor är redan klara, hon har stickat dem av ljusblått ullgarn som hon bett jungfrun köpa, och nu lägger hon upp det första varvet till ett par sparkbyxor och den här gången är garnet vitt. Hon flyttar den lilla nysilverstaken, som hon fått av sin mor i lysningspresent, lite närmare för att kunna räkna maskorna, sparkar av sig skorna och lägger upp fötterna i soffan. De börjar svullna nu, ja, hela hon är svullen och det är redan svårt att andas trots att det är flera månader kvar. Hon känner barnet sparka, lägger ifrån sig stickningen och stryker med händerna över magen. Ljuslågan fladdrar lite, Riddarfjärdens vattenspegel kastar upp den sista solstrimman i taket, ringblommorna som jungfrun köpt hem från torget glöder i orange och bortifrån köket hör hon det trygga slamret från middagsdisken. Hon känner sig lugn och vilar på soffan med halvslutna ögon. Lilla barn, hur ska det gå med en sådan ömklig mamma, tänker hon. Hennes melankoli övergår i ömhet för det liv som växer inom henne. Hon gläds över barnet och längtar nu efter att den sista tiden ska gå fort så att hon snart har en liten att pyssla med.

Ruth lyssnar efter Hjalmars nycklar i ytterdörren, men inget ljud hörs och när klockan slår elva och han ännu inte har kommit, lägger hon ifrån sig stickningen och går upp för att hämta ett glas vatten i köket. På vägen tillbaka tar hon med sig kokerskans kassabok som ligger på köksbänken. Hon sätter sig i soffan igen och läser med stigande förvåning. Färskt kött saknas helt. De fåtaliga varor som finns uppskrivna är inhandlade till fantasipriser. Bara en och en halv liter oskummad mjölk per dag. Ruth slår ihop boken med en upprörd smäll. Att allt blivit dyrare under strejken har kokerskan berättat, men detta är fullständigt orimligt. Hon måste se till att få kokhöns och fläsk från Velamsund, och hädanefter ska hon själv ombesörja alla matinköp.

Redan nästa morgon beger hon sig till mjölkaffären vid Kungsholmstorg, men bara för att upptäcka att den är stängd. *Stängt på grund av strejken*, står det på en lapp, och under en hänvisning till ett mjölkutlämningsställe på Dalagatan. Ruth vänder sig häftigt om. Kan Hjalmar ha någonting med detta att göra ... var det verkligen nödvändigt att utsätta barnen för mjölkbrist och tvinga mammor tvärs över stan för att få tag på några liter. Hade någonting sådant varit möjligt om kvinnor fått vara med och bestämma? Sedan lugnar hon sig och bestämmer sig för en skön promenad denna soliga brittsommarmorgon. Så långt är det ju inte till Dalagatan, förbi eldkvarnstomten och Centralen bara.

Utanför mjölkutlämningen ringlar en kö och Ruth stannar på trottoaren mittemot. Hon tvekar, ska hon verkligen ställa sig i denna kö med gummor, jungfrur och snoriga ungar när hon kan skicka husan i stället. Men eftersom hon ändå har gått hit är det lika bra att få det överstökat säger hon till sig själv, och sneddar över gatan.

Ruth väntar, alla väntar och trängs, mjölkflaskor slamrar och kön rör sig sakta. Ett steg fram. Och så ett till. Det flimrar för Ruths ögon, ryggen värker och fötterna ömmar. Hon måste sätta sig en stund och ber en liten flicka hålla hennes plats, men blir bryskt undanknuffad när hon återtar den. Ruth står på sig men vågar sedan inte avvika fler gånger. I stället lyssnar hon på sådant som avhandlas runt omkring henne, tjuvlyssnar på andras samtal och spetsar öronen. Hon hör upprörda mödrar berätta om vräkningar. Ska familjen tvingas sova i snön i vinter nu när gubben fått sparken? Inte en fläskbit till ungarna i dag heller! Ruth kramar mjölkhämtarens handtag. Hon måste bort härifrån, komma undan dessa tarvliga människor, denna smutsiga hop som pressar sig mot henne. Folk ropar allt högre och det är som om de riktar sig mot henne. Pengarna är slut och bodknodden, den jäveln, vägrar folk att handla på krita! Vad ska man leva på, var ska man bo, död åt hela tjyvsamhället! Ruth har aldrig hört så grova ord och när svordomarna börjar hagla också över Hjalmars person, griper yrseln tag i henne. Det är den förbannade Sydows fel, skriker en kvinna och dunkar ursinnigt med näven på den tomma mjölkkannan. Man borde hänga upp det satans svinet i en lyktstolpe och skära tarmarna ur honom!

Ruth vacklar fram mot disken och tar stöd för att inte falla.

Den gamla ångesten, den som hon lyckats hålla ifrån sig efter hemkomsten till stan, drabbar henne nu med full kraft. Hon tappar mjölkflaskan som skramlande rullar över cementgolvet och stirrar hjälplöst när flickungen som nyss höll hennes plats i kön, lyfter upp den på mjölkdiskens marmorskiva. När flaskan är fylld slänger hon några slantar på disken, störtar därifrån utan att vänta på växel, snubblar utför backen mot Norra Bantorget och ramlar in i en droska utanför Centralstationen. I baksätets dunkel och vagnens lugna vaggande känner hon hur hjärtklappningen avtar, och när hon suttit så en stund upptäcker hon att någon stoppat ett flygblad i handen på henne. Men först när hon har stigit in i våningen, låst ytterdörren och lagt på säkerhetskedjan, vågar hon veckla upp papperet och läsa vad som står. *Sveriges första allmänna kvinnorösträttsmöte. Talare: Frk Sigrid Kruse, Dr Alma Sundquist, Fru A. Widebeck, fru Kata Dalström, frk Staël von Holstein. Landsföreningens ordf. Lydia Wahlström öppnar mötet…* Hur ska jag någonsin mer kunna gå ut, suckar hon och sjunker ner på en stol medan husan hjälper henne av med kappa och skor. Hon kastar en sista blick på lappen och räcker den sedan till flickan. Gå dit du, mumlar hon och släpar sig in till sängkammaren utan att lägga märke till husans förvånade min.

Ett par dagar före jul tillkallas barnmorskan. Jungfrun väcks och sätter vatten till kokning på spisen och Hjalmar hänvisas med morgontidningen till herrummet. I gryningen, när den första nysnön lyser som ett blått himmelstäcke över Söders mörka bergkam, föder Ruth en son.

Dunigt huvud, silkeshud. Tio fingrar och tio tår som mjuka ärter i en bönbalja. Ruth håller barnet tätt intill sitt bröst. Det är över nu, viskar hon. Du och jag, vårt nya liv har börjat, jag håller dig i handen och du i min. Sedan lyfter barnmorskan bort barnet, tvättar det och pudrar gult på naveln, lindar det och lägger det i vaggan som står intill Ruths säng. Men Ruth får bara behålla sitt barn en kort tid. Innan årets slut är den lille pojken död.

Blev påfrestningarna för stora? Depression, havandeskapspsykos – ingen vet och man hade ingen bot för sådant. Ruth är klen i nerverna sa man i den mån hennes hälsa alls kommenterades. Någonting inträffade som gjorde att hon inte orkade, och hennes psykiska besvär förvärrades med åren. Så småningom började ett ändlöst flyttande mellan sjukhem, vilohem, pensionat och sanatorier, avbrutet av ganska långa perioder då hon bodde hemma.

I MIN MAMMAS ALBUM finns det några bleknade fotografier från Sommarbo, men hon berättade egentligen ingenting om alla de somrar som hon tillbringade där. Hon talade aldrig om huset med den stora trädgården, om badklipporna, blåbärsskogen eller ångbåtsfärderna dit ut. Ställde jag eller mina systrar någon enstaka gång en fråga, gled hon snabbt förbi den och började prata om annat. Mammas uppväxt var minerad mark och tillhörde det outsagt förbjudna, vilket införlivades som en självklarhet i min och mina systrars uppfattning om vår familj. Pappa hade en barndom med bröder och systrar, vattkoppor och dumma lärare. Men inte mamma. Hon lyssnade ibland när han berättade, lite förstrött, aldrig kommenterande eller så låtsades hon kanske bara lyssna. Hon nickade aldrig igenkännande och log aldrig samförståndsleendet.

Mina egna barndomssomrar lyser. Den vita plåtmuggen med emaljen fläckvis avslagen plockas full med blåbär innan innehållet stjälps över i jungfruns stora mjölkhämtare. Kusinerna hjälps åt och jag är en av dem. Vi letar i sänkor där marken är fuktig och bären större än uppe på bergen. Intill stigen från huset ner till badklippan finns en tuva skomakarbär. De liknar vanliga blåbär, men är större och svarta, godare förstås och framför allt finare eftersom de är ovanliga. Aldrig kråkbär i muggen, aldrig plocka de röda bären som liknar vinbär men är giftiga! Någon enstaka gång hittar en kusin ett hjortron som plockas av och visas upp som ett hårt, rött hallon. Vi trär smultron på strån eller plockar bara grässtrån, det räcker, tupp eller höna?

Solen skiner ständigt och när det regnar samlas kusinerna som allihop är flickor runt det vitskurade matbordet och ritar prinsessor. Vi målar prinsessor på stora papper och när pappeeren är slut målar vi lerfigurer som stått på tork under våra sängar, och alla blir prinsessor. Fönsterbrädorna i det gamla huset på ön fylls med prinsessparader och i allmogeskåpet i salen finns fastrarnas prinsessor som är mycket gamla och därför vackrare än våra.

Ovanpå skåpet står en svepask med ormskinn, högt uppe så att inget barn kan nå den, men det händer att en vuxen lyfter ner asken och öppnar locket så att barnen får titta. Bara titta, inte röra, ormskinnen är tunna och rassliga och tål inte beröring. Tänk om man skulle hitta ett ormskinn, tänk om någon kusin hittade ett ormskinn på en berghäll och kunde lägga det i asken. Men det händer aldrig.

Djungelolja. Fotogen mot fästingar. Vätesuperoxid som bubblar i skrubbsår på knäna. Gummistövlar som skydd mot huggormar. Kusinerna springer nakna med flaxande badrockar och alltid med stövlar på fötterna.

Skogen närmast huset är bebodd med minnen och hemligheter. Där finns Lasses koja, Anders koja, Helgas koja från den tid då pappa och hans syskon var barn. Men kojorna syns inte längre. Höststormar har tagit dem för länge sedan men vi vet ändå var de ligger. Vi ses vid Lasses koja, ropar någon och så samlas vi intill en tall som ser ut som alla andra tallar, torr och tanig i en skreva med renlav, men det är en *särskild* tall som växer där Lasses koja en gång fanns, eller där vi tror att den låg. Barndomens somrar är fyllda med tysta överenskommelser och hemliga tecken.

Klyva filbunkens sammetshud med skeden.

Smälla blåstång. Karva kattguld. Drypande sjögräshår.

Strandfynd. Flytdynan *Peter Danzig* som är fylld med ölkorkar. En pappkarta med små ficklampsglödlampor, gnistrande pärlor, en ovärderlig skatt som vågorna har bäddat in i strandtången. Jag gömmer den bakom oljekannor och tågvirke längst in i sjöboden och tar fram den ibland för att bara titta. Den är min.

Tjära ekan och skjuta ner den i marvatten. I backen en bit ovanför stranden ligger Dromedaren. Det är resterna av farfars båt, ett vitflagnat båtskrov, en halvt förmultnad dromedar med revben som ännu inte helt har lossnat från ryggraden, ett skelett från en tid för mycket länge sedan som kusinerna andäktigt går förbi. De leker aldrig i Dromedaren för det är farfars fina båt, i de vuxnas ögon en skräphög bara, men för kusinerna ett sagoskepp fyllt av historier om jättegrytor och trojeborgar långt ute i havsbandet.

Dromedaren. Kandidatstian. Hednahuset. Husen har studentikosa namn. Hednahuset är ett väldigt timmerhus, ett salshus som självа Valhall med eldstad och britsar runt väggarna och svagt ljus som strilar in genom små fönstergluggar. Det är ett dunkelt och farligt hus som ligger gömt under stora ekar, en hemvist för fladdermöss och spöken och med ett väggfast skåp som rymmer hemligheter så hemska att ingen vågar öppna det. Ett ensamt barn går aldrig in i Hednahuset, men många kusiner tillsammans kan rå på huset genom att hoppa på britsarna och triumferande springa runt och under höga tjut banka med pinnar och käppar på väggarna. Långt senare, när jag är vuxen, får jag en liten teckning av pappa som föreställer Hednahuset.

Det är en grå liten timmerstuga som hukar i skogsbrynet. Bara en vanlig gammal hölada.

Barndomssomrar känns på kroppen; stickiga tallbarr under nakna fötter, det sträva löddret från saltsjötvålen, hal blålera som hämtas i vassviken, kliande myggbett och munnen full med däven mjölk direkt från lagården. Jag bär dem likt de sköra ormskinnen i sin svepask, de finns alltid, bleknar inte, försvinner inte, och när jag öppnar locket kan jag känna en förnimmelse av skvattramsdoft och plötsligt befinna mig vid kanten av kärret nära fältspatsbrottet på Ornö. Det är en magisk ask, man kan hoppa in i den och stänga locket till skydd mot vinddraget och dyka rakt ner i tidsvirveln, långt bort på en mikrosekund, eller egentligen utan att någon tid alls förflyter. Den där asken fick jag av pappa. Mamma hade ingen, för mamma hade ingen barndom.

Barndomssomrar, magiska minnen. Hade mamma glömt dem? Det är ju sådant som de flesta människor bär med sig genom livet, bilder av ett vara som inte längre existerar, för evigt förlorat men ändå alltid närvarande, ett sinnligt tillstånd av samma arketyp som paradismyten. Minnet av Edens lustgård är nog allmänmänskligt och har ingenting med geografi att göra. Lustgården hittar man på en annan karta som består av mänskligt samspel och kärlek.

Min mamma blev moderlös när hon var nio år. Hon berättade för mig om den lättnad hon kände när Ruth dog. Ett nioårigt barn förlorar sin mor och känner befrielse. Vad hade hänt, hur är det möjligt?

Jag samlar ihop de få glimtar från min mammas barndom som hon trots allt förmedlade; snabba skuggor som plötsligt drar över hennes ansikte, plötsliga påminnelser eller associationer, några lösryckta kommentarer och hon stannade upp ett ögonblick. Hennes barndomsminnen från Sommarbo handlade om straff, rädsla och kränkthet.

Vid frukosten dukar jungfrun fram surmjölkstallrikar i olika färg. Varannan har röd kant och varannan grön. Den lilla flickan älskar de röda och avskyr de gröna. Just därför har jungfrun blivit tillsagd att duka med en grön tallrik på hennes plats.

När det åskar springer barnet skräckslaget in till föräldrarnas sängkammare, men återbördas genast till sitt rum. Modern låser dörren från utsidan för att barnet ska lära sig att inte känna rädsla.

En förseelse och modern står beredd till bestraffning. Hennes ögon är farligast, inte fruktan inför slagen och inte smärtan som den lilla flickan strax ska erfara. Modern står på verandatrappans översta trappsteg och naglar fast barnet med blicken. En örfil. Den lilla flickan snubblar till och mamman griper barnet i armen. Be om ursäkt, säg förlåt. Mamman slår igen, barnet faller och hon rycker upp det på fötter. Säg förlåt, be mamma om ursäkt, säg förlåt, säg förlåt! Modern skakar och ruskar barnet men den lilla flickan svarar inte och gråter inte. Inte ett ljud kommer över hennes läppar.

När kvällen kommer ligger hon blickstilla i sin säng så att föräldrarna inte ska upptäcka att hon fortfarande är vaken. När pappan har blåst ut fotogenlampan hör hon hur de kryper ner i prasslande lakan. Idag har Lillan varit så stursk, viskar mamman till pappan. Hur mycket jag än slog henne så vägrade hon att be om ursäkt. Fadern svarar inte, han grymtar bara på sitt vanliga sätt, hrmm, jaha, hrmm …

Det är Ruth som ansvarar för barnens uppfostran. Lydnad, olydnad och bestraffning är beståndsdelar. Barnets otuktade driftsliv ska underkuvas förnuftet, men det är den vuxnes förnuft det handlar om för något sådant besitter ännu inte barnet.

Den vuxnes uppgift är att stävja barnets vilja, för annars kommer det att växa upp till en oregerlig vilde.

Röda tallrikar är inte vackrare än gröna, det är bara någonting som flickan har fått för sig och som måste korrigeras. Om hon är rädd för åska, för hundar, för sälarna på Skansen eller för vad som helst så måste hon lära sig övervinna det. Medlet är tvång och härdning. Släktingar beordras att besöka sälarna på Skansen söndag efter söndag tillsammans med barnet, men flickan är lika skräckslagen varje gång och visar inga tecken på att lugna sig. Ett trotsigt och obändigt barn som framhärdar med att skrika, som trilskas och vägrar att lyssna när de vuxna säger att sälar inte är farliga. Såg inte Ruth att barnet var vettskrämt? Uppfattade hon bara trots?

I min mammas barnvärld är fadern solen och modern mörkret, men det verkar osannolikt att Ruth på ett medvetet plan ville sina barn illa, för vilken förälder vill det? Ruth tillämpade nog en barnuppfostran som hon trodde var riktig och så som hon själv förmodligen hade blivit fostrad. Misstro dina sinnen, lita aldrig på det som du själv erfar, verkar ha varit det bakomliggande budskapet. Samma sak gällde nog också för Ruth, fast på vuxnas vis: Tala inte om vad du verkligen känner. Framför allt, berör aldrig en smärtsam sanning.

Vredesutbrott tar plötsligt fatt i Ruth. Hennes sinne våldförs av en kraft som hon inte kan rå på och som kan utlösas av vad som helst: en bagatellartad händelse, någonting som går henne emot eller förstås när ett barn har gjort något ofog. Men det kan också vara tvärtom. Ruth överfalls av ömhet och vill kramas och kela. Men barnet vågar inte låta sig omfamnas utan vrider sig loss och springer sin väg. När modern ropar i förtvivlan och kroppen skakar av gråt bakom dörren till hennes tillslutna sovrum, är det ingen i familjen som vågar sig in. En sjuksköterska öppnar dörren till badrummet, tar fram en ampull och drar upp lugnande medel i sprutan.

Morfin klipper bort smärta, både kroppslig och själslig. Snabbt, förvånansvärt snabbt, förfryser känslan. Vad blir kvar? Ingenting, ett utarmat psyke, ett vanställt känsloliv, en inre pil vars enda riktning är mot drogen.

Hjalmar anförtrodde aldrig sina barn sin egen sorg över Ruths tillstånd. Hennes missbruk hemlighölls, inte bara utåt utan också inom familjen. Hjalmar var en av topparna i svenskt näringsliv och hans maktposition tålde inte offentlighet av sådana fakta. En tigande ström av sjuksköterskor och läkare, som vartefter byttes ut mot nya sjuksköterskor och läkare, besökte hennes sjukrum. Det som pågick därinne skedde fördolt.

Tänk om Hjalmar hade talat med sina barn och sagt: Er mamma har problem med sitt missbruk. Jag är tvungen att hålla detta hemligt, men både jag och ni vet vad det innebär av svårigheter. Vi måste hjälpa varandra.

Ingen blir sjuk av att höra sanningen. Man kan gråta, sörja och lida, man kan bli rasande och vråla som ett skadskjutet djur. Men sanningen löser upp skuggorna och fakta gör tillvaron möjlig att greppa – fast därför inte alltid acceptabel. Men Hjalmar knöt aldrig en sådan pakt med sina barn. Kanske förbjöd den äktenskapliga lojaliteten att också barnen drogs in. Kanske ville han skydda dem och trodde att han förskonade dem genom att inte berätta sanningen. Möjligen anade han att familjen gick mot en katastrof, men hade inga redskap för att hantera det skeende som han såg växa fram.

Det är svårt att komma förbi tanken att Ruths morfinmissbruk medverkade till den katastrof som följde, men att därför påstå att Fredriks brott hade sin grund i hennes tillkortakommanden är säkert inte hela sanningen. Orsakssamband är komplexa, svåra barndomsupplevelser sätter otvivelaktigt spår, men vilka uttryck de tar sig är inte bara oförutsägbart utan också vanskligt att härleda. Två av syskonen klarade sig såtillvida att de skapade egna vuxenliv med barn och familj. De andra två, Emmy och Fredrik, fick allvarliga svårigheter i sina liv. Man kan fråga sig varför barnen reagerade så olika. En förklaring är att de föddes med stor åldersspridning och att Ruths hälsa förändrades under åren. Men allt kan inte begripas genom att bara titta i backspegeln. En svår barndom behöver inte alls betyda ett asocialt vuxenliv, och ett gott hem är ingen garanti mot kriminalitet och drogmissbruk.

Ruths livshistoria är ett tragiskt kvinnoöde. Före äktenskapet tog hon tjänst som guvernant och slutade arbetet när hon gifte sig – något annat hade varit otänkbart – och blev en av alla de kvinnor som levde i totalt beroende av sina män. Oavsett hur äktenskapet blev eller hur Hjalmar var som familjefar, hade Ruth inget annat val än att underordna sig. Han var den som försörjde henne, som skapade sig själv och familjen en position i samhällslivet, som hade rösträtt och kunde verka i politiken. Hjalmar var den som andra människor såg upp till, inte Ruth. Medan han avancerade till en av dåtidens mest inflytelserika män, förvandlades hon till en skugga.

Kanske företedde hon sådana symptom som sekelskiftets läkare så ofta hittade hos kvinnor i de övre samhällsskikten. De diagnostiserades som nervklena eller neuroasteniska när den rätta diagnosen kunde ha varit vanmakt. Hjalmar skickade bort Ruth till olika sjukhem men om det skedde också med hennes samtycke, är inte självklart.

»Emellertid börjar jag nu genom hvilan och skötseln här [på Sophiahemmet] redan känna mig betydligt starkare«, skriver hon från sjukhuset till sin äldsta flicka. »Det är ju synd om lilla Pappa att behöfva kasta ut detta på mig i dessa dyra tider, men när han nu nödvändigt ville det, så var det ju bara att lyda, det finns en del saker, där det icke lönar sig för mig att spjärna emot. Man blir bara så ledsen och bekymrad och det kan jag ej stå ut med. Det är mycket bättre, att jag härvidlag fogat mig i denna 6 veckors liggan (som jag själf skäms för grundligt) och se honom glad och belåten att höra alla säga, att jag kryat på mig högst betydligt.« (Ur brev 17.1.1923.)

Ett år senare blir hon dålig igen: »Det är alltid synd om omgifvningen. Jag har alltid förr tyckt att det vore katten om man ej kunde med egen viljekraft öfvervinna känsligheten, ångesten etc som är så svår men det går ej så lätt som man önskar och vill. Lilla Pappa bad mig så mycket att jag skulle ligga åter på Sophiahemmet men det sade jag absolut nej till. Då är det mycket bättre att få komma ifrån alldeles en tid och tror jag vistelsen hos er [den äldsta dotterns familj i Norge] skall göra mig så godt. Jag skall icke vara er till Mycket besvär, det lofvar jag. Det blir så utmärkt att jag kommer att bo på ett af sanatorierna, så du ej behöfver känna någon oro för mig. Jag kommer när du vill hafva mitt sällskap och mina råd och går när ni äro trötta på 'lilla mor'.« (Ur brev 4.5.1924.)

Hjalmar genomdrev sin vilja och det blev Sophiahemmet även denna gång, kanske med goda skäl om Ruth var psykiskt sjuk och utan sjukdomsinsikt. Men hennes brev andas förtvivlan över de egna svårigheterna och de bekymmer som de ställer till för andra.

Det finns så få minnen av Ruth, bara några brev och enstaka fotografier. På det tidigaste fotot är hon tolv år gammal och syns i kretsen av sina småsyskon, och på baksidan har något av dem skrivit: *Älskade vår Ruth var en idealisk vice-mamma för de yngre syskonen. Vi älskade henne.* En tolvårig vice-mamma. Ruth var äldst av fjorton syskon, hennes mor var nästan döv och det är lätt att tro att Ruth fick bära ett alltför tungt ansvar. Det är ett allvarligt barn med rättfram blick och bakåtstruket hår som syns på bilden. Det sista porträttet är taget strax före hennes död. Hon är femtio år med vattniga ögon som tittar bort och ett slutet ansikte som inger obehag. Någonstans däremellan gick Ruth under.

DROGEN ÄR STARKARE än allt annat och det är alltid den som vinner alla val. Att både Ruth, Fredrik och hans äldre syster Emmy använde morfin har både min mamma och andra initierade personer berättat om. Det var nog så att oavsett vad Hjalmar sa, om han var vänlig, förstående eller ursinnig, eller vilka åtgärder han än vidtog, så stod han chanslös mot detta. På den tiden fanns det inga behandlingsprogram värda namnet. Han hade ingenstans att vända sig, för någon hjälp stod inte att få.

I Sverige förekom kokain i begränsad omfattning på 1920-talet. Andrea Weiss biografi om Erika och Klaus Mann skildrar hur det användes i kulturradikala kretsar i Berlin, den stad i Europa som verkar ha varit ett centrum för kokain. Flera av deras vänner dog av överdoser eller begick självmord (vilket även Klaus gjorde efter kriget) och även Erika missbrukade, vilket inte tycks ha hindrat henne i kampen mot nazismen, i Tyskland före kriget, därefter i USA och England och sedan som ackrediterad reporter vid Nürnbergrättegångarna. Också Sigmund Freud hyllade kokainets lyckobringande verkan och använde det både på sina patienter och sig själv, men i Sverige kunde varken morfin eller kokain köpas legalt utan läkarrecept.

I sin bok *Min första krets* beskriver Olof Lagercrantz morfinets lyckokänsla: »Vi la oss till sängs och Anne gav först mig och sedan sig själv en [morfin]dos. Något så himmelskt hade jag aldrig upplevat. Det var som om mystikens ljusdränkta ögonblick återvänt för att stanna. Fantasin rörde sig så lätt. Drömmar tog form. Ord sprang fram och bilder men något behov att teckna ned dem fanns inte, ty känslan av att detta skulle vara i evighet följde med. Jag hade råd att slösa …« Morfinets lyckorus varar kort och med abstinenser följer hallucinationer. Han berättar sedan om sin första och enda hallucination i början på 1930-talet: »Jag var klarvaken och såg den smidda sänggaveln framför mig förvandlas till en katt med gnistrande ögon. Den vände huvudet emot mig där jag låg på sängen och jag upptäckte att den hade en djävuls ansikte och att den gjorde sig beredd att slå klorna i mitt bröst. Kallsvetten strömmade nedför min kropp …«

För Lagercrantz var morfinet en engångsupplevelse i ungdomen, men för Ruth, Fredrik och Emmy blev det inledningen till en katastrof.

Sommaren 1924 visar det sig att Emmy väntar barn. Relationen mellan Hjalmar och den övriga familjen ställs på sin spets. Att vänta barn utan att vara gift var visserligen skandalöst, men Emmy var tjugo och det fanns en fästman. Med lite god vilja och ekonomisk hjälp från föräldrarnas sida hade detta kunnat lösas på ett anständigt sätt. Men ingenting sådant sker.

I alla beskrivningar av privatpersonen Hjalmar von Sydow syns han som en vänlig familjefar. En snäll pappa. En far som intresserar sig för barnen trots att han arbetar mycket. Hjalmar ser mellan fingrarna när sprit försvinner från vinkällaren, när räkningar efter Fredriks eskapader hamnar på hans skrivbord, blir arg och protesterar men löser sedan Fredriks lån och bankväxlar. Det verkar som om allt kan accepteras om än motvilligt, bara inte detta att bli med barn utan att vara gift. Här tycks gränsen gå och det vet Emmy. Hon blir bokstavligen lamslagen av skräck när hon upptäcker att hon är gravid, hennes ben förlamas och hon kan inte längre gå, och i de värkande benen samlas all hennes smärta. Hon förstår vad som väntar; resa bort och föda i hemlighet, lämna bort barnet och aldrig återse det.

I augusti 1924 far Ruth och Emmy bort tillsammans, först till Marienlyst i Danmark och sedan till ett mentalsjukhus i Innsbruck. Breven som min mormor skickar därifrån finns bevarade. Emmy har så ont i sina ben stackars liten, skriver hon, men inte en rad om det verkliga skälet. Vistelsen i Innsbruck sätter djupa psykiska spår hos dem båda. »Vi flyttade hit i onsdags och hava visserligen fått ett stort rum, men ack så dystert. Midt emot ligga de manliga salarna för de stackars fattiga nervpatienterna, som de flesta äro halvidioter eller skaka i hela kroppen av nervchocker från kriget. Vi se dem spatsera omkring i sina gråa långa rockar eller ligga i fönstren och titta på oss. Åt andra sidan sitta 3 fönster högt uppe vid taket, därifrån man endast ser ett par granar, men varken himmel, eller sol tränga hit in.« Det är ett fängelseliknande rum som de vistas i under flera månader. De ber att få komma hem men Hjalmar tillåter det inte. Ruth oroar sig också för barnen därhemma och särskilt för Fredrik som befinner sig till sjöss och inte hör av sig. Två ljuspunkter finns i den tröstlösa tillvaron, breven hemifrån och kvällarna när Emmy får sin smärtstillande spruta. »Den stunden sedan jag lagt mig och Emmy fått sin morfinspruta, är den trevligaste på hela dagen och den efter vilken vi längta. Då ligga vi ett par timmar med våra stickningar till Doktorn kommer vid 11 à 12 tiden och giva henne en ny insprutning om benen och fötterna värka för svårt. - - - Emmy har ju ungdomens glädtighet och är så söt med mamma, när jag känner mig betryckt och nedstämd, det skulle ju vara tvärtom, att det var jag som muntrade upp henne, när de svåra plågorna i benen begynna.« (Ur brev 2.11.1924.)

Emmy föder en dotter som försvinner efter några dagar, död eller bortlämnad, ingen vet. Därefter reser de hem. Emmy sitter i rullstol och har inte längre någon mark att stå på. Min mormor hämtar sig aldrig och dör våren 1926.

Emmy blir det första barnet som drabbas av Hjalmars okuvliga hållning. Samma sak upprepas ett par år senare när Fredrik och Sofie väntar barn. De är alla näst intill myndiga – på den tiden vid tjugoett års ålder – så varför denna stränghet? Deras snälle och omtänksamme far visar dem en annan sida, som medför omätligt lidande för både Ruth, Emmy och senare också för Fredrik och Sofie. Vad växer ur det? Skuld. En känsla av att ingenting vara värd. Revansch; det kommer en dag då jag ska ge igen.

Efter vistelsen i Innsbruck är både mor och dotter fast i missbruk. Barnet finns inte mer och kvar är ångest och morfinet som dövar känslan. Ruth skickas bort till olika sjukhem, men vad händer med Emmy, finns det någon som hjälper henne? Att hon och Fredrik hade en stark vänskapsrelation är omvittnat, och kanske är det han som nu blir hennes stöd.

Varje människa behöver en förtrogen, även missbrukare. Hon eller han väljer någon som inte ställer de svåra frågorna, ett yngre syskon till exempel. Lillebror blir kanske den som storasyster delger sina hemligheter och pratar förtroligt med. Han är den utvalde, och växer i sina egna ögon till en oumbärlig person. Han lyssnar allvarligt, kritiserar aldrig och kan till och med hämta den där sedeln ur pappas plånbok som storasyster absolut behöver. Lillebror får en ställning i syskonskaran som han aldrig tidigare haft. Han vet sådant som ingen annan i familjen vet, och om mamma eller pappa frågar skvallrar han inte. Hans lojalitet finns med storasyster. Om föräldrarna inte ser vad som pågår mellan syskonen kan plötsligt också lillebror befinna sig i riskzonen för narkotikamissbruk.

Var det så det gick till? Det ligger nära till hands att tro. Fredrik var sexton år gammal våren 1925 då Emmy återkom från Innsbruck. Han befann sig precis i den ålder då ungdomar testar gränser.

Ett minne, berättat av min mamma för länge sedan. Det är natt och hon vaknar av en förtvivlad röst som ber om hjälp. Den lilla flickan, som är min mamma, drar på sig kläderna och smyger ut genom köksdörren, springer nerför trapporna och ut på gatan. Hon skyndar Hantverkargatan in mot stan, sedan över bron och förbi Tegelbacken. Snön knarrar under kängorna, gatlyktornas ljus flimrar i det lätta snöfallet och barnet är nästan ensamt ute denna natt. Hon går mot Jacobs torg där apoteket Lejonet ligger, det enda som är öppet nattetid, framför sitt ärende och återvänder hem med morfin i en påse tätt tryckt mot bröstet.

Vems var den förtvivlade rösten, vem skickade iväg en liten flicka mitt i natten? Min mamma sa ingenting om det, eller så minns jag inte. Det är inte troligt att det var min mormor, eftersom hennes behov ombesörjdes av läkare. Det måste ha varit Emmy eller Fredrik.

»Särskilt vid bruk av cocain är det känt, att så svåra raserianfall kunna inträffa, att personen i fråga kan företaga sig snart sagt vad som helst. Det kan ju tänkas, att detta medverkat vid katastrofen den 7 mars 1932«, skrev professor Henry Marcus.

I boken *Roman med kokain* beskriver författaren M. Agejev initierat giftets verkningar, en kuslig läsning: »Kokainets förmåga att väcka fysiska lyckoförnimmelser utan minsta psykologiskt samband med yttre händelser – också då de händelser som reflekterats i mitt medvetande borde ha gjort mig nedstämd, desperat och ledsen – just denna förmåga hos kokainet utgjorde en skrämmande lockelse som jag varken kunde eller ville bekämpa eller göra motstånd mot. Under kokainets inflytande fick mitt känslojag sådana dimensioner att det själviakttagande jaget upphörde att fungera. Men när kokainet var slut kom skräcken smygande«, skriver han. »Timmar av fasa började. Kroppen tyngdes ned i en outsäglig, skakande, oförklarlig förtvivlan.« Agejev återger vad som kan hända i en kokainmissbrukande människas inre; känslor likt dödens känslokyla, föreställningar som vägrar tro på det förnuftet vet och skräcken när gardinen i fönstret förvandlas till soldater som höjer sina gevär.

VEM VAR HJALMAR VON SYDOW, den person som var min morfar men som jag aldrig fick träffa? Fanns det någonting i hans förhållningssätt mot barnen som skulle kunna förklara ett våldsamt fadersuppror? Jag söker honom i dokument och skrifter och en kraftfull personlighet framträder, men om han fördenskull var mer auktoritär än många andra fäder i hans ställning, framgår inte.

Morfar kommer i dunklet innan jag somnar, när jag har släckt nattlampan och är på väg in i drömmen. Det finns ingenting skrämmande eller spöklikt i mitt möte med honom, det är nog bara så att tiden för ett samtal har kommit. Vinden tar tag i den långa ljusa gardinen som böljar framför fönstret som står på glänt, och en gammal man med mittbena och mustasch lösgör sig ur månskenet och stultar fram mot sängen. Käppen dunkar inte i golvet, stegen hörs inte, han glider ljudlöst fram men sätter sig inte på sängkanten utan stannar vid den höga mässingsgaveln och förblir stående. Jag ser inte hans mun och hör inte heller hans röst, men jag lyssnar noga när han talar till mig. Hans ljusblå ögon iakttar mig forskande och allvarligt men inte alls strängt. Det är en mycket sorgsen gammal man som varken avkräver upprättelse eller vill intervenera i mitt arbete. Vårt möte ligger djupare än så.

Hjalmar von Sydow har aldrig tidigare funnits som en människa för mig. Visst har jag vetat att han var min morfar, och visst har jag också sett bilder av honom som mamma hade, det brunblekta lilla fotot med tre små pojkar som föreställer hennes pappa tillsammans med sina bröder, och porträttet där han sitter vid sitt skrivbord på Svenska Arbetsgivareföreningen. Under demonstrationsåren runt 1968 var vår släktskap ingenting som jag nämnde för mina vänner. *Tage och Geijer, Lyndons lakejer*, skanderade vi – och min egen morfar hade varit lejon i kulan, hade varit storlockoutgeneral, visserligen 1909, men ändå. Jag sköt vetskapen åt sidan i en vag känsla av obehag. Hjalmar von Sydow var en person som jag inte hade någon relation till och som var död långt innan jag föddes. Jag mötte ibland hans namn när jag läste om den svenska arbetarrörelsens framväxt. Hans namn studsade upp ur texten men jag lät blicken glida förbi och stannade aldrig för att söka efter just hans person. Det var inte Arbetsgivareföreningens folk som intresserade, på sextio- och sjuttiotalen skildrades de kort och gott som storfinansens män, som pappfigurer, aldrig som människor. Fokus var inställt på arbetarnas kamp och från Fria Proteaterns scen där jag arbetade, sjöng vi:

> Dödsskotten i Ådalen minns man som igår
> den stora depressionen nådde Sverige denna vår.
> Kris för storfinansens män nu bjuder dom oss svält
> vårt motstånd ska dom krossa med sitt ökända patent
> vår lön i massaindustrin ska ner med tolv procent.

Jag frågade mamma en gång om morfar hade någonting med Ådalshändelserna att göra. Hon svarade snabbt att Hjalmar var pensionerad då, och jag förde sedan aldrig något sådant på tal.

Vem var han, min morfar?

Det som finns bevarat, förutom några portätt i familjealbumet, är dokument av mer officiellt slag; riksdagsprotokoll med bilagor, artiklar i Svenska Arbetsgivareföreningens tidning *Industria* samt eftermälen som publicerades vid hans död, sammantaget ett material som fyller många pärmar i det sydowarkiv som vuxit fram under mitt sökande. Bland alla handlingar hittar jag en barndomsskildring som hans bror Hugo skrev, en berättelse om en uppväxt som förefaller ljuvlig. En människa som haft en så rik och kärleksfull barndom måste rimligen önska sina egna barn att få uppleva detsamma, tänker jag när jag läser den.

Hjalmar von Sydow föddes 1862 och växte upp i Hammenhög som ligger i Skåne. Fadern var häradshövding i Ingelstads och Järrestads härads domsaga och alla de tre sönerna, Ernst, Hugo och Hjalmar, som föddes tätt efter varandra, följde i sin fars fotspår och blev vice häradshövdingar alla tre. Det fanns också två yngre döttrar, och familjen bodde i »Hammenhögs Boställe«, ett korsvirkeshus som låg i utkanten av samhället och ingick som löneförmån åt domaren. Hugo beskriver den stora trädgården med ett överdåd av fruktträd, äkta kastanjeträd, äpplen och plommon, bigarråer och sötkörsbär så att det doftar och kliar i munnen av barndomssmaker. Huset var rätt stort, och det var också hushållet som omfattade ett tjugotal personer. Förutom pappa och mamma och de fem barnen bodde där också den ogifta fastern Thilda, som hjälpte till med domsagoarbetet, systersonen Adolf, en informator som skötte pojkarnas undervisning innan de började i Lunds katedralskola, en guvernant som undervisade flickorna, två notarier och en renskrivare. Utöver dessa fanns tjänstefolket, en husmamsell, pigor, en barnflicka och en kusk, medan »Mäster« som skötte trädgården hade eget hushåll. Det var ingen strikt gräns mellan domsagoarbetet och familjelivet, och man både åt, sov och arbetade i samma hus. I tamburen satt det alltid hjälpsökande från trakten som väntade på att få domarens råd i alla möjliga svårigheter, vilket medförde att fadern måste sköta sin omfattande korrespondens långt in på nätterna. »Ofta sutto vi pojkar under hans nattliga brevskrivning vid andra sidan av hans skrivbord i tyst sällskapande med honom, intill dess sömnbehovet kallade oss därifrån.« En ömsint bild med tre små gossar som sitter tysta tätt intill varandra mittemot pappan. Stålpennan raspar i fotogenlampans ljuskrets. Ett huvud nickar till och faller ner mot bordet. Kanske märker inte fadern att barnen somnar för han är så inne i sitt. Kanske smyger mamman in i rummet och lyfter barnen i säng, ett efter ett, medan pappan fortsätter att skriva.

Aga förekom aldrig och Hugo uppehåller sig alldeles särskilt vid det förtroliga sällskap som far och söner hade av varandra. När pojkarna inte var större än att de kunde få plats alla tre i pappans knä, började han »tala förstånd« med dem, vilket innebar att han berättade om historiska och populärvetenskapliga händelser. När barnen blev lite äldre hade de en sed, berättar Hugo, att samtala med varandra medan de promenerade fram och tillbaka genom rummen på bred front, »min far i mitten, en son på den ena och två på den andra sidan. I dörröppningarna, som med nöd tilläto tre personer att passera i bredd, och runt matbordet, fick den fjärde slinka efter, så gott han kunde«. På sommarkvällarna, mellan dagens arbete och pappans nattliga brevskrivning, gick de på samma sätt runt i trädgården och diskuterade, men ibland också under tystnad. »I aftonens fred fick detta sällskapande ofta formen av tyst tanke- och känslogemenskap«, skriver Hugo. När kvällarna mörknade spelade pappan och sjöng eller så var det högläsning i familjekretsen.

Ingen av Hjalmars föräldrar var skåning, fadern var son till en apotekare i Borås och modern dotter till en bruksägare i Värmland. Båda förlorade tidigt sina föräldrar och växte upp under knappa förhållanden, men förmodligen inte känslofattigt. Hugo berättar: »Mina föräldrar voro båda sällsynt harmoniskt avvägda personligheter. Min far visade i hemmet liksom i samkväm en lugn och stilla glättighet, fastän han nog i ämbetsärenden kunde verka allvarlig och respektingivande. Min mor hade också ett jämnt och gott lynne, egentligen endast stört, om oro för man eller barn tillstötte.«

En romantiserad beskrivning författad av en kär son? En förskönad bild av en barndom? Hjalmar var den yngsta av de tre bröderna och syskons upplevelser kan ju skilja sig avsevärt. Men det Hugo skriver känns bekant, och jag påminner mig att min mamma har berättat ungefär samma saker. Också mamma såg sina farföräldrar som ljusgestalter, vilket måste ha varit något som Hjalmar hade förmedlat.

Ett möte med min mamma i Köpenhamn. Det måste ha varit i slutet på 1970-talet då jag arbetade åt Stockholms stadsmuseum och i månader hade varit begravd i arkiv och bibliotek i ett forskningsarbete. Jag har tagit ett par dagar ledigt för att hälsa på mamma och berättar lite om mitt arbete medan vi promenerar längs Vesterbrogade upp mot Rådhusplatsen. Det är en solig vinterdag och stämningen mellan oss är munter. Plötsligt stannar mamma upp och berättar: Hon har tagit fram lådorna med alla dokumenten som rör hennes familj, min morfars och mormors korrespondens, hennes egna dagböcker, brev från Fredrik och så vidare, och sedan bränt alltihop. De stora askarna klädda med ljusblått tyg som stod högst upp på hyllan i hennes garderob finns inte längre. Lådorna med alla hemligheterna, med det ovärderliga materialet som jag aldrig hade vågat titta i, handlingarna och breven som låg där i väntan på att bli lästa, katalogiserade och arkiverade – allt är borta. Hon visste lika väl som jag vad dessa dokument kunde ha betytt för framtida forskning, men hon kunde inte leva med minnena. Hon måste helt enkelt göra sig fri. Min reaktion: en förtvivlad känsla parad med en varm ström av ömhet inför hennes utsatthet. Ännu en gång denna stämpel: *Händelsen har aldrig ägt rum.* Vad kunde jag säga?

Några samstämmiga intryck av Hjalmar som privatperson: En imposant man som man bockade sig djupt inför, när han med vänlig och sorgsen blick talade om sin hustrus sjuklighet, berättar Axel Heyman som bodde granne och höll upp hissdörren för honom. Snäll, omtänksam och humoristisk, säger de släktingar som minns honom. Det lyste om honom på ett särskilt sätt. I brev som finns bevarade berättar min mormor hur Hjalmar är full av upptåg på middagsbjudningar och skämtar så att alla gäster skrattar. För min mamma var Hjalmar sinnebilden av den gode fadern, den ömsinte och alltid lika intresserade pappan. Men mer än så får jag inte veta och det är som yrkesmänniska han finns porträtterad i de dokument som är bevarade, inte som familjefar. Min morfars arbetsliv var hans livsrum och det är där jag måste söka honom; ett stycke svensk historia.

I Svensk Uppslagsbok presenteras Hjalmar von Sydow som socialpolitiker vilket först förvånar mig, men sedan klarnar när jag förstår att socialpolitik på hans tid fokuserade den så kallade arbetarfrågan. Han var socialfullmäktig i den dåvarande Socialstyrelsen, som förutom att övervaka fattigvård hade till uppgift att driva igenom reformer inom arbetarskydd, arbetsförmedling och boende. Han var vice ordförande i riksdagens andra lagutskott, som arbetade med ny sociallagstiftning, däribland laglig reglering av olycksfall i arbetet, arbetstids- och försäkringsfrågor, alltså sådant som i stor omfattning kunde relateras till arbetslivet. Men det var framför allt som chef för Svenska Arbetsgivareföreningen som han verkade under nittonhundratalets första kvartssekel, då svensk arbetsmarknadspolitik tog form efter industrialismens genombrott i Sverige. Under tjugofem år satt han vid ena sidan av förhandlingsbordet med olika fackföreningsledare vid den andra. När jag läser om honom framträder en målmedveten förhandlare och jurist med betydande inflytande.

När Hjalmar börjar sin yrkeskarriär är elektricitet någonting nytt, liksom ångkraften, järnvägen, telegrafen, telefonen – och kulsprutan. Då som nu gällde att teknikens och samhällets utveckling är beroende av varandra. Med elektriska lampor kunde arbetspassen förläggas utan hänsyn till dagsljus och med ångkraft möjliggjordes massproduktion. Hela samhällets, handelns och arbetslivets organisering genomgick en radikal förändring på i stort sett alla områden, från skråväsendets protektionism till näringsfrihet, från tullar både inom landet och mot omvärlden till frihandel, från hästskjutsar till distribution med järnväg vars tidtabeller förutsatte gemensam klocktid i hela landet, från psalmvers- och katekesplugg till allmän folkbildning, vilken utgjorde en grundbult i kravet på demokrati och rösträtt. Exemplen kan bli hur många som helst. Gamla hindrande ordningar måste ersättas med nya, och de skedde under år av stridigheter och skarpa motsättningar. De som lade ut rälsen mot framtiden byggde någonting helt nytt, någonting oprövat, och utan egna erfarenheter att luta sig mot. Sverige låg sent i utvecklingen men med den nya kommunikationsteknikens hjälp öppnades världen, det gick att ta tåget eller lyfta telefonluren för att ta del av erfarenheter i andra länder.

Den patriarkale brukspatronen som lät dela ut korgar med

julmat till de fattiga i bygden byttes efter hand ut mot bolagsstyrelser med ansiktslösa män långt borta. Stora fabrikskoncerner blev en ny företeelse, liksom fackligt organiserade arbetare. Avtal om rättigheten att bilda fackföreningar slöts först år 1906, och då i utbyte mot arbetsgivarens rätt att fritt anställa och avskeda arbetare. Vid sekelskiftet hade Landsorganisationen sin första kongress, men det fanns ännu ingen samlad arbetsgivarförening som motpart. När min morfar tillträdde som chef vid Svenska Arbetsgivareföreningen 1907, var den en av tre arbetsgivarorganisationer och det skulle dröja ytterligare ett tiotal år innan de knöts ihop under samma tak.

Under Hjalmars tid växer arbetsmarknadens parter till två kraftfulla maktblock. Storstrejken 1909 blir den första stora styrkemätningen och konflikten får avgörande betydelse en lång tid framöver. Någon egentlig uppgörelse kommer inte till stånd, men att arbetsgivarna har vunnit maktkampen är uppenbart.

Jag hittar teckningar av honom i tidningarna. De är satirer över en hänsynslös storlockoutgeneral som kastar ut hundratusentals arbetare i arbetslöshet. Från arbetarhåll blir Hjalmar en fruktad man, känd som en omutlig förhandlare. Själv tapetserar han klosetten på kontoret med nidbilderna ur tidningarna.

Det finns krafter inom Arbetsgivareföreningen som efter segern vill utnyttja tillfället att krossa fackföreningsrörelsen. »Detta skulle man mycket väl kunnat göra, det hade inte varit några svårigheter, men dels hade det inte tjänat någonting till, man hade kunna krossa fackföreningarna för tillfället, men de hade snart uppstått igen och så hade det bittra minnet legat där och man hade haft medvetandet om att man begått en handling, som inte principiellt kunde försvaras«, menade Hjalmar. Men det tog många år innan de fackliga organisationerna återhämtade sig, eller som Industria uttryckte det: Efter storstrejken följde »arbetslugnets och den obestridda arbetsgivaröverviktens period« i drygt tio år, fram till krisen vid 1920-talets början.

Axel Brunius, redaktör för Industria, porträtterar Hjalmar så här: »Man kan förvånas över hur sammansatt hans natur var: strängt konservativ, men framsynt och fri från betydelselösa konventioner; modern i ekonomisk och social uppfattning men därjämte en personifikation av chefskap och dignitet; oåtkomlig i tjänsteutövning, tillgänglig under friare former; fordrande och anmärkande, långt ifrån kamratlig men öm om medarbetarnas intressen och lycklig över att kunna hjälpa dem ekonomiskt och socialt.«

År 1916 blir Hjalmar invald som högerns riksdagsman i första kammaren. Han driver nu sina intressefrågor från två håll, dels som riksdagsledamot, dels som chef för Arbetsgivareföreningen. Arbetsfred kan bara uppnås med hjälp av lagstiftning, menar han, för det går inte att komma åt kommunisterna och de syndikalistiska fackföreningarna på något annat sätt. Statsmakten behövs för att upprätthålla ordningen inom de områden som Arbetsgivareföreningen själv inte kan kontrollera.

Detta, att stå med ena foten i staten och den andra i det privata näringslivet är inte okontroversiellt. Efter första världskriget växer motsättningarna inom högerpartiet kring denna fråga och efter Hjalmars död 1932 intar hans efterträdare Gustaf Söderlund en annan hållning. Arbetsgivareföreningen ska verka opolitiskt och fristående från staten.

VÅREN 1917. Fredrik är nio år med strumpor som kliar, ben som vill springa, kängsnören man snubblar på och mössan ... Vet skäms, Fredrik, har du tappat den igen! En nioåring förväntas hålla rätt på sin mössa, bocka med fötterna ihop, hälsa med stadig hand och hålla munnen stängd. Framför allt det. Munnen ska vara stängd.

Nio år. En rastlös väntan på att skolklockan ska ringa ut, att mamma ska stoppa tillbaka proppen i glaskaraffen som tecken på att middagen är klar, att vuxna ska tala färdigt så att pratet kan bubbla fram ur öppen mun. Ibland uppstår pauser i uppfostran då man får hoppa, skutta, springa, skratta, skrika, ropa. Om det sker utomhus och utan vuxnas närvaro vill säga.

När Fredrik kommer hem från skolan har mamma rest till Vallsjö. Barnsköterskan sysslar med Lillan och han blir utkörd ur barnkammaren för där ska lillasyster sova middag. Fredrik släntrar omkring i våningen och gör ingenting särskilt, går ut i köket och möts av det vanliga, ut och lek med dig, men tassar i stället in i pappas arbetsrum, fast han inte får. Han sätter sig vid hans arbetsbord, lyfter på några kuvert för att se om det ligger någonting spännande inunder, tar fram pappas reservoarpenna och präntar FREDRIK med stora tryckbokstäver på ett papper, så att pennans guldspets delar sig. Han hittar ett läskpapper i en av skrivbordslådorna och när han lyfter på det ser han två enkronor blänka på lådans botten.

Hur många saftklubbor får man för en krona? För två kronor? De ligger i en glasskål på disken i speceriaffären; röda strutar med smörpapper omkring och en pinne att hålla i. Det kittlar i Fredriks spottkörtlar och saliven rinner redan i mungiporna när han snabbt stoppar ner slantarna i byxfickan. Sedan ångrar han sig och lägger tillbaka den ena, springer ut i köket och fortsätter visslande ut genom köksdörren och kvickt nerför de fyra trapporna.

Fredriks pappa är nästan aldrig hemma för han har viktigare saker att syssla med. Det är världskrig och även om Sverige hittills har klarat sig undan, så är landet drabbat. Hjalmar von Sydow är en tung person i denna allvarstid. Han är en av dem som är utsedd till att skapa ordning.

I skyttegravarnas tröstlösa lera skjuter Europas arbetare på varandra för tredje året och i Ryssland störtas tsaren. Också i Sverige förekommer upplopp. Hela Jämtlands fältjägarregemente obstruerar och i Stockholm demonstrerar inkallade militärer. I april kulminerar antalet hungerdemonstrationer på fler än hundra platser i landet, i Ådalen, Seskarö, Borlänge, Falun, Stockholm, Norrköping, Västervik, Göteborg, Malmö ... »Livsmedelsnöden stiger obönhörligt som en flod«, skriver författaren Ludvig Nordström i sin dagbok, och folk samlas i rasande protest vid kommunernas brödbyråer. Det är kvinnorna som dominerar i dyrtidskravallerna när livsmedelsaffärer plundras och bönder tvingas öppna sina potatislager. Potatis är en av de få varor som inte är ransonerade, men bönderna använder den som svinfoder för de får bättre betalt för fläsk.

I riksdagens första kammare är privilegiesamhället representerat. Där sitter grevar och friherrar med namn som Hammarskjöld, Printzskjöld, Beck-Friis, Lagerbjelke... I andra kammaren finns liberaler och socialister med Hjalmar Branting i spetsen. De eldar på missnöjesstämningen och kopplar politik till potatis. Bönderna uppfattas som arbetarnas fiender, den Hammarskjöldska ministären kallas Hungerskjölds, polisen kallas kosacksvin och de som skor sig på varubristen kallas gulascher. Hungerrörelsen växer till ett våldsamt utbrott av social och politisk protest.

Den enes bröd tycks vara den andres död. Inflationen är en lavin och i städerna är det värre än någonsin. Nu, i modern tid, hungrar folk som på bonden Paavos tid – eller gör de det, är det socialisterna som skapat ett hungerspöke som agitationsplattform? Men våren är extremt kall och Mälaren isbelagd långt in i maj. På åkrarna ligger potatisen kvar i sina stukor utan att kunna transporteras, och Hjalmar har själv sett hur skolgårdar och parker har börjat odlas upp. Snart eldar väl folk upp både lindar och almar och sätter potatis i stans boulevarder, muttrar han.

Världen är galen. Hjalmar dunkar käppen hårt i trottoaren när han läser i depeschkontorets fönster vid Gustav Adolfs torg om nya kravaller. Vilken vanvettets tid med upplopp på grund av några usla potatisar!

Vid krigsutbrottet föll börsen som en sten. Sedan började hamstringen, priserna sköt i höjden och därefter blev det brist på allt. Men nu, tre år senare, befinner sig landet i en extrem högkonjunktur. Skeppsfarten och exportindustrin gör lysande affärer. Ekonomiskt står Sverige på topp, men det är en ekonomi i total obalans och klyftan mellan fattiga och rika har ökat lika extremt som konjunkturen. Under krigsåren har priserna tredubblats och trots att Hjalmar har gått med på vissa löneökningar så strejkar arbetare. Han skriver till Landsorganisationen: »Vad vårt inflytande över fackföreningarna angår, så äro arbetarna nu av flera skäl så ur jämvikten, att jag icke har några förhoppningar om att med förnuftsskäl kunna tala dem till förstånd.«

Sammanträden och sena möten. I Hjalmars arbetsrum på Drottninggatan är ljuset tänt halva nätterna. Lampan på skrivbordet glöder i grön glasskärm, papper skrivs under, utkast författas och vaktmästaren smyger in med ständigt nya rapporter.

Ett telegram att Lenin är i Stockholm. Vad nu, vad är detta? Ett solkigt patrask har sökt logi i ett av stans hotell och det är Lenin med en skara bolsjeviker på genomresa från Schweiz. Lenin och hans anhang måste snarast bort från stan och Hjalmar tar telefonen och anropar utrikesministern. Jaha, ministern är informerad och pengar till hotellnota och tågbiljetter redan överräckta. Så utmärkt att ministern har kunnat ordna detta med pengar ur egen ficka!

Klockan i Klara slår tio slag och en blek måne står över Brunkebergstorg när Hjalmar hänger tillbaka telefonluren och lättad kastar telegrammet i papperskorgen. Tröttheten faller över honom. Lenin i Sverige på väg mot Petrograd, och så Branting som just nu är på väg därifrån. Det är ett väldigt resande. Oroande. Vad gör Branting där egentligen, tror han att den där bolsjevikledaren ska ta makten?

Styrelserum med herrar runt mörkbonade bord, trötta ansikten och pannor lagda i djupa veck likt draperingarna i de tunga sammetsgardinerna. En sen biff Rydberg, en grogg, en cigarr i Sällskapets matsal. Det är här som besluten fattas medan formaliteter klaras av på styrelsemöten. Ett parti bridge som avslutning någon enstaka kväll, tre spader, tre sang, Hjalmar skrattar godmodigt när spel förloras men koncentrerar sig dubbelt vid nästa giv. När natten är sen vänder han långsamt hemåt, stöter käppen i gatstenen och låter tankarna komma med stegens och käppens lugna rytm. Promenaden är ett kort avbrott bort från instängd luft och en nödvändig paus för syresättning. Han går alltid, i duggregn liksom i snöglopp, när höststormar sliter löv från träden eller i vårnattens ljus. Det är då han utvecklar sina handlingsplaner.

Ruth sitter uppe och väntar när han kommer hem. Fredrik har födelsedag nästa dag och hon vill förvissa sig om att Hjalmar är hemma till middagen. Present behöver han inte tänka på för Ruth har redan inhandlat en trevlig liten ångmaskin, men det vore så roligt om Hjalmar ville vara med och äta tårta, Fredrik är ju trots allt deras ende son. Men Hjalmar skakar på huvudet, tyvärr lilla Ruth, det finns ingen möjlighet, på tisdag ska frågan om allmän rösträtt behandlas i riksdagen och noggranna förberedelser måste vidtagas inför detta som faktiskt äventyrar landets framtid. Men på söndag, tröstar han, då kan jag och Fredrik äta födelsedagslunch på Sällskapet.

Hjalmar intar sin plats i riksdagens plenisal den 5 juni. Branting har interpellerat om allmän och lika rösträtt för både män och kvinnor; bort med den 40-gradiga skalan som knyter rösträtt till pengar, bort med hindrande rösträttsstreck. Utanför riksdagshuset väntar arbetarskaror på statsministerns svar och under eftermiddagen tätnar folkmassan på Gustav Adolfs torg. Polis och militär inkallas. Vid halvfyratiden sprids ryktet att statsministern tänker avvakta med författningsfrågan. Rasande arbetare tränger upp mot riksdagshuset, militären bildar kedja och gatsten haglar över ridande polis med piskor och dragna sablar. Hjalmar Branting går ut från riksdagshuset för att lugna arbetarmassorna och möts av *Leve president Branting!* Människor tränger på och militären går i ställning med bajonetter. Men så gör polisen en chock och folkmassan skingras.

En sekund från en svensk revolution. Hjalmar kallsvettas

när han tänker på det – och det gör också Branting. På denna punkt är båda överens.

Söndagen är Fredriks och pappas dag. Juni grönskar efter denna sena, kalla vår och på Riddarfjärden syns en armada av småbåtar ro in till stan. Pappa slår toppen av frukostägget med sin bordskniv.

Den här är till dig, Fredrik, skrattar han och lägger den lilla ägghatten på hans tallrik. Gå och klä på dig, vi ska ut båda två idag!

Pappa och Fredrik ska vara tillsammans idag. Bara Fredrik ska följa med honom medan systrarna får stanna hemma. Han lämnar frukostbordet, störtar in i barnkammaren, drar på sig livstycke och strumpor, letar fram kostymen i klädskåpet och hinner inte ens snöra kängorna förrän han står i hallen, beredd att gå. Pappa räcker fram sin kam och Fredrik försvinner in på klosetten, blöter luggen och kammar håret snyggt och rakt åt ena sidan.

Det har regnat under natten och trottoarerna ångar i morgonsolen. Pappa går med långa kliv och Fredrik måste småspringa för att hålla jämna steg. Hjalmar håller pojkens lilla hand i sin stora handskhand och i den andra har han sin käpp som han låter svänga fram och tillbaka. När de möter några bekanta herrar, släpper han barnet och lyfter lite på hatten. Fredrik sneglar på pappa och gör likadant, nickar och lyfter på skärmmössan och får sedan besvär med att få den på plats igen utan att rufsa luggen. Men efter ytterligare några hälsningar har han lärt sig hur man gör och för bara upp några fingrar mot skärmen.

De går mot Kungsholmstorg för att inspektera det stora rådhuset som just står färdigt och pappa lyfter upp Fredrik så att han kan se stenrelieferna som omger portalen. En kyss, en hand som kramar en kvinnas bröst. Fredrik vänder generat på huvudet men pappa förklarar att det är en av de sju dödssynderna.

Att gå på upptäcktsfärd med sin pappa, att lära sig titta uppåt på husens fasader och hitta någonting oväntat, att finna Otukten eller belätet Vreden med knutna nävar och ett benrangels revben. Fredrik frågar och pappa berättar. Vilken synd är värst? Högmodet? Lättjan? Men Hjalmar ler och skakar lite på huvudet, dödssynder är dödssynder. Fredrik vrider sig loss ur pappas famn och skuttar iväg. Hjalmar hinner ifatt honom vid Piperska muren, och de slår sig ner på uteserveringen och tittar ut över den lilla planteringen med rådhuset mittemot. Den piperska parken var stans allra vackraste och den sträckte sig långt bortom rådhuset, berättar pappa, och böjer sig ner för att plocka en maskros som han fäster i Fredriks krage. Sedan låter han Fredrik sätta en också i hans rockuppslag.

De vänder Hantverkargatan ner mot stan. Blommorna på deras rockar lyser som små solar, tulpaner i gult och rött syns som brokiga öar mellan gravarna vid Kungsholms kyrka och starkdoftande syrenklasar hänger över det smidda staketet. När de passerar Serafimerlasarettet med stadshusbygget på andra sidan hejdas de av en man i fransig rock. Pappa stannar, men innan han har hunnit fråga vad saken gäller, forsar en flod av upprörda ord ur den främmande mannens mun. Fredrik gömmer sig förskräckt bakom pappas rygg, medan Hjalmar lutar sig mot käppen för att lyssna.

Att de vågar genomföra ett sånt skrytbygge mitt under de värsta hungeråren, fräser mannen, och till på köpet ritar fel och river sånt som redan står färdigt. Stadshuset är en skandal och inget annat! Mannen gör ett utfall med nävarna och sparkar i gatan så att sand och småsten yr.

Visst, det kan tyckas så, svarar Hjalmar godmodigt. Ett sagoslott med högre torn än Köpenhamns rådhus! Vi blir nog stolta allihop när det står färdigt, nickar han mot mannen som redan är på väg bort över gatan.

Vilken dum farbror, viskar Fredrik och tar pappa hårt i handen. Men pappa skakar på huvudet, farbrorn har rätt, dyrt blir det och den där arkitekten Östberg rår visst ingen på.

Vilken dum arkitekt då, säger Fredrik förtrytsamt. Men pappa ruskar på huvudet igen och förklarar att man måste vara lite stygg ibland för att kunna genomdriva sånt som man tror på. Det blir världens vackraste stadshus, skrattar han.

Ju längre in mot stan de kommer, desto fler är det som lyfter på hatten när de ser dem. Fredrik går bredvid sin berömda pappa och folk hälsar också på Fredrik som sträcker på sig och håller ett stolt skratt i styr, nickar artigt men bockar inte underdånigt djupt. De går igenom Kungsträdgården, förbi klungan med nyutslagna almar och fortsätter Arsenalsgatan för att sedan gå in genom Sällskapets tunga port och upp på den breda trappans mjuka matta. I matsalen står borden uppdukade under väldiga kristallkronor. De är de enda gästerna denna försommarsöndag och slår sig ner vid ett av borden. Fredrik sätter sig längst ut på stolskanten och pappa fäster servetten under hans haka, tar fram glasögonen och läser högt från matsedeln som står i ett silverställ. Strömming eller kalops med rödbetor? De väljer kalopsen båda två, och medan de väntar på maten säger pappa liksom i förbigående:

En krona har försvunnit ur min skrivbordslåda.

Fredrik vågar inte lyfta blicken utan nickar bara.

Känner du till någonting om den, Fredrik?

Barnet skakar på huvudet och känner hur blodet strömmar till kinderna.

Är det du som har tagit slanten, Fredrik?

Tror pappa att jag ljuger, jag har inte rört pappas pengar!

Fredriks röst går upp i falsett och ögonen fastnar på den blanka tallriken.

Då kommer kyparen med maten. De sitter mitt emot varandra och äter utan att säga någonting. När kalopsen är uppäten och pappa har torkat sig om munnen med servetten, kan Fredrik inte längre vara tyst.

Förlåt pappa.

Man tar aldrig något utan att fråga först.

Ett leende från pappa – för vilken gosse knycker inte en slant någon gång? Hjalmar iakttar sin fräkniga lille pojke med servetten som nästan når ner över kostymens kortbyxor. Spensliga ben, skrubbsår på knäna. Den ena strumpan nerhasad i kängan. De sitter ensamma i Sällskapets matsal och intar en söndagslunch tillsammans, vilket är en ovanlig händelse, ett ytterst sällsynt tillfälle, en stund som inte får grumlas med tillrättavisningar. De samtalar inte, för ingen av dem vet hur man talar med den andre, men det gör ingenting. De iakttar varandra; en son som beundrar sin far och en far med stora förväntningar på sin pojke, och båda genomströmmas av en trygg samhörighetskänsla.

Hjalmar lyfter handen och vinkar till sig kyparen.

Mitt unga herrsällskap och jag vill beställa varsin glass. Med mycket chokladsås! Och så blinkar han lite mot Fredrik.

RUTHS OCH EMMYS återkomst från Innsbruck sammanfaller i tiden med storlockouten våren 1925. I familjen är stämningen betryckt och Ruth skriver: »Jag går i ständig oro för Pappa, som har så mycket om sig med dessa långa förhandlingar, som draga ut till långt på natten och som ej leda till något resultat. Förra natten kom Pappa hem så trött och nedslagen och i natt kommer han väl ej hem förrän på morgonsidan.« Ruth sitter uppe och väntar på Hjalmar, och oroar sig för silverbröllopet som ingen av dem kommer att orka fira. »Det bli nog en stilla helg och ett stilla silverbröllop, ty här är för närvarande så mycket som förbjuder främmande«, men hon avslutar brevet med att Emmy nu verkar glad och kry, sitter med vid middagsbordet igen, har börjat resa sig ur rullstolen och så smått börjat gå. (Ur brev 24.3.1925.) Detta är den enda dokumenterade glimt jag har av Hjalmar, från vardagslivet hemma.

Ruth väntar, och barnen väntar på en pappa som aldrig tycks vara hemma. Han är upptagen med förhandlingar och riksdagsarbete. På 1920-talet medverkar han i sammanlagt trettioåtta motioner varav tretton egna. Han deltar i kommittéer och utredningar och skriver fram mängder av betänkanden och förslag, arbetar i Socialförsäkringskommittén, Arbetsfredsdelegationen, Sveriges delegation för det internationella socialpolitiska samarbetet, och så vidare. Jag läser sida upp och sida ner i mina pärmar där dokumenten finns samlade. Hur hinner han allt detta vid sidan av Arbetsgivareföreningen, frågar jag mig. Att riksdagsarbetet bara pågår fyra månader om året är en förklaring, en annan är att han i stort sett aldrig är hemma.

När kollektivavtalslagen antas av riksdagen 1928 har Hjalmar uppnått det mål han haft i sikte alltsedan storstrejken 1909. Därefter kommer börskraschen 1929 och trettiotalets första svåra år med lönesänkningar, avskedanden och olagliga strejker. Den nya kollektivavtalslagen bemöts med bakslag, tonen skärps mellan arbetstagar- och arbetsgivarsidan och motsättningarna kulminerar med Ådalshändelserna 1931.

Min mamma hade ju sagt att Hjalmar inte hade något med Ådalen att göra. Men var det verkligen så? När jag undersöker saken visar det sig att han i högsta grad är inblandad. Först efter Ådalshändelserna avgår han som verkställande direktör för Arbetsgivareföreningen.

Skotten i Ådalen blir det mest upprörande exemplet på övervåld i svensk arbetarhistoria, men det är militären och inte Arbetsgivareföreningen som ställs till ansvar. Fem personer i ett demonstrationståg skjuts till döds av militär.

Marmaverkens sulfatfabriker hade sänkt lönerna och i Ådalen strejkar arbetare i protest. Arbetsvilliga, det vill säga strejkbrytare, hyrs in från privata arbetsbyråer i Stockholm i samråd med Arbetsgivareföreningen, och inkvarteras i hamnområdet i Lunde den 12 maj 1931. Deras ankomst utlöser en våldsam vrede hos de strejkande som nästa förmiddag stoppar lastningen av massa i lastfartyget Milos. Stuvarna krokar fast strejkbrytare och vinschar upp dem från lastrummet med lyftkran utan att polisen vågar ingripa. De förs till torget i Kramfors där de visas upp som klassförrädare och förhörs offentligt av den lokala kommunistledaren i någonting som liknar en ståndrätt. Landshövdingen i Härnösand inkallar extra poliser och rekryterar infanterisoldater från regementet i Sollefteå. Ryktet sprider sig att militär är på väg med järnväg och när soldaterna anländer möts de av glåpord och haglande stenar.

På Kristi himmelsfärds dag den 14 maj samlas de strejkande till demonstration och antar en resolution om generalstrejk i hela Ådalen. Landshövdingen uppfattar läget som alltmer hotfullt. Han ringer statsministern C. G. Ekman som utan framgång försöker övertala arbetsgivarchefen att dra tillbaka strejkbrytarna. Men Hjalmar är orubblig, arbetsgivarnas rätt att fritt anställa och avskeda arbetare är en principfråga. Landshövdingen tar då saken i egna händer och proklamerar stopp för fortsatt lastning samt allmänt arbetsförbud för strejkbrytare i Lunde med omnejd – en lagstridig eftergift för de strejkandes krav som Hjalmar senare driver till åtal – men som kanske kunde ha förhindrat tragedin om beskedet nått demonstranterna i tid. Polis- och militärledning informeras om landshövdingens beslut, men det når aldrig de strejkande.

Klockan två sätter sig demonstrationståget i rörelse mot Lunde. En musikkår går i täten, fanorna fladdrar och Internationalen ljuder över nejden. När man närmar sig Lunde uppstår tumult. Ett standar kastas på en av den beridna vaktpatrullens hästar. Ryttaren faller av, ett skott avlossas och träffar en demonstrant i armen. Stenar börjar vina – hur många är omtvistat – och fullt kaos utbryter när tåget möts av militär i ställning med kulsprutor. Soldater öppnar eld som upphör först när trumpetaren i demonstranternas musikkår har sinnesnärvaro att blåsa signalen för eld upphör. Fem personer är då döda och lika många sårade. Enligt Ådalskommissionen, som senare granskar förloppet med hjälp av ballistisk och kirurgisk expertis, är de flesta offer för rikoschetter, vilket skulle tyda på att soldaterna beordrats att skjuta i marken och inte in i tåget.

När jag läser om Ådalen i arbetsgivarnas tidning Industria efter händelserna, häpnar jag över oförsonligheten i beskrivningen, där ansvaret ensidigt läggs på de demonstrerande och strejkande arbetarna, på »lymlarna, dessa utväxter på Landsorganisationen, som mycket sällan synas ha något annat att göra än ofog«. Att fem personer har skjutits ihjäl förbigås nästan helt och hänförs till en regeringskommission att utreda. Industria ser skotten som framprovocerade av demonstranterna och angriper också länsstyrelsen som öppnat fältet fritt för allmän laglöshet, det vill säga för kommunisterna att agera. I bakgrunden såg man ett ännu större hot: rädslan för kommunismen, de röda i Sverige och bolsjevikerna i Moskva. Rysskräcken finns närvarande under hela den period som Hjalmar är verksam, 1908 med Amaltheadådet, 1917 med oron för en svensk revolution och i det så kallade kosackvalet 1928. Under Ådalshändelserna får den förnyat bränsle. Ådalen är ett rött fäste där kommunisterna är starka. Begravningen av offren formerar sig till politisk manifestation med vakter i Röd Fronts uniformsliknande rockar och arbetare i blåblusar med röda armbindlar som drar flakvagnarna med kistorna.

I det följande numret av Industria utvecklar man sin principiella hållning till händelserna. I den norrländska sågverksindustrin, däribland Marmaverken, råder en gammaldags bruksmentalitet där varken Arbetsgivareföreningen eller fackligt organiserade arbetare är önskvärda. Lönerna ligger långt under genomsnittet men detta kan Arbetsgivareföreningen göra lika lite åt, som att arbetarna strejkar. Men när strejken sprider sig till hamnarna kommer saken i ett annat läge. Stuvarna omfattas av kollektivavtalet och det handlar om en vild strejk. Arbetsgivareföreningen anlitar arbetsvilliga, vilket inte är olagligt och heller inte avtalsstridigt. »Den omtalade 'rätten till arbete' får inte bli den *ensamrätt* till arbete, som synes ingå i strejkfilosofin«, påtalar artikelförfattaren, men sakens kärna är trots allt landshövdingens självsvåldiga resolution om arbetsförbud. Det är första gången som svenska medborgare hindras att arbeta genom en offentlig myndighets förbud, och landshövdingen i Härnösand måste åtalas för tjänstefel.

Artiklarna i Industrias två juninummer verkar vara skrivna av olika personer och troligen är den senare ett inlägg från Hjalmar själv. I Arbetsgivareföreningen, liksom inom socialdemokratin, finns det både principiellt resonerande och mer stridslystna grupperingar. Hjalmar reder ut konflikten ur arbetsgivarnas synvinkel, är jurist i botten och lutar sig mot lag och avtalsparagrafer. Socialdemokraternas partiordförande Per Albin Hansson gör detsamma fast med arbetarrörelsens syn. Han talar om två rättsordningar som står emot varandra.

»I modern svensk historia, så fattig på dramatik, elände, katastrofer och tragedier, blev dödsskotten i Ådalen en skiljelinje mellan ett då och ett sedan«, skriver Anders Isaksson i sin biografi över Per Albin Hansson. Efter Ådalshändelserna avgår Hjalmar som arbetsgivarchef den 1 oktober 1931. Det organiserade strejkbryteriet upphör efter hand och hans efterträdare avbryter samarbetet med byråerna för arbetsvilliga. Per Albin Hansson blir statsminister 1932 och riksdagen beslutar att privata arbetsförmedlingar ska upphöra. Myndigheternas rätt att använda sig av militär vid lokala oroligheter avskaffas. En ny lag, det så kallade uniformsförbudet, förbjuder partier och grupper att offentligt framträda med enhetlig klädsel inklusive armbindlar, vilket riktar sig till politiska extremistgrupper både åt vänster och höger.

Ett knappt år efter Ådalshändelserna är Hjalmar död. Arbetsgivareföreningen ordnar en statsmannalik begravning i Kungsholms kyrka den 14 mars 1932. Begravningen försiggår i ett chocktillstånd. Kyrkan är fylld med höga dignitärer, svartklädda män med vita halsdukar och cylinderhattar och damer med ansikten täckta med sorgflor. Jag ser min femtonåriga mamma framför mig, hur hon vandrar mellan alla kransarna – eller förmådde hon kanske inte närvara? Biskopen håller griftetalet och omtalar hennes döde pappa som en man med »klar hjärna, varmt hjärta, vänsäll och humoristisk«.

Sedan kommer eftermälena. »Vi veta alla att von Sydow på sitt eget försynta, lugna och vinnande sätt förfäktade de meningar som han omfattat. Icke minnes någon av oss ett stötande och sårande ord, och dessa hans förnämliga egenskaper rönte också erkännande långt utöver vår krets«, anför talmannen när första kammarens ledamöter samlas dagen efter morden, och därefter ajourneras mötet. Att riksdagens talman och arbetsgivarföreningarna i de nordiska länderna hyllar honom är kanske väntat, men att socialdemokratiska arbetarledare också gör det, är inte lika självklart. Hjalmar von Sydow var »en motståndare med vilken man gärna sökte – samarbete«, skrev Sigfrid Hansson, redaktör för tidskriften *Fackföreningsrörelsen.* Landsorganisationens ordförande Edvard Johanson fyllde i: »Den allmänna uppfattningen i arbetarkretsar torde vara, att han var en aggressiv stridsman, som gärna tog sin tillflykt till det hårda och tunga lockoutvapnet. Sanningen är, att han var den som höll igen och i det längsta sökte finna fredlig lösning. En motsatt uppfattning är felaktig. - - - Han var icke oresonlig och stridslysten, icke socialt trångsynt och ännu mindre fientligt stämd mot den sociala rörelse, med vilken arbetarklassen under den senaste mansåldern betjänat sig.«

Sofies krets

DET FINNS TRE personer i berättelsen om Sofie, tre flickor tätt omslingrade; Sofie, hennes dotter och jag själv. Vi sitter uppkrupna i fönstret och letar med blicken längs vägen som försvinner bortom staketet, längs gatan som rundar det stora röda tegelhuset och viker av utom synhåll. Vi tror att det är mamma som skymtar där borta, långt borta, som är på väg hem, men det visar sig alltid att vi tagit miste. Gruppen med de tre flickorna skulle kunna utökas. Fredrik kunde finnas där, liksom min mamma, min syster ... Våra liv är variationer på samma tema: En mamma som plötsligt är borta. Det är här som trådarna i min familj knyts ihop.

Men en förälder försvinner ju bara inte, såvida det inte rör sig om en olyckshändelse. Ett uppbrott föregås av någonting, kanske gråt, gräl och uppträden. Barnet blir inte alltid vittne till det här, men det märks som en smygande förändring i familjens atmosfär. Det kan vara en långsam process som sträcker sig över tid och därför flyter in i vardagslivet som någonting normalt, men som barnet förnimmer som ett stigande betryck utan att kunna identifiera vad som pågår. Att en pappa eller en mamma plötsligt ska upphöra som familjemedlem ingår inte i barnets uppfattning om världen, åtminstone inte i min, eftersom skilsmässor var ovanliga förr. Det som föregick våra mödrars uppbrott omgavs med tystnad och blev synligt först efteråt. Vi föddes långt före familjeterapeuternas, pappaledigheternas och den delade vårdnadens tid, då vuxna tycktes tro att barn mår bäst av att veta så lite som möjligt om det som pågår omkring dem.

Mamma är i Paris, säger barnsköterskan undvikande till Sofies treåriga dotter. Men är det verkligen där hon är? Den lilla flickan får syn på ett kolapapper som ligger på golvet och stoppar det glupskt i munnen. Men papperet är tomt. Det finns ingen kola inuti. En plötslig insikt: Mamma är död.

Det stora svarta pianot står i hallen utanför mitt sovrum. Det är bara jag och pappa som spelar på det, veckans läxa Für Elise, eller pappa som klinkar på Havsörnsvalsen. Det händer att han komponerar egna melodier och de är alltid av samma slag; trygga valser, aldrig disharmonier, lättnynnade med texter om skärgården som liknar Evert Taubes. Pappa spelar inte, han just klinkar och det sorglösa ackompanjemanget följer barnen in i sömnen. Men en natt vaknar jag av att han spelar våldsamt högt. Det är Karl Gerhards Den okända hästen från Troja och Tjajkovskijs pianokonsert (nr 1, b-moll). Pappa hamrar och hugger på tangenterna och stampar med foten på högerpedalen, jag hör svek, svartsjuka och känslostormar. Crescendon dånar och rullar in i sovrummet och jag öppnar dörren ut mot hallen. Var är mamma, var är mamma! ropar jag. Men pappa hör inte, svarar inte och hans ansikte är farligt slutet. Därefter följer veckor då han ligger på sin säng utan att gå upp. Han är ledsen för att ha fått restskatt, svarar han när jag frågar hur han mår, och jag håller till godo med förklaringen. Det faller mig aldrig in att hans depression skulle kunna ha någon annan orsak.

Mamma har nog varit borta något halvår innan jag och min syster bestämmer oss för att ringa henne. Rikssamtal är dyrt, särskilt till utlandet. Mamma bor i Köpenhamn som på 1950-talet ligger långt, långt borta. I Danmark är telefonen inte automatiserad, vi fumlar med telefonluren och min syster kopplas till telefonist. Hilda-ni-og-tyve-seks-og-tyve sluddrar hon på någonting som ska likna danska. Telefonisten förstår inte, talar inte svenska, det är dyrt, men min syster står på sig och till sist svarar mamma: Är det *du* som ringer, i ett röstläge som vore det en avlägsen bekant som oväntat hörde av sig. Det min syster och jag redan vet konfirmeras: En fas i livet är avslutad. Vi har inte längre en mamma som ser oss med det särskilda intresse som bara hon har. Just då i det ögonblicket står hon framför oss.

Hon böjer sig ner och kysser oss i sängen, i dvalan mellan vakenhet och sömn. Hennes sidenklänning frasar. Hon doftar parfym och svagt av cigarett efter att ha kommit hem från en middagsbjudning. Efter mammas kyss vänder vi oss om och somnar i trygg förvissning om att hon finns hos oss.

Hon lyfter ner de spröda kexen som står gömda på översta hyllan i köket och öppnar locket på den blå teburken. Vi dricker te tillsammans en sen kväll, bara jag och mamma – eller bara min syster och mamma.

Minnena av vår mamma går inte att dela med andra och minst av allt med pappa. Varför vet vi inte riktigt. Helst ska de inte finnas, men eftersom de ändå finns så får de aldrig omnämnas eller på annat sätt uppenbaras. Det händer att pappa frågar hur mamma har det. Då vänder vi bort blicken, rycker på axlarna, vet inte, hon mår väl bra ... och berättar ingenting av det vi faktiskt vet. Att aldrig nämna mammas namn är en outtalad överenskommelse och att referera till en gemensam händelse från förr kan utlösa vad som helst. Det är *nu* som gäller. Dörren har slagit igen till *då*. Den är noggrant reglad men vi bär en hemlig nyckel i klänningsfickan.

EN MORGON RINGER Sofies dotter. Hon har hittat en kartong med gamla foton på vinden. Jag pulsar fram på snötäckta trottoarer som snöröjningen ännu inte hunnit med, och dottern drar genast in mig för att titta på fyndet innan jag ens hunnit stampa av mig snön. Kattungen ligger hoprullad på soffan och hunden viftar förtjust på svansen när hon lyfter upp lådan på bordet. Vi tar försiktigt bort locket och en numera välbekant doft av nyfikenhet och dammigt arkiv fyller rummet. Utanför lyser gatan vintervit med stadens rökmoln som hänger fastfrusna på himlen över Saltsjön, men här inne sprakar en brasa i kakelugnen.

En låda bräddfull med foton. Händerna vill rafsa och otåligt leta, men dottern lyfter försiktigt upp den ena bilden efter den andra, lägger vissa bilder i en särskild bunt för kopiering, ler igenkännande åt andra, hittar ett sprött tidningsklipp, läser rubriken högt och förpassar det till högen för senare läsning, och låter sitt liv långsamt passera förbi. Överst finns de blanka färgbilderna på barnbarnsbebisarna, sedan skolfoton på matt fotopapper från de egna barnen på 1970-talet och under dem ett virrvarr med svartvita kort. Längst ner i asken hittar vi ett litet kuvert i linnepressat papper, igenklistrat, bortglömt och antagligen aldrig öppnat. Det har påskriften *Sofie*. Vi lyfter försiktigt fram bilderna och de visar någonting helt annat än vad vi hade trott. De är avtryck från ett lyckligt familjeliv med barn som leker och klättrar i träd, på Djurgården, i Stockholms skärgård och i Falsterbo. Också mamman deltar ibland i lekarna och det är säkert pappan som håller i kameran. Hypotesen »olycklig barndom« som verkat så självklar gäller uppenbarligen inte, i varje fall inte under Sofies första personlighetsformande år. Jag hade redan fyllt i formuläret; ett glädjelöst och förskrämt barn som huvudingrediens, överklassens krav på välputsade fasader ut mot omvärlden parat med ett ointresse för vad som hände inuti barnet, var en annan. Men ingenting i dessa fotografier tyder på att det förhöll sig så.

Vi börjar tala om Sofies barndom och familj. Kapitlen som följer handlar om det, men tankarna och känslorna som tillskrivs Sofie är hämtade från de tre omslingrade flickornas upplevelser.

HÉLÈNE 1921, har Sofies pappa skrivit på cigarrasken som han gömt i sin skrivbordslåda. Sofie tar upp de små fotografierna som ligger i asken och tittar på dem i smyg. Det är hemliga bilder som inte har klistrats in i albumet, för de föreställer hennes mamma. Pappan hade nog tänkt slänga dem, men förmådde kanske inte, eller sparade dem bara för att Sofie också finns med, och la dem i lilla lådan i stället. Det är bilder från den sista sommaren som hon tillbringade i familjen. *Falsterbo 1921,* står det och på foto efter foto syns mamman tillsammans med sin flicka. Sofie är tolv, men redan längre än sin mamma och de står tätt ihop bland strandråg och sanddyner. De skojar och byter hattar och ser ut som systrar, fast mammans vackra håruppsättning visar att hon är mycket äldre. De ser förtroligt på varandra, mamman och hennes förstfödda dotter. Jag är nog mammas älsklingsbarn, tänker Sofie.

Sofie bor med sina syskon längst bort på Strandvägen i en hörnvåning med tolv rum, en trappa upp bara, och därför ligger rummen i höjd med de stora lindarnas trädkronor som är planterade på trottoaren. Här bor också tre jungfrur, en kokerska, en barnsköterska, en pappa och ännu så länge en mamma.

Varje kväll klockan sex serveras middagen i matsalen, alltid med samma meny, smörgåsbord, varmrätt och efterrätt. Barnen sitter alltid på samma platser och bredvid deras tallrikar ligger servetterna ihoprullade i servettringar med namnen ingraverade. Fem i sex på vardagarna öppnar pappa ytterdörren och när golvuret i matsalen slår sex slag står redan barnen bakom sina stolar i matsalen, omklädda, nykammade och med tvättade händer. De hälsar och knixar: Goddag pappa. Bara den yngste är för liten för att sitta med vid bordet, barnsköterskan leder in honom, han tar pappa i hand och blir killad på magen innan han förs ut igen. Middagens upptakt är avklarad och barnen får lov att sätta sig.

Det är vid middagsbordet som barnen lär sig att sitta tysta när vuxna pratar, att sitta raka i ryggen som om det fanns spikar som stack ut från ryggstöden och låta två fingrar hänga på bordskanten medan de väntar på att maten ska serveras. De tuggar med stängd mun, sörplar inte, smackar inte och lägger förstås aldrig armbågarna på bordet. Redan när de är små vet de vad som gäller. Koderna är inpräntade och sitter vid sju års ålder i ryggmärgen, ungefär som när man lärt sig cykla.

Det låter kanske stelt, men middagarna i Sofies familj är tvärtom ganska uppsluppna. Barnen pratar och mamma kan skoja så att pappa sätter i halsen av skratt. Medan man väntar på efterrätten kan hon nypa en blomma från vasen på bordet och trycka fast bakom örat, och härma någon varietéartist som hon just har sett uppträda. Men Sofie ser generat djupt ner i tallriken och väntar bara på att pappa ska hyssja: Jungfrun kommer! Då brukar mamma sluta tvärt. Skoj och skämt är förbehållet familjekretsen och ingenting som ska visas upp för tjänstefolket.

Sofies tolvåriga vardag följer i stort sett samma mönster, vecka efter vecka. Tisdagskväll och scouterna. Sofie är Blåvinge, och lär sig knyta råbandsknop, skotstek, dubbelt halvslag om egen part och pålstek där draken dyker upp runt trädet och ner i sjön. Hon visar pappa vad hon kan, för nästa sommar ska hon följa med på pappas skärgårdskryssare. Torsdagskväll och dansskola. Första position, andra position, tårna ut och hälarna in, upp på tå och tillbaka. Flickorna dansar fram mot fönstret och tillbaka igen mot kaminen i salens inre hörn, fröken spelar på piano och anför rytmiskt, fön-stret-och-kami-nen, fön-stret-och-kami-nen ... Mamma och Sofie har redan sett ut en ny dansdräkt till julavslutningen. Den är ljusgrön och blank med volang.

Söndagen är veckans bästa dag för då händer nästan bara roliga saker. När söndagsfrukosten är avklarad, drar Sofie på sig varma damasker och extrasockor i kängorna och mamma tar fram sin rävboa. Söndagarna har samma program, en rask promenad i naturen, för latmasken ska hållas stången och barnen härdas av frisk luft och goda vanor. Pappa går först med knotig vandringsstav, sedan kommer mamma och barnen i fallande höjd. Barnsköterskan går sist med den yngste i handen, snart ohjälpligt efter och vänder hem efter en stund.

Den lilla troppen går över Djurgårdsbron. Mittemot Nordiska museet tar man av till vänster och följer Djurgårdsbrunnsviken bort mot Rosendal. Vägen ringlar backig mellan ekar och ängar och pilträden längs strandkanten sträcker sina grenar långt ut över vattnet. Barnen vet vilka träd som är skojigast att klättra i, ibland gömmer sig någon högt upp i en ekkrona eller så tävlar de om vem som vågar klänga längst ut på pilarnas grenar. Vintertid när vikens vatten ligger fruset, hjälper pappa pojkarna att spänna skridskoremmarna runt sina pjäxor medan Sofie och mamma drar på sig högskaftade konståkningsskridskor. Mammas är ljusa i tunn chevreaux men Sofies är allra finast med en kant av vitt kaninskinn. De brukar åka hand i hand, mamma visslar i takt med de långa skären och så far de fram till Djurgårdsbrunn eller ännu längre bort, förbi bron och vidare på kanalen. Mamma lär Sofie att åka framlänges och baklänges i skruvar och cirklar, de är två skridskoprinsessor, de åker vackrast av alla på isen och gör piruetter på ett ben. Sedan, när isen gått upp, är det pojkarnas tur att visa upp sig. Tillsammans med pappa deltar de i roddartävlingar nästan varje söndag. Familjens båt finns i båtskjulet intill roddarföreningens hus vid Djurgårdsbrunn och både mamma och Sofie tycker om att följa med, inte för att ro eller heja, utan för att vistas just här. De brukar sätta sig i varsin trädgårdsstol i samma gröna färg som roddarhuset, slå upp ett glas fläderblomssaft som mamma har med sig och låta sig uppslukas av platsens säregna stämning. De drar in doften av fuktmark och sly under trädens täta bladtak som genomströmmas av fågelsång. De sitter en stund utan att prata, tills mamma reser sig och säger: Nehej, nu är det dags! Och så vänder de hemåt längs kanalen för att se om någon av familjens roddare syns till.

För det mesta är det Rosendal som är målet för familjens söndagspromenader. På slänten nedanför det skära lustslottet brukar man ta en paus före återtåget. Mamma delar ut karameller ur fickan i muffen och pappa tar fram sin kikare ur fodralet. Vildgäss i sträck, en ormvråk på jakt ... pappa följer fåglarna med kikaren, räcker den till barnen och lär dem namnen.

När klockan slår ett i Oscars kyrka serveras söndagslunch och därefter är det tid för visiter. Te i japansk tekittel, mandelmusslor och hallonsylt, ett litet glas Strega. Jungfrun dukar med ostindisk teservis i salongen. Sofie och hennes lillasyster niger söndagsfina och uppträder tillsammans med mamma vid flygeln medan storebror med vattenkammad snedlugg vänder notbladen. Nu ska Sofie sjunga, säger mamma. Skratt och samtal tystnar motvilligt när Sofie sjunger med klar röst. Så vackert, så duktig hon är! Damerna klappar i händerna och kysser Sofie på kind, mamma skrattar, mamma spelar, vårsolen faller in genom rosenmönstrade gardiner på rosiga sidenstolar. Söndagar är skimrande avbrott i veckans vardagsrutiner.

Sofie knackar försiktigt på mammas sovrumsdörr för att gå in och säga god natt. Mamma har redan krupit ner i sängen. Sänglampan brinner. Hon ligger och läser med några kuddar bakom huvudet. Duntäcket flyter som ett lätt moln över sängen. Överlakanet har infälld spets och broderat monogram och hennes nattlinne är i tunn batist, också det med spetsar. Mammas sovrum utgör ett fredat reservat som ligger lite avsides, långt bort från vardagsljuden. Voilegardinerna framför fönstren släpper igenom en strimma månsken som faller över golvet. Rummet är stilla, svalt och luftigt och större än alla andras, med en bred och mjuk säng som står rakt ut från väggen. Ingen klampar in i mammas rum. Man knackar, vrider försiktigt ner dörrhandtaget och tassar in på den vita filtmattan med mönster av slingrande blomrankor.

Ibland smyger Sofie in i rummet på dagarna när mamma inte är hemma, öppnar den smala dörren till hennes garderob och letar bland galgarna efter något plagg att prova. Sedan vrider och vänder hon sig framför den stora spegeln med ram av gult trä och en sirligt utskuren relief av ett snäckskal på överstycket. Att leta i björkbyrån känns lockande och förbjudet. En doft av lavendel slår emot Sofie när hon försiktigt lyfter på mammas underkläder som ligger hopvikta i olika lådor, strumpor och korsetter i en, benkläder och underklänningar av bembergsiden i en annan. I den understa lådan förvaras hemliga saker. Där finns gummikaveln med runda hål som mamma masserade magen med när lillebror var nyfödd samt en röd gummituta med smal pip. Sofie tar upp tutan, klämmer lite på den men lägger sedan tillbaka den på samma plats med pipen vänd åt rätt håll.

Det händer ibland att mamma stiger upp ur sängen när Sofie kommer in. Kom, viskar hon, nu går vi bort i köket bara du och jag. Hon tar på sig morgonrock och tofflor, tar Sofie i hand och så smyger de genom den långa serveringsgången utan att någon annan ser det. Köket är tyst och tomt och bara lampan över spisen är tänd. Mamma drar fram en pall som hon ställer sig på och sträcker sig efter en blå teburk och ett paket kex ur ett skåp högt uppe. Där finns ett hemligt litet förråd som bara mamma och Sofie känner till. Teet i den blå burken doftar inte som vanligt te och dricks utan socker. De spröda kexen ska ätas utan smör men med en klick pomeransmarmelad; en torr besk smak, främmande dofter, vuxna smaker, en invigningsrit till den vuxna världen. De slår sig ner vid köksbordet, tänder ett stearinljus och pratar förtroget och förtroligt med varandra och tystnar helt när de hör steg från serveringsgången utanför. Ingen får upptäcka att de sitter här. Det är Sofies kväll med mamma, det är Sofie som är det utvalda barnet.

Ett vinddrag får gardinerna att bölja en aning när Sofie öppnar dörren till mammas sovrum. Mamma lyfter upp glasögonen och lägger ifrån sig boken. Det tickar från hennes lilla reseväckarklocka som är klädd med mörkrött skinn. Sofie böjer sig ner för att krama henne, ansiktet blänker av nattkräm och Sofie vänder därför sitt huvud lite åt sidan. Det är då hon får syn på ett fotografi av en man med violin, som ligger på hennes nattduksbord.

Vem är det, vem föreställer kortet?

Också mamma vrider på huvudet. Hennes blick fastnar ett ögonblick i mannen på fotot. Sedan lägger hon det snabbt i sin bok och slår igen den. Ett bokmärke bara, mumlar hon och släcker lampan på nattduksbordet.

VÅREN 1922. Allt är som det brukar vara. Allt är nästan som det brukar vara men mamma saknas. Det är ingenting man pratar om och det märks heller inte så mycket, i varje fall inte om man betraktar matsalsbordet före middagen. Barnens kuvert står uppdukade längs bordets långsidor, pappas vid kortändan mot fönstret och mammas närmast dörren till serveringsrum och kök. Men ingen mamma kommer och sätter sig. Hennes stol förblir tom och när middagen är över plockar husan bort hennes oanvända tallrik. Varje kväll upprepas samma sak, som en ritual eller ett mantra; husan dukar till en mamma som inte kommer, dukar fram och dukar ut. Kanske väntar man sig att hon plötsligt ska slå sig ner med ett glatt: Hej, jag blev lite försenad bara! Men det är egentligen otänkbart, till middagen kommer ingen för sent.

När måltiden är över går var och en till sitt. Pappa går in i herrummet, tänder sin efter-middagen-cigarr och lägger sin efter-middagen-patience på det lilla bordet framför skinnsoffan. Sofie går den långa gången genom serveringsrummet, förbi köket och in till sitt rum längst bort. Här har hon en fristad, här kan hon stänga sin dörr och titta ut på gårdshusets fasad med lampor som lyser i alla kök. Hon brukar inte tända med detsamma utan sätter sig först en stund på dyschan. Från

Nybroviken hör hon en ångbåtsvissla som en påminnelse om ett okänt liv som pågår därute. Hon kan tända bordslampan med pergamentskärm som står på läxbordet, ta fram dagbok och läskpapper, skruva av locket på bläckhornet, slicka på stålpennan och skriva. Men det händer sällan och därför förblir hon oftast sittande på sängen i mörkret.

Sofie skulle kunna skriva om den där middagen när mamma inte kom. *I dag kom mamma inte hem till middagen.* Men pappa sa ingenting, inget av syskonen frågade och själv tänkte hon att mamma väl var bortbjuden. Och nästa dag, och nästa, när mamma fortfarande inte kom? Det var liksom för sent att ställa frågan, pappa kunde bli arg, dessutom frågar inte barn.

Vid middagsbordet har skratten upphört och samtalen tystnat. Sofie sitter rak i ryggen och svarar hövligt på tilltal, säger det som pappa förväntar sig men inte mer än så. Tystlåten, nästan stum verkar hon, men inte mer förstummad än de andra syskonen. Sofie frågar aldrig vad som hänt med mamma och har därmed ingenting att skriva om i sin dagbok. Hon sitter i mörkret i sitt rum. Väntar kanske och tänker förmodligen inte på någonting särskilt.

En människa består av flera skikt, ett lager som vibrerar i vardagens brus och andra som lever ett annat liv. Ingen har talat med Sofie om någonting sådant, och föreställningen om ett inre liv skulle möjligen ha kunnat förmedlas av hennes konfirmationspräst, men så gammal har hon ännu inte hunnit bli. Ändå anar hon att det är så. Hon saknar ord men inte känsla. På kvällarna gråter hon i kudden så att ingen ska höra, men den kvävande känslan är ingenting hon visar andra. Ingen märker att hon nu bara låtsas gå till scouterna och dansskolan, men i själva verket strövar ensam längs Storgatan, eller att hon vinkar hej till pappa vid stora dörren för att sedan återvända genom köksdörren och smyga ensam tillbaka till sitt rum. I mammas frånvaro växer betryckt tystnad till ett allt starkare behov av ensamhet. Hon dras till den.

Sofie har två ställen i våningen dit hon ofta söker sig. Sitt rum förstås, men också biblioteket. Varje dag efter skolan, just när mörkret faller, går hon dit. Hon tassar i strumplästen över knarrande parkettgolv, så tyst att ingen ska märka det, tar sig ljudlöst förbi de stängda dörrarna in till syskonens rum, smyger förbi köket så att jungfrurna inte ska höra, passerar den stora hallens skuggor, vrider sakta dörrhandtaget, öppnar dörren utan gnissel och glider snabbt in biblioteket. Här känns det bra att vara. Hon söker sig hit, men inte för bokhyllornas skull eller de vackra skinnbanden med guldskrift på ryggarna. Inte heller för den öppna spisens skull, inte för den kinesiska drakens skull som ringlar på mattan som täcker nästan hela golvet. Nej, Sofie går hit för att se lykttändaren. I skymningen kommer han, går från gatlykta till gatlykta och sträcker sin käpp mot lamporna och vrider upp gasen. Ett pärlband av lampor växer fram, ett kort stycke bara här i stans utkant, tills den sista lyktan markerar var naturen tar vid med ändlöst mörker. Sofie kryper upp i burspråkets fönstersmyg och tittar. Hon letar efter mamma med blicken nu när trottoaren är upplyst, och sträcker sig bort mot burspråkets yttersta hörn. Härifrån kan hon se som längst efter gatan, för redan vid nästa hus viker Strandvägen av och fortsätter utom synhåll. Det är den här vägen, runt hörnet om det röda tegelhuset, som mamma brukar komma. Sofie granskar varje skugga och varje mörk port. Kanske mamma står gömd någonstans. Vågar hon inte komma hem? Plötsligt rycker Sofie till och hjärtat tar ett skutt. Det är någon som kommer därborta. Jovisst, en dam i hatt, det ser Sofie tydligt. Det är mammas hatt hon ser, hon är säker på att det är mammas hatt, den av sammet med banden som fladdrar i blåsten. Men Sofie tar fel i kväll liksom alla kvällar när hon sitter i fönstret och tittar. Det bästa med mörkret är lykttändaren tänker hon, och ser vårvinden slita i träden och gaslyktorna blekna när dimman rullar in från Nybroviken.

Så länge mamma fanns hemma användes biblioteket också av andra i familjen. Här inne bildade lindarnas lövverk en dunkel, grön vägg. Det var ett ombonat rum, inte särskilt stort utan mer som en grön grotta med bladverkets skuggor spelande på väggar täckta med böcker. Dyrbara halvfranska band fyllde hyllorna med förstaupplagor av Bellman och ryska klassiker. Mamma satt ofta i biblioteket och läste när hon inte spelade på flygeln. *Krig och fred* och *Gösta Berlings saga* samt något av H.C. Andersen för barnen någon lördagseftermiddag ibland då syskonen låg på mage på den mjuka mattan och lyssnade.

Framför burspråket stod karljohansmöbeln som aldrig användes, i stället brukade pappa och mamma slå sig ner i varsin fåtölj med dunplymåer, som stod vända mot den svarta marmorspisen. På bordets ciselerade mässingsbricka, bredvid askfatet av porfyr och den lilla tennbägaren med cigaretter, hade jungfrun ställt fram två mockakoppar och varsitt glas efter middagen. Medan mamma sparkade av sig skorna och satte fötterna på den mjuka mattan gick pappa och hämtade punsch, alltid med nyckeln till spritskåpet i västfickan för säkerhets skull. Sedan hällde mamma upp kaffet och pappa öppnade cigarrasken. De smuttade på varsitt glas och småpratade om dagen som varit.

Sofies mamma sitter inte mer i sin mjuka fåtölj. En dag var hon plötsligt försvunnen. Kanske vände hon sig om där hon satt i sin stol och upptäckte den frodiga grönskan utanför fönstret, kanske tröttnade hon på att stirra på en eldstad utan brasa. Vem vet, Sofie vet i alla fall inte. Utom just detta att mammas fåtölj står tom, att hennes säng är utan skrynklor och veck, ofläckad och orörd. Annars är saker och ting som vanligt. Pappa intar sin frukost prick sju varje morgon vid tebordet framför fönstret i matsalen. Klockan åtta har jungfrurna hunnit städa och bädda alla sängar, precis som förr. Mammas klänningar tas ut för vädring varje vecka för att sedan hängas tillbaka oanvända i garderoben, hattarna läggs mellan silkespapper i runda hattaskar där de brukar läggas när de inte används, och pälsarna bärs upp på vinden i tygpåsar med malkulor för sommarförvaring. Nej, ingenting har egentligen hänt, i varje fall är det inte något man talar om, utom i köket, där viskar man och fnissar men tystnar tvärt när något barn passerar.

Sofies mamma sitter inte längre i sin mjuka fåtölj. De vuxna pratar om det, för de vet vad som har hänt. De vet, eller de har hört berättas av någon som vet, men de talar inte med barnen, absolut inte med barnen. Pappa ljuger inte när han säger att mamma har farit till Paris. Men han berättar inte att hon också besöker Berlin, Prag, Budapest, London och Köpenhamn och aldrig mer tänker komma hem.

De vuxna hejdar sig när barnen är med. Samtalet som är på allas läppar, som är hela stockholmssocietetens härligt kittlande samtalsämne, tystnar. Skvallret når inte barnen, ingen berättar att deras mor har övergett dem för en rumänsk violinist. Ryktena om mammas blossande kinder på NK:s tesalong, om förstulna ögonkast mot kapellmästaren i lunchorkestern och hemliga kyssar i mörka portar på Stockholms bakgator, tillhör de vuxnas värld och barn har ingenting med det att göra. Framför allt ska barn besparas sanningen.

Alrik, Sofies pappa, avancerade tidigt till en av landets mest framgångsrika i försäkringsbranschen. Han byggde upp sin förmögenhet under första världskriget och skapade ett av

Sveriges största försäkringsbolag där han förblev verkställande direktör och styrelseledamot under nästan hela sitt liv. År 1906 gifte han sig med Hélène. Hon var en för sin tid ganska ovanlig ung kvinna, talade flera språk, var naturvetenskapligt intresserad och hade tagit studenten, vilket bara ett fåtal kvinnor gjorde. Efter gymnasiet arbetade hon några år på Nordisk familjebok och blev bekant med några av artikelförfattarna som var samtidens framstående vetenskapsmän och akademiker, och senare i livet såg hon tillbaka på den här perioden med stor saknad. Hennes yrkesbana blev kort och avslutades när hon gifte sig. En företagsledares hustru förvärvsarbetade inte.

Det berättas att hon träffade Alrik, som var god vän till hennes far, vid en middag i Stockholms skärgård. En familjeanekdot, en av de många: Hon vacker och blyg, han ännu blygare men uppspelt efter middagen. De tog en roddtur i viken, hon på aktertoften, han vid årorna och Alrik tog mod till sig och friade. Hélène tittade ner i knäet och skakade tyst på huvudet. Men Alrik varken hörde eller såg, han var väl så uppfylld av sig själv och över att han hade vågat fria, att han ropade till Hélènes far som stod på stranden: Hon sa ja, hon vill gifta sig med mig – glädjestrålande över ett ja som egentligen var ett nej. Trots Hélènes nej, som hon inte tordes eller tilläts upprepa, blev det bröllop, han nästan fyrtio, framgångsrik och välbärgad, hon bara tjugotre år med just påbörjad journalistbana. Bröllopsmiddagen intogs på Hotell Rydberg och på menyn stod det, *Filet de Sole glacé Normande, Vol au Vent à la Toulouse, Chaud-froid de Perdreaux* och så glasstårta till efterrätt. Vad tänkte Hélène när hon skar en bit av tårtan, *Succés de glace aux nouveaux mariée*? Var det detta hon ville?

Hélènes tid upptogs av planering och organisering av ett stort hushåll med tjänstestab, barn och representationsmiddagar för Alriks svenska och utländska affärsbekanta. Hon födde fyra barn, två pojkar och två flickor och Sofie var den äldsta dottern. Blev det en stund över – och det blev det ofta när Alrik var borta på tjänsteresor – drog Hélène sig undan till biblioteket där hon satt och läste, klassikerna, ofta på originalspråken. Men ingenting av det som hon hade hoppats på som ung förverkligades, inte fortsatta studier och inte ett intressant yrkesliv. Drömmen om att ge sig i kast med en vetenskaplig eller journalistisk karriär förblev en dröm. Kanske var det just detta, att hon ville någonting annat med sitt liv, som gjorde att hon bröt upp. Efter många års äktenskap lämnade hon sin burgna och förmodligen rätt instängda tillvaro på Strandvägen.

NK:s tesalong var träffpunkt för Stockholms välsituerade fruar. Först en promenad längs Strandvägen, sedan de obligatoriska matinköpen och när detta var avklarat, ett besök i tesalongen där det ofta var musikframträdanden.

Hélène blev förälskad i en av musikerna. Är det en omöjlig situation som utgör passioners livsnerv, drabbar de någonsin utan orsak? För Hélènes del kunde ingenting ha varit mer omöjligt eller förbjudet eller skamligt, än att lämna man och fyra barn och i stället resa runt i Europa som hustru till kapellmästaren i en rumänsk orkester. Efter sju år tog förhållandet slut och Hélène stod ensam med två nya barn, utan vare sig bostad eller pengar. Alrik gjorde vad som måste göras och påtog sig ett månatligt underhåll – på ett villkor – *hans barn* fick aldrig nämna sin mammas namn, än mindre träffa henne. I omvärldens ögon hanterade Alrik den skandalartade affären bevisligen som en gentleman.

Vad visste Sofie om det här? Hon fick i varje fall klart för sig att mamma blev en onämnbar person som hon inte tilläts träffa. Om hon någon gång återsåg henne, skedde det i smyg.

Hon tummar på fotografierna av Hélène som ligger gömda i

pappas skrivbordslåda. Jag är nog mammas älsklingsbarn, tänker hon och lägger tillbaka bilderna i cigarrasken.

Sjudande blod, romantik, en exotisk saga som utspelades i verkliga livet. Hélène hade drabbats av samma betvingande känsla som Kristin Lavransdotter (boken hade just kommit ut och var det stora samtalsämnet) fast på riktigt och i NK:s tesalong. Hon hade mött sin Erlend i den rumänske violinistens gestalt, oemotståndlig, het som glödande kol och lika opålitlig som i boken. Det kan ha varit så som folk såg det. En pikant historia, någonting att skratta åt – till en början. Leenden stelnade och omvärldens dom blev hård. Att en far lämnar sin familj är illa nog, men en mor ... Något sådant får helt enkelt inte förekomma.

För de inblandade blev det en tragedi.

Fyra barn förlorar en mamma. Hon kan inte sörjas som en död, för hon är inte död. Plötsligt upphör mamma att existera av för barnen oförklarliga skäl. Hon försvinner utan att säga adjö, ringer inte, skickar inga brev. Ingen talar längre om henne. Hennes namn får inte nämnas. Barnens frågor lämnas obesvarade och överlämnas därmed till dem själva att besvara – och det lilla barnet vet precis vad som är orsaken till att mamma har övergivit det. Jag har varit olydig, varit stygg, inte gjort mig förtjänt av hennes kärlek. Svarta rovfåglar kretsar över barnen, griper tag med klorna i deras bröst och hackar i barnens hjärtan: det är ditt fel, det är du som bär skulden till det inträffade. Barnen blev offer – och det blev också Hélène.

Hélène mötte en man som öppnade dörren till ett annat liv, ett fritt liv fyllt av musik och kärlek. Det är inte säkert att mannen hade tänkt sig att inleda något långvarit förhållande, han var en känd och firad musiker ungefär som vår tids stjärnor, och Hélène var en av många kvinnor som han träffade under sina turnéer. Men hon hade mött mannen i sitt liv efter ett långt äktenskap som hon kanske aldrig önskat ingå. Hennes uppbrott var ett kraftfullt avsteg från konventionen, vilket säkert betydde att hon hade starka skäl. Möjligen var hon också gravid när hon tog beslutet att följa den nye mannen.

I spåren av passionen följde smärtan. Äktenskapet havererade efter sju år. Hélène stod ensam utan försörjning och med två barn. Ställd inför Alriks erbjudande fanns inget val: jag försörjer dig och dina söner på ett villkor att du aldrig tar kontakt med *mina* barn. De höll båda ord, Alrik också efter sin död, och i hans testamente stod det att ett månatligt underhåll skulle utgå till Hélène så länge hon levde. Men priset som hon betalade blev omänskligt högt. Inte nog med att hon inte fick lov att träffa sina barn i det första äktenskapet, hon tvingades också på avstånd följa hur hennes båda döttrar dog, först Sofie och året därefter Marianne som omkom i en seglingsolycka.

Fanns det någon som förbarmade sig över Hélène?

Hélène promenerar under lindarna på Strandvägen in mot stan, spenslig och rakryggad med det grånade håret uppnålat i en valk i nacken. Den nystrukna klänningen fladdrar lite i vinden från Nybroviken och hon håller fast sin stråhatt med ena handen. Sofies dotter får syn på henne. Åh, där går min vackra mormor, som hon känner igen efter att ha sökt upp Hélène i hemlighet, och de gör sällskap till Kungsträdgården och slår sig ner på en bänk. Hélène tar fram en bok ur väskan för att läsa. Den är på franska, barnet böjer sig fram men förstår inte vad som står. I stället sitter hon tyst bredvid mormor på bänken och slickar på en glasstrut. De förblir sittande en god stund. Mormor läser. En rännil av glass rinner över flickans haka. Mormors näsduk doftar svagt av viol. Flickan gungar med fötterna och skvätter iväg små kaskader av sand. Små pojkar klänger på ett bronslejon en bit bort, en barnsköterska passerar med en mörkblå barnvagn och klockan i Jacob slår halv fem. Mormor lägger ihop boken med den lilla sprättkniven av ben som bokmärke. Hon tar flickan i handen och kliver på en spårvagn från Nybroplan till Djurgårdsbron och där skiljs deras vägar.

En mormor och ett barnbarn som träffas i hemlighet. Hélène kastar en nästan omärklig blick omkring sig innan hon vinkar med de ljusa handskarna i handen till barnet och viker in på Narvavägen. Flickan fortsätter bort längs Strandvägen, hem till morfar där hon bor.

Mormor bodde i en liten lägenhet på Narvavägen med sina två söner, berättar Sofies dotter. De var ju bara några år äldre, så jag smög dit ibland för jag var ju så intresserad av mina vackra svartlockiga morbröder. När man ringde på hos mormor var man alltid lika välkommen. Kom in kära du, sa hon, vill du stanna och äta middag med oss? Men det hände aldrig att hon själv hörde av sig eller skickade ett kort till jul.

Det månatliga underhållet från Alrik räckte till det nödvändiga, men när hyran, gaspolletterna, räkningarna från speceri- och mjölkaffären och barnens fiollektioner var betalda var också pengarna slut. Att be Alrik om mer var säkert ingenting som Hélène vare sig ville eller vågade. I stället hushållade hon så gott det gick. Gamla lakan klipptes itu och syddes ihop på mitten med det slitna tyget ut mot kanterna, gardiner och spetsdukar hölls alltid nystärkta med små hål omärkligt ihopnästade De två sönerna var alltid oklanderligt klädda och till sig själv sydde hon om. Hélène var skicklig att sy, kappan i förkrigskvalité sprättades upp, tyget vändes och gamla knapphål syddes igen med nätta stygn, dräktjackor förseddes med vackra band runt slitna linningar, klänningar fick nya hålsömskantade kragar, kängor klackades, sulades och putsades och sommarens tygskor kritades om och om igen. Det enda nöje hon kostade på sig var ett besök på NK:s tesalong någon gång, där hon intog en slät kopp te.

VINTERN 1923–24. Sofie står på tröskeln till puberteten, är inte längre ett litet barn och just i en ålder då hennes värld kommer att vidgas. Sofies uppbrott ligger ännu i sin linda, hon känner ett sug av frigörelse men har ännu inte börjat skolka. Hon erfar dragningskraften till något outtalat hemligt, men vet ännu inte vad det är. Ett barn är på väg att bli vuxen. Vem ska vägleda henne, viska förtroenden, hålla henne i handen på vägen in i den vuxna kvinnans värld?

Det finns inte längre en mamma i familjen och det är bara genom små detaljer som en ny tid markeras. Flygellocket fälls ner för gott och jungfrun upphör en dag att duka fram mammas kuvert på middagsbordet, vilket alla noterar utan kommentarer. Badrummet luktar rakvatten men inte längre parfym. Pappa arbetar ofta över när han inte befinner sig på tjänsteresor, men om han är borta mer nu än tidigare är oklart. När kyrkokonserten på första advent uteblir liksom glöggmottagningen efteråt, känner Sofie det som om allt roligt har upphört, vilket understryks ännu mer när dansskolan har sitt juluppträdande. Varken mamma eller pappa finns i publiken med de andra elevernas föräldrar.

I avsaknad av en mamma förändras Sofies ställning i familjen. Matinköp och hushållets organisering anförtros hushållerskan, och faster Malla kommer på besök med jämna mellanrum för att hjälpa till med sådant som rör barnen; skoinköp, sätta hemsömmerskan i arbete, beställa tid för läkar- och tandläkarbesök, men det uppstår också tillfällen då Alrik rådgör med Sofie. De drar sig undan till Alriks arbetsrum, bara hon och han. Pappa tänder en cigarr och slår sig ner i en av skinnfåtöljerna och ber Sofie ta plats vid skrivbordet. Han snurrar ett konjaksglas mellan fingrarna medan han förhör sig om de yngre syskonen. Vad tycker lillebror om den nya barnsköterskan, är det inte dags för Kindergarten snart, kanske redan till våren, kan Sofie ta reda på vad föreståndarinnan heter. Sofie doppar pennan i bläckhornet och antecknar sådant som ska åtgärdas, med *Kindergarten* överst på arket. När listan är färdig och hon har torkat en sista gång med läskpapperet, reser sig pappa ur fåtöljen men hejdar sig just innan han lämnar rummet. Vill Sofie följa med som hans dam på bolagets årliga julfest? Hon är ju snart nästan vuxen.

Sofie har vuxit det senaste året. Hon tar en omväg hem från skolan och nosar lite runt pojkläroverket Östra Real, knycker en och annan cigarett ur tennbägaren i biblioteket, bryter sig in i storebrors låsta pojkrum för att spela Tiger rag på vevgrammofonen, och läser i nödfall också sina läxor. Men det som mest intresserar Sofie är hennes eget utseende. Hon liknar redan en kvinna, men vill inte ha en kvinnas runda former, i alla fall inte för mycket. Hon vill se ut precis så som hon inte ser ut. Det är finare med en gosskropp tycker hon, vilket hon också får bekräftat i *Idun* och *Allers* som ligger i serveringsrummet. Hon vill ha kort hår i platta vågor och drar missbelåtet i sina ljusa korkskruvslockar som hon en dag brutalt klipper av med kökssaxen. Hon vill ha små nätta fötter men upptäcker att mammas 39:or passar precis. Och så är det näsan som är alldeles för stor och med en liten knöl vid näsroten. I Allers läser hon att sådant går att dölja med puder och hittar i mammas toalettbord en gammal puderdosa, läppstift och annat smink. Hon målar läpparna, klickar på rouge och pudrar sig. Hon suger in kinderna och plutar med munnen när hon speglar sig oändligt länge i badrummet, vrider huvudet lite till höger, lite till vänster, böjer det neråt och bakåt. Sedan tvättar hon snabbt av alltihop innan klockan blir sex och pappa kommer hem.

Också pappa märker att Sofie har blivit stor. Å ena sidan visar han sin uppskattning över hennes nymornade kvinnlighet, å andra sidan börjar han förhöra sig om vad hon gör efter skolan och företar sig om kvällarna. Sofie blir både irriterad och smickrad av pappas frågor, vilka hon uppfattar mer som ett nypåkommet intresse för hennes person än som oro. Sofie är fortfarande mer oskuldsfull än vad pappa befarar.

Alrik är nästan jämt bortbjuden när han inte är på affärsresor. Han inser att han måste ägna mer tid åt Sofie än tidigare. Han borde kunna ta med henne ut ibland. Hon är visserligen lite för ung för att introduceras, men Sofie är mogen för sin ålder och vet hur man ska uppföra sig. Säkert finns det någon vänlig dam som kan ta sig an henne lite grann efter middagen. Fru Lundh, till exempel, just det, han kan ju ta med sig sin sekreterare. Alrik bestämmer att så får det bli.

Nu känner sig Sofie stor. Nu är hon vuxen på riktigt, vilket hon snabbt definierar som ett behov av passande kläder. Hon viskar i Alriks öra att hon vill köpa en ny klänning på Sidenhuset, men pappa säger tvärt nej. Hela mammas garderob är fylld med vackra klänningar, varsågod och välj! Passar inte klänningarna får sömmerskan göra de ändringar som behövs. Så blir det också. Än ska den gröna sidenklänningen sys om, än den gula. Den långa svarta med pärlfrans ska sys upp liksom den grå bandkantade dräkten i mjukt ylle. Det nålas och tråcklas och gulnade pikékragar läggs i blekmedel, hattar borstas och skor putsas upp.

Sofie följer med sin pappa på flera bjudningar. Hon lyssnar artigt men ointresserat på Alriks affärsbekanta och tråkas ut av fru Lundh under kaffet. Men en kväll är det middag med dans och Sofie blir uppbjuden gång på gång. Eftersom Alrik själv aldrig dansar, sitter han med sin cigarr och avec och tittar på. Alla lägger märke till Sofies uppsluppna skratt och blanka ögon och Alrik bestämmer sig för att inte ta med henne fler gånger. Lillvärdinna på bjudningar i hemmet kan gå an, men inte mer än så, och i december får Sofie liksom de andra syskonen ledigt från skolan för en jullunch med Alriks kollegor hemma på Strandvägen. Sofie får sitta med vid bordet, skåla i sockerdricka och konversera sin bordskavaljer medan de andra syskonen serverar, lillasyster i ljusblå organdiklänning och serveringsförkläde med volang, storebror i mörk kostym med servett över armen när han slår upp beaujolaisen. Innan årets slut tycker sig Sofie ha befäst en ny position i familjen. Hon är nu pappas lillvärdinna och förtrogna.

Mildras Sofies saknad efter mamma genom pappas förtroenden? Ingen vet, men nu när mamma inte längre finns tycker sig Sofie ha trätt in i hennes ställe. Det är pappa som öppnar dörren; kom in flicka lilla, jag behöver dig! Det är med henne som han rådgör för det är just hennes hjälp han måste ha i viktiga familjeangelägenheter. Pappa behöver inte mamma längre. Han har ju Sofie.

Alrik betraktar inte sin dotter på samma sätt. Han rådgör med henne ibland, men ser henne inte på något vis som en ersättning för Hélène. Om det är något av barnen som han känner sig särskilt befryndad med så är det den äldste sonen. Båda kappseglar och de kan diskutera vindskift och fintgippar hela långa kvällar. De samtal som Alrik för med sina barn handlar oftast om praktiska frågor som måste lösas – eller sommarens regattor, de kommande eller de som har varit. Pratstunderna med Sofie och den äldste sonen har samma kvalitet fast på olika områden. De rör sig på vardaglig yta, tangerar inte känsloliv, handlar aldrig om ensamhet eller förtvivlan. Alrik anförtror inte barnen sin längtan efter en kvinna eller saknaden efter Hélène, och skulle heller aldrig nedlåta sig till att förtala henne, kommentera hennes plötsliga försvinnande eller den skymf som hon har utsatt honom för. Han upprätthåller en strikt gräns mellan sig själv och barnen och på hans sida om gränsen är Hélène förpassad. När han erbjöd Sofie att följa med som hans dam på bjudningar var det som den ansvarsfulle fadern som såg att det var dags att introducera sin halvvuxna dotter i sällskapslivet.

Men hos Sofie växer det fram någonting annat. Det är en ny känsla av samhörighet. När Alrik är borta på tjänsteresor längtar hon efter sin pappa på ett sätt som hon aldrig tidigare har gjort och räknar dagarna till dess han ska komma hem igen.

Alrik behöver en kvinna, inte bara för egen del, utan också för att det ska bli ordning hemma. Ingen hushållerska i världen, hur ansvarsfull hon än är, kan ersätta en mor och det vet Alrik. Han registrerar med obehag att hemmets skötsel har börjat förfalla, vilket blir mer påtagligt för varje dag. Det händer att jungfrurna försover sig. Städningen som skulle ha varit klar klockan åtta pågår fortfarande när han går om mornarna. Hushållspengarna som hushållerskan får i ett kuvert varje måndag räcker plötsligt inte. Dessutom har han på känn att flaskor har försvunnit ur julens spritleverans. Alrik tycker att hans familjeliv liknar en skuta utan kapten och som nu håller på att gå över styr. Det gäller inte bara hemmets dagliga skötsel utan också barnens.

Hushållerskan begär ett enskilt samtal med Alrik och berättar att fröken Sofie, förutom att hon är näbbig och allmänt oförskämd, också skolkar. Inte nog med det, hon anmärker och läxar upp tjänstefolket för att det inte lagas den mat som fröken Sofie föreslår, för att hennes skor inte borstas, för att klänningarna inte hänger nystrukna över stolen i hennes rum varje morgon och så vidare, och så vidare. Samtalet avslutas med hot om uppsägning om det inte blir ändring. Alrik suckar, Sofie behöver helt enkelt återföras till en lagom barnslig barndom. Och det finns bara en person som kan genomföra en sån sak. En ny mamma.

Alrik är bekymrad, inte bara för det som försiggår hemmavid, utan också för sitt försäkringsbolag. Det gick lysande under kriget då han erbjöd sjöförsäkringar, inte bara till tyskarna som slog till och försäkrade sina slagskepp i Alriks bolag, utan också till de allierade och den svenska civila handelsflottan. Kalkylen byggde på hög risk och därför också dyra försäkringspremier, och konceptet var någonting som inget annat svenskt bolag vågade sig på. Första världskriget var Alriks ekonomiska storhetstid och pengarna rullade in. Han lät sätta upp en ny mässingsskylt på ytterdörren med titeln *Assuransdirektör* framför sitt namn, graverat i elegant Garamond. Men så kom freden och med den tog Alriks inkomstbringande affärer slut.

Tjugotal. Efterkrigsdepression och dåliga tider, men Alriks privata tillgångar är säkert placerade i banker utomlands. Han hade varit förutseende när den svenska finansmarknaden mycket riktigt börjat svaja, men sjöförsäkringsbolaget har inte kunnat hållas utanför krisen. Den senaste halvårsrapporten är oroande. Allt tyder på fortsatt avmattning i tillväxten. Han måste hitta andra marknader, men vilka? Hans rådgivare föreslår bilförsäkringar men Alrik tvekar. Hur många skaffar privatbil i dessa dåliga tider? Nej, Alrik tänker inte satsa på en så våghalsig marknad, bilen har säkert kommit för att stanna, men var mans egendom kommer den aldrig att bli, i alla fall inte under överskådlig tid.

Just då, när det verkar som allra mörkast, träffar han Gabi. Att problemen i familjen därmed ska komma att fördjupas, kan Alrik inte föreställa sig då han besöker Melanders blommor och ber dem skicka hela blomsteraffären hem till Gabi.

Söndag i februari. Vintern är som kallast. I Stockholm har vattnen frusit och snön skottats upp i höga vallar längs gatorna som är brungula av hästspillning. Det är en solig söndag, snön hänger tung på träden, barn åker slänggunga i Humlegården och människor promenerar på isarna med röda kinder och rimfrost i mustascherna. Gabi ska besöka Alrik på Strandvägen för första gången. Hon har tänkt kosta på sig droskbil men ändrar sig när hon drar ifrån gardinerna och tittar ut.

Hon badar tillsammans med lilla Toto på morgonen. De leker med pojkens röda gummianka som han har fått i julklapp och när hon avbryter leken för att tvätta honom får han tvål i ögonen och skriker som vanligt. Hans sjömanskostym ligger nypressad på en stol och Gabi plockar fram ett par strumpor utan stoppning på knäna och försäkrar sig om att jungfrun har blankat hans svarta finkängor. När Toto är kammad och klädd sätter han sig på Gabis säng i sovrummet och tittar på sin mamma medan hon gör sig klar.

Gabi tar ordentligt med tid på sig och står länge framför spegeln och studerar sin kropp. Ännu inga motbjudande valkar i midjan, magen är fortfarande fast som på en ung flicka och trekanten tät och hemlighetsfull med svart lockigt hår som sträcker sig lite för långt neråt låren. Också brösten har hållit sig runda tack vare amman som anställdes när Toto föddes. Med denna kropp borde väl Alrik känna sig nöjd, tänker hon och tar några steg tillbaka och sträcker sig efter den lilla flaskan med myskparfym som hon fick av sin make i Kairo under deras sista resa tillsammans.

Gabi är ungerska och hennes man hade varit kinesisk diplomat placerad i Stockholm. Hans plötsliga bortgång har inneburit katastrof för Gabi och lilla Toto. Att flytta hem till Ungern är otänkbart, Kina uteslutet och de kan knappast stanna i Stockholm utan försörjning. I och med att hon träffade Alrik är problemen lösta. Han är en av Stockholms mest eftertraktade ungkarlar med en av de största förmögenheterna i stan.

Hon lägger några droppar parfym bakom varje öra och smörjer sin kropp med doftande olja, filar lite extra på armbågarna, talkar sig noga under armarna och tar sedan fram de nyinköpta silkesunderkläderna ur byrålådan. Håret tar lång tid på sig att torka och medan hon väntar passar hon på att måla sina naglar med ett nytt lager mörkrött nagellack. Sedan nålar hon upp sitt långa svarta hår till en stor slät knut i nacken, pudrar sig omsorgsfullt och sätter på sig en klänning som är uppsydd just för denna dag. Därmed är morgonens toalettprocedur avklarad och efter en hastig lunch är klockan nästan halv två. Nu måste hon iväg om de ska hinna fram till Alrik till visitdags, och hon klär barnet i tjock tröja med halsduk och mössa i samma stickade mönster. Hon kontrollerar att puderdosa och läppstift ligger i handväskan, tar Toto i hand och stiger ut i solskenet.

Gabi är nöjd över att hon struntade i droskan. Förutom en sparad slant behöver hon lite tid för att lugna sitt bultande hjärta och tänka ut vad hon ska säga när hon står där öga mot öga med Alriks familj. Att han har fyra barn är någonting som hon inte riktigt har tänkt sig in i, men nu när hon promenerar längs Karlavägen tillsammans med sin lille son blir detta plötsligt verkligt och hon kramar pojkens hand extra hårt. Han kommer alltid att inta en särställning, tänker hon och överfalls av en skuldfylld kärlekskänsla. Med stor ansträngning lyckas hon hejda sin impuls att lyfta upp honom i famnen och kyssa hans lilla ansikte med de vemodiga mandelformade ögonen.

Hon hoppas att budet hon beställde redan har avlämnat presenterna som hon har köpt till Alriks barn, på hans räkning visserligen men efter hennes initiativ, och kommer plötsligt på att hon glömde att köpa en också till Toto. Hur kunde hon missa det, så förfärligt! Den här gången måste hon lyfta upp honom och snyfta lite mot Totos halsduk, vilket medför att också pojken börjar gråta, utan att veta varför, men som sympatiyttring. Så går de tätt omslingrade den sista biten nerför Narvavägen och Ulrikagatan fram, medan Gabi viskar i Totos öra att han för evigt är hennes och att hon aldrig, aldrig kommer att älska några andra barn. Klockan tio minuter över två, alldeles i lagom tid, är de framme. De stannar en stund innanför porten medan Gabi tar upp en spegel ur väskan för att kontrollera att inga tårränder syns och spottar sedan på näsduken och gnider av Totos ansikte. Pojken sliter sig lös och springer uppför trappan medan Gabi försiktigt öppnar hissgrinden och glider upp en våning, men just när hon ska ringa på, hejdar hon sig. Herregud, hon kan ju inte ett ord svenska! Vad ska hon göra? Talar Alriks barn tyska?

Det är husan som öppnar och hjälper dem av med ytterkläderna och Toto kryper snabbt in i hallens mörkaste hörn när Alriks steg knarrar över parkettgolvet. Gabi böjer sig ner men Toto sparkar och slår på henne med sina små nävar, vägrar att ställa sig upp, än mindre hälsa. Gabi skäms men Alrik säger lugnt att hon ska låta Toto vara och klappar honom lite på huvudet. Därefter tar han Gabi under armen och går in i våningen medan Toto blir ensam kvar i hallen.

I salongen står Alriks barn uppställda. De bockar och niger, den stora flickan nästan omärkligt. Medan Gabi tar barnen i hand sneglar hon mot rullbordet framför fönstret där presenterna ligger och väntar. Kalla mig Gabi, ler hon, men eftersom barnen inte förstår vad hon säger, besvarar de heller inte detta familjära erbjudande. I stället blir det tyst och Alrik översätter och förklarar. Tant Gabi kommer att bli en snäll mamma och vill visa det genom att ha med sig presenter som de nu ska öppna.

Den yngsta flickan packar upp en vacker brosch och niger och tackar så att Gabi blir rörd. Hon förstår att detta är ett barn som hon säkert ska lära sig tycka om. Förresten är den stora pojken riktigt stilig och den lilla gossen, ja, han kommer att bli en bra kamrat till Toto, lite äldre förstås men det är inget fel. Han kan lära Toto att sparka fotboll och annat som Gabi själv inte kan. Hon ser redan framför sig hur gossarna springer tillsammans till skolan och håller varandra ömt i händerna, denne lille ljuslockige pojke med runda blå ögon och hennes egen Toto på spensliga ben. De här två kommer att bli våra älsklingar, tänker Gabi. Hennes son och hans son i förening, ett tvillingpar som de har tillsammans i stället för det gemensamma barn de kanske aldrig kommer att få eftersom hon redan passerat fyrtio. Att Alriks äldsta dotter inte går fram till bordet och öppnar sin present förvånar Gabi en smula, men hon väljer att tolka detta som blyghet.

Sofie ser den främmande kvinnan trycka sig tätt intill pappa, han är hennes nu och han lägger sin arm runt hennes axlar och deras gestalter flyter samman till en varelse som vänder sig mot barnen i ett gemensamt leende.

Jungfrun står i dörröppningen med kaffekannan och en liten bricka med gräddsnipa och sockerskål. En nick från pappa och hon går bort mot det runda bordet som redan står uppdukat i salongen. Pappa drar ut stolen vid mammas plats och kvinnan sätter sig. Kaffe hälls upp och sockerdricksflaskor öppnas, wienerkransen från Philips konditori skickas runt, tårtbitar skärs upp och pappa placerar marsipanrosen på damens fat. Nämen inte ska väl jag ..., viskar hon mot pappa.

En ny mamma är på sitt första besök hos sin nya familj. Det är en stor dag, säger pappa och håller ett litet anförande. Hon kommer att ta väl hand om er allihop. Och du Sofie, säger han och vänder sig mot dottern, ska slippa de där långa listorna med saker som måste göras för nu tar tant Gabi över.

Sofie hör vad han säger men orden är som ekot från avlägsna kyrkklockor. Hon hör och hör inte och hennes blick fastnar vid pappas hand som söker sig mot kvinnans. Hon erfar någonting hos sin pappa som upptar henne mer än orden. Det porlar som sockerdricka, det frasar som bubblet i en champagneflaska just innan korken flyger av. Ett hemligt skratt ligger gömt i pappas mungipor som inget hellre vill än att brista ut och ögonens allvar förmår knappt hålla skrattvinklarna i styr. Hela pappas väsen spritter och hans hand darrar när den kramar kvinnans.

Vi måste göra en del omdisponeringar i våningen så att alla ska få plats, fortsätter pappa. Tant Gabis lille son ska överta ett av era sovrum så flickorna får lov att flytta ihop. Sofie stirrar på sin pappa och sitter orörlig på sin stol innan hon störtar upp, vräker undan stolen och kastar tårttallriken i golvet. Skärvor yr och tårar strömmar nerför hennes kinder. Här flyttar ingen ny mamma in och ingen ny lillebror heller, skriker hon.

Skärande tystnad. Något som detta har aldrig förekommit, har aldrig tidigare inträffat i familjen. Stumma rop skallrar i fönstren bakom rosengardiner. Alrik reser sig, tar tag i Sofie och leder henne med ett fast grepp runt överarmen genom dubbeldörrarna till matsalen och vidare genom serveringsgången bort till Sofies rum. För första gången slår Alrik ett av sina barn och utdelar en örfil. Våga inte visa dig mer idag, ryter han och slänger igen dörren.

Nu tas också hennes pappa ifrån henne. Marken under Sofies fötter rycks undan för andra gången. Nu har hon ingen kvar, varken pappa eller mamma. Hon dunkar sin panna och bultar med nävarna mot väggen. Hennes tillvaro fladdrar som ett ljus som är på väg att slockna i starkt drag.

Dagen därpå ber Sofie sin far om ursäkt. En skärva av glas har trängt in i hennes hjärta.

DEN 6 MARS 1924. Gabis inflyttning råkar sammanfalla med Sofies femtonåriga födelsedag. Det var inte planerat så, men söndagen som skulle ha varit en lämpligare dag eftersom Alrik då var hemma, hade visat sig omöjlig. Stadsbud hade inte kunnat lejas utan extra helgersättning och Gabi ville inte gärna ta Alriks vaktmästare i anspråk för sin egen flytt, inte som det första hon bad om i alla fall. Att hon flyttar in samma dag som Sofie fyller år vet inte Gabi, och det är heller ingenting som Alrik tänker på. Han har annat i huvudet denna marsdag.

På födelsedagsmorgonen vaknar Sofie tidigt. Hon ligger kvar i sängen utan att gå upp och lyssnar efter tassande fötter och skramlande ljud från köket. Hon tittar på sin väckarklocka med jämna mellanrum för att se om det inte snart är dags för dem att börja sjunga och komma in med tårtan. Men när klockan är kvart i sju och ingen ännu har kommit, bestämmer hon sig för att stiga upp.

I matsalen står pappas lilla tebord vid fönstret dukat för två personer med de stora engelska tekopparna i blått blommönster. Ett ljus står tänt och ett litet paket ligger bredvid den ena koppen. Sofie tittar på det i smyg och ser att det står *Hofjuvelerare Dufva* på omslagspapperet. Men så lägger hon tillbaka paketet utan att öppna det och bestämmer sig för att invänta pappa, och slår upp en kopp te åt sig själv så länge. Klockan sju dyker han upp. Prick sju som alltid, men i stället för att krama Sofie och gratulera på hennes stora dag, säger han:

Flytta på dig. Här kan du inte sitta och smula ner. Hämta genast en ny kopp för strax kommer tant Gabi och äter frukost med mig.

Sofie reser sig och lämnar matsalen utan att säga ett ord och springer in i sitt rum, klär sig snabbt, struntar i den nystrukna blusen i garderoben och drar i stället på sig samma kläder som dagen före. Sedan rycker hon åt sig kappa och hatt, störtar utför kökstrappan och kommer till skolan nästan en hel timme för tidigt.

Gabis packlårar är förvånansvärt många med tanke på att de i stort sett bara innehåller kläder och Totos leksaker. Själv anländer hon tidigt på morgonen för att ta emot flyttlasset men också för att Alrik har bett att de ska äta frukost tillsammans innan han ska iväg till sitt arbete. Men nu är klockan redan över tio, alla har gått och Gabi har slagit sig ner i biblioteket med en kopp kaffe och pustar ut efter den första frukosten i sitt nya liv. Hon tar en cigarett ur tennbägaren på bordet och betraktar ringen som hon fått av Alrik på morgonen. Flyttlasset har redan anlänt och står i hallen och väntar på att bli uppackat, Alrik har gått för en bra stund sedan och hennes lille son är utskickad till Nobelparken med barnsköterskan.

Hon återkallar bröllopsmiddagen på D'Angleterre i Köpenhamn i sitt minne. De hade suttit vid fönstret som vetter ut mot Kongens Nytorv och hon hade tänkt att Köpenhamn var en bra mycket mänskligare stad än det förfrusna Stockholm. Hovmästaren hade placerat brudbuketten i en vas mitt på bordet, och de hade skålat i varsitt glas chablis, tagit varandras händer tvärs över den vita damastduken och låtit lyckokänslan sjunka in i sina hjärtan. Alrik hade föreslagit att de skulle starta med ostron, de doftar kvinna, hade han viskat, kysst hennes handlov och tittat djupt in i hennes ögon, så nära att hon kunnat se sin egen spegelbild i hans pupiller och de hade båda darrat av hänförelse. Här vill gärna Gabi dröja kvar, men de obehagliga minnesbilderna av det som sedan följde går inte att slå undan. Under desserten hade Alrik berättat att deras planerade bröllopsresa tyvärr måste uppskjutas eftersom viktiga sammanträden väntade honom i Stockholm – men kanske var det lika bra att hon lärde känna hans barn så fort som möjligt. Gabi hade inte kunnat dölja sin besvikelse. Hon sa visserligen inte rent ut att hon inte hade något större intresse av barnen, men hennes antydningar hade varit tillräckliga för att han skulle ställa sig totalt oförstående. De hade ätit tårtan under tystnad, men vid kaffet hade Gabi hävt ur sig att det var lika bra att han beställde ett enkelrum åt henne på hotellet, vilket hon förstås inte menade. Alrik hade tagit henne hårt i armen medan de gick upp för trappan till hotellets bröllopssvit, och genast gått och lagt sig med ryggen vänd mot henne i dubbelsängen. Deras äktenskap hade börjat med att Gabi grät sig till sömns.

Nu snurrar hon på ringen som låg i det lilla paketet från Hofjuvelerare Dufva. Den är av vitt guld och en krans av små briljanter blixtrar i det grå morgonljuset. Hon känner sig len och mjuk inuti, för ringen är ett sätt för Alrik att tala om hur mycket han älskar henne trots den misslyckade bröllopsnatten. Allt är nu förlåtet. Alrik hade tagit fram två biljetter till Lago Maggiore ur plånboken. De ska resa när det är som allra vackrast i Italien då fruktträden står i full blom, Gabi gläder sig och ser förhoppningsfullt fram mot sitt nya liv i sin nya familj och genomströmmas av en varm ömhetskänsla inför Alriks barn som hon ska bli mamma till.

Gabi hämtar penna och anteckningsblock på Alriks skrivbord i herrummet och funderar på vad hon nu ska ta itu med. Hennes kläder måste packas upp och hon måste be någon av jungfrurna att göra det innan de blir alltför skrynkliga. Samtidigt kan hon ju passa på att hälsa på dem ute i köket.

Jungfrurna och kokerskan tar i hand och niger djupt och hon tar med sig en av husorna till sovrummet för att peka ut i vilka garderober och lådor som hennes kläder ska hängas upp och läggas in i. Men när hon öppnar skåpen stelnar hon till. Här hänger ju Alriks förra hustrus kläder kvar, alla galgar, hyllor och lådor översvämmas av hennes kläder. Gå ut härifrån ögonblickligen, befaller hon och pekar mot dörren. Hon måste vara ensam ett tag för att hämta sig från chocken och sjunker ner på sängen och stirrar mot garderoberna som är fulla med hennes, vad det nu var hon hette, klädesplagg. Detta hade Gabi inte väntat sig. Vad tänker Alrik egentligen på, tänker han överhuvudtaget, har han ingen som helst inlevelseförmåga i Gabis situation. Detta kunde han väl åtminstone ha ordnat innan hon flyttade in. Men så bestämmer hon sig för att snabbt få saken ur världen i stället för att bråka. Hon sliter ut alla kläderna på golvet och hennes första tanke är att kasta dem. Men så besinnar hon sig. En del plagg kan ju skickas till någon klädinsamling och andra till hennes syster som bor utomlands. Hon ropar in jungfrun igen och sedan sorterar de kläderna i tre högar: klädinsamling, systern, soptunnan. Några plagg kan ju sys om till barnen, till exempel dräkten i mörkblå sammet och en yllekappa med pälskrage. Korsetter, silkesunderkläder, strumpor, sjalar och underklänningar växer till en väldig hög och kastas till soptunnan. Inte förrän klockan är närmare två är de färdiga. Hon slänger sig utmattad på soffan i salongen och beordrar tvättning med desinficerande klorlösning av garderoberna innan hennes egna kläder ska hängas in.

Sofie har kommit till skolan alldeles för tidigt. Hon sätter sig och väntar på en parkbänk vid statyn av August Blanche i Karlavägens mittremsa. På ena sidan om esplanaden, där Cirkus låg före branden, är byggnadsarbetare i full gång med det nya skolhuset. Den tunga tegelborgen Östra Real ligger på andra sidan, men läroverket är omgärdat av murar och det är knappast någon risk för att någon av skolpojkarna ska upptäcka henne där hon sitter. Tårar rullar ner över hennes kinder när hon tänker på sin födelsedagsmorgon. Ingen kom ihåg henne. Pappa hade inte bara glömt födelsedagen utan också grälat på henne för att hon råkat sätta sig på den där äckliga tantens plats. Dessutom upptäcker Sofie att hon har glömt näsduken. Ansiktet är gråtsvullet när de första klasskamraterna uppenbarar sig och Sofie springer snabbt och gömmer sig i en port.

Det har hänt någonting i relationen mellan Sofie och hennes kamrater. Hon är längre än flickorna i klassen, och har genom pappas försorg redan stigit över tröskeln till de vuxnas värld. Klyftan mellan Sofie och hennes klasskamrater har vidgats och i hennes ögon är de ointressanta och barnsliga. Det finns annat som upptar henne, till exempel pojkarna i Östra Real, vilket föranleder Sofie att sminka sig med både läppstift och puder, fast i hemlighet, efter skolan. Nu är det inte så att pojkarnas uppskattning av Sofie kompenserar för flickornas insinuationer och hånfulla miner inför Sofies överlägsenhet. Inga uppskattande visslingar från läroverksgrabbarna kan mäta sig med att vara omtyckt i flickskolan. Sofie är minst av allt populär och knappast ens accepterad. Hon känner sig både utstött och ensam i skolan, och denna födelsedag också i hemmet. Därför kan hon varken förmå sig att gå in genom skolporten eller hem. I stället smyger hon bort till Artillerigatan och vidare ner mot Strandvägen. Hon vandrar längs kajen med kolupplag och skutor, där hon så många gånger tidigare strövat ensam och olycklig efter det att mamma hade lämnat hemmet.

Sofies syskon undrar också över den uteblivna födelsedagstårtan. Lillasyster hade haft ett litet paket i morgonrocksfickan och hennes storebror hade köpt en grammofonskiva med King Oliver som han visste att Sofie hade önskat sig. Men det hade inte givits något tillfälle att dela ut presenterna och plötsligt var Sofie bara borta. Hennes bror känner sitt storebrorsansvar och börjar fundera över vad som egentligen hände denna morgon, och om pappa möjligen hade glömt att Sofie har födelsedag. När han grubblat över detta hela förmiddagen, bestämmer han sig för att söka pappa på frukostrasten. Han ringer upp försäkringsbolaget och ber att få tala med honom. Eftersom damen i växeln är tillsagd att släppa fram alla samtal från chefens barn, oavsett sammanträden, får han kontakt med fadern direkt. Han berättar att Sofie fyller år, och frågar försiktigt om pappa möjligen har glömt det. Nej, naturligtvis inte, svarar Alrik och svär inom sig, tusan också, Sofies födelsedag, ja, den har han faktiskt glömt. Hur ska nu detta kunna repareras när han har så mycket att göra? Han ropar in sin sekreterare som sitter i ett litet rum utanför hans. Vill fru Lundh vara så vänlig att gå ner till juveleraren igen och köpa ytterligare en ring. Skriv upp den på min räkning bara, säger han och förklarar att den inte ska vara lika dyrbar som den hon köpte åt hans hustru – vilken var mycket lyckad, fru Lundh har verkligen god smak och känsla för vad som passar. I stället för briljanter kan den här ringen som är till hans dotter, ha en liten månsten eller någonting av rosenkvarts, vilketdera får fru Lundh själv välja. Före klockan fem ligger paketet på hans skrivbord och Alrik skyndar sig hem med ringen i kavajfickan.

Sofie blir hungrig när hon kommer på att hon varken har ätit frukost eller lunch. Eftersom hon inte hittar en enda slant i kappfickan börjar hon att styra sina steg hemåt. Hon går sakta, visserligen hungrig men inte så svulten att hon vill komma hem vid en tidpunkt då någon kan få för sig att fråga varför hon inte är i skolan. Hon går upp till Östermalmstorg och sedan in i Hedvig Eleonora kyrka där hon sätter sig på en bänk. I koret hänger ett krucifix som hennes ögon fastnar vid, och hon sjunker in i bilden av Jesus genomstungen av spjut och med blodsdroppar på sin sargade kropp. Nedanför knäböjer Maria och lyfter sina händer. Jag är som Jesus, tänker Sofie, lika sårad, lika sargad, lika lidande. Min Gud, min Gud varför har du övergett mig, viskar hon. Mariagestalten får drag från hennes mamma, det är Sofies mamma som sitter där och tittar på sin lilla flicka i sorg och outsäglig smärta. Tänk om mamma verkligen fanns där, tänk om hon hade en mamma som kunde ta henne i famn och rädda henne från allt det hemska som nu händer henne. I kyrkans dunkel faller tårar nerför Sofies kinder. Hon böjer sig mot psalmbokshyllan i bänken framför, och gömmer sitt ansikte mot kappärmen. Hon sitter länge på detta sätt och gråter en förtvivlad gråt över sig själv, lidande som Jesus, utstött som Maria Magdalena, den ensammaste av alla människor, den övergivna, den som ingen vill kännas vid eller närma sig. Hon gråter för att all hennes glädje är borta och för att hon är sedd av ingen. Sofie upphör först när hon hör folk stöka framme vid altarringen. När kyrkklockorna slår två slag går hon ut och fortsätter Storgatan fram, viker av Skeppargatan för att inte riskera att möta någon klasskamrat eller lärare och fortsätter sedan Riddargatan bort.

Väl hemma utan att ha blivit ertappad, går hon in köksvägen. En stark doft av klor slår emot henne när hon öppnar köksdörren. Vad är detta, vad har hänt? Sofie har aldrig mött en sådan stank så hon springer in i sitt rum, öppnar fönstret för att vädra och för att undersöka om det är från gården det luktar. Hon låter blicken fara över gården och hajar plötsligt till, tittar noggrannare och fäster ögonen på soptunnan. Hon lutar sig ut genom fönstret för att se bättre. Kan det verkligen vara mammas sommarhatt hon ser, den med små violbuketter runt kullen. Hon upptäcker fler och fler av mammas tillhörigheter i den smutsiga snön. En pärlemorskimrande sko till hälften fylld med gamla potatisskal, handväskan i krokodil som mamma fick av pappa den sista julen innan hon försvann, de vita sommarskorna som redan är fördärvade av bakgårdens snuskiga smältvatten, den japanska kimonon med skär körsbärsblom på ryggen ... Locket på soptunnan står öppet och den svämmar över av kläder, mammas sidenunderklänningar, hennes strumpor av glänsande silke, hennes sjalar som doftar parfym. Sofie står i sitt fönster och stirrar och blir vittne till hur port efter port öppnas i gårdshusen och hur människor springer ut mot soptunnan. Det är jungfrur i vitstrukna förkläden, vedgubbens fru, notarie Nordins barnsköterska med ungen på armen, bagerskan i Elsas bageri med konditorn i hälarna, portvaktstanten och hennes barn, biträdet i mjölkaffären med de avklippta fingervantarna fortfarande på, fru Lindkvist i städrock, Britta och Signe som är hennes egna lekkamrater i gårdshusen. Alla rusar fram till soptunnan och rafsar åt sig så många plagg de kan komma över. De sliter och drar i mammas kläder, de slår på varandra med mammas skor som tillhyggen och drar i band och spetsar för att fiska upp kläderna ur soptunnan.

Fönstret gungar, vinden griper tag i Sofie och hon förs bort över ett töcknigt landskap. Ett slagfält är det kanske eller en lerig åker. Hon ser en armé som exercerar. Den syns allt tydligare ju närmare hon flyger. I den regngrå dimman ser hon skabbiga råttor som övar och en kommendant som ger order.

Det är ju Gabi som är kommendanten, hon anför en trasarmé, en råttpluton. Några soldater bär oklanderlig uniform medan andra hasar fram i leran med trasiga ben och bandage runt huvudet. När Sofie kommer närmare blåser råttkommendanten i sin pipa. Armén löses upp. Råttorna rusar iväg mot någonting långt borta. Vad är det för något, vad är det för ett bylte i sörjan, med glänsande siden och med spetsar som fladdrar i snögloppet? Vem är det som råttorna gnager i med långa gula tänder?

Sofie vaknar av att pappa skjuter igen fönstret som står och slår. Han stryker över hennes kallsvettiga huvud och ber henne vänligt att komma upp för att äta födelsedagsmiddag tillsammans med den övriga familjen. Men Sofie skakar bara på huvudet och vänder sig in mot väggen. Kan någon vara snäll och hjälpa till här, för Sofie är sjuk, ropar pappa ut mot köket och lämnar rummet. En jungfru kommer springande och förstår genast hur det är fatt. Också hon är förtvivlad, för alla i köket hade tvingats hjälpas åt med att bära ner fruns tillhörigheter till soptunnan, de kläder som de hade skakat och vädrat varje vecka och lagt ihop igen med lavendelpåsar emellan. Inte ett enda plagg hade de lyckats smussla undan för egen del, det var hemskt, helt enkelt förfärligt. Inte att undra på att fröken Sofie är sjuk, det blev hon själv också. Jungfrun tar Sofie i famnen, gammalt groll är nu glömt, och hon tröstar ömt en stackars moderlös barnunge och de håller om varandra i vaggande samförstånd utan att säga något. Sedan lösgör hon sig, torkar bort några tårar med klänningsärmen och säger att de måste försöka muntra upp sig. Glasstårtan som är beställd till fröken Sofie smälter och alla väntar i matsalen. Hon hämtar en ren klänning och hjälper Sofie på med den, borstar hennes hår och tvättar av hennes ansikte. Jungfrun viskar att hon ska tänka på fröken under hela middagen och hålla tummarna för att hon ska få en fin present. När Sofie traskar genom serveringsgången känner hon sig stärkt och faktiskt riktigt varm inombords över att ha fått en förtrogen.

I matsalen väntar hela familjen vid sina stolar och börjar sjunga Ja, må hon leva, när Sofie kommer. Hon upptäcker genast att det ligger ett litet paket från Hofjuvelerare Dufva, bredvid hennes tallrik. Men innan hon öppnar presenten låter pappa kungöra att han har en överraskning till hela familjen. Till sommaren har han skaffat ett skärgårdsställe i Velamsund, en bit från stan. Så snart det blir varmare ska de ta Waxholmsbåt dit allihop. Hela familjen brister ut i förtjusta rop och skratt. De till och med ställer sig upp och hurrar, men denna gång för pappa.

Så slutar Sofies femtonårsdag, liksom Gabis första dag i sin nya familj, med att alla har fått en present av pappa. Familjen ett sommarställe och Sofie och Gabi varsin ring, båda visserligen överlämnade med dåligt samvete, men som tur är omsorgsfullt utvalda av fru Lundh.

Fredrik och Sofie

VELAMSUND, MAJ 2001. Sofie och Fredrik träffades i Velamsund och det var här som deras kärlekshistoria började. Familjernas båda villor låg ett stenkast från varandra och efter skolavslutningarna i juni varje år vidtog den stora sommarflytten. Barnen och tjänstefolket stannade sedan hela sommaren på landet, medan papporna kom ut med ångbåt och hälsade på.

Det liv som levdes i Velamsund är sedan länge borta, barnsköterskorna, privatchaufförerna, gastarna på segelbåtarna, kusken som kom med mjölk från Velamsunds herrgård, fiskaren med försommarens strömmingsfångster, trädgårdsmästarna, gårdskarlarna . . .

Vem kan berätta om platsen och det liv som levdes där? Fredriks och Sofies dotter förstås. Men det är så längesedan, nästan femtio år sedan hon senast besökte Velamsund. Vi bestämmer oss för att fara dit.

En söndag i maj. För dottern ett möte med ett liv för mycket länge sedan, för mig ett nyfiket utforskande av en okänd historia. Jag packar en matsäckskorg, hämtar upp henne och så kör vi motorvägen ut mot Värmdö, dagen är ljus, det är en av årets första vårdagar och den späda grönskan spirar på ängar och fält. Hon letar efter Velamsund bland telefonkatalogens kartblad, kopplar loss säkerhetsbältet och sträcker sig efter handväskan i baksätet där hon har sina glasögon. Jag sneglar på kartan medan jag kör, hon pekar och vi försöker orientera oss.

Under tiden pratar vi om våra egna minnen och bläddrar bakåt bland dagboksbladen till 1968-tiden, Beatles, tonårsförälskelserna ... Reviewknappen är intryckt, bandet snabbspolas, kriget, mörkläggningen, flyktingarna flimrar förbi, sedan trettiotalet och tjugotalet. Kommer vi att finna några spår av Sofie och Fredrik?

Vi närmar oss, kör på Sommarbovägen nu, vårt småprat upphör och vi ser oss nyfiket omkring. Vägen slingrar smal och backig genom ett före detta sommarstugeområde där husen byggts ut och byggts om och omväxlande pietetsfullt renoverats eller försetts med mexitegel. Vi är båda återhållet exalterade, säger ingenting men noterar.

Hjalmars Sommarbo – jag har en suddig bild i huvudet från ett gammalt foto. Vitklädda människor står i en trädgård framför en grosshandlarvilla. Huset har snickarglädje och ett sexkantigt torn med hög, toppig tornhuv. Just tornet är karaktäristiskt och villan är ljust gul, det vet jag, eller det tror jag. I mitt inre förnimmer jag redan stämningen i en svunnen trädgård, som vibrationer från en tid för mycket länge sedan, likt ett skådespel av Tjechov, eller kanske ett dunkelt minne från någonting som mamma har berättat.

Jag parkerar bilen på bussvändplanen och tittar ut över husen som klättrar nerför slänten mot vattnet. En ångbåtsbrygga av betong, folk som lägger sista handen vid sina båtar innan de ska i sjön, sälgslyns blommande hängen som bäddar in strandlinjen i ett grönt moln. Mitt i viken ligger en ö med tallar som glöder i solen. Vi lyfter ut matsäckskorgen ur bilens baklucka och går ner mot bryggan. Backen gör en liten sväng och i skogsdunklet dyker plötsligt Hjalmars stora grosshandlarvilla upp, majestätisk med torn och toppig tornhuv. Huset blänker nymålat vitt bakom svartknotiga ekar och snår. Vi stannar, ställer ner korgen, stirrar. Är det en vålnad vi ser. Kan ett hus vara en vålnad?

Det skulle ju vara gult och solbelyst, det skulle höras skratt och röster, vi skulle se fladdrande muslin och parasoller. Var är vinet i skimrande glas, det lilla rökbordet med cigarrlådan, krocketspelet, de svartklädda husorna med stärkta förkläden och silverbrickor?

Inte en solstrimma faller över den vårbleka gräsmattan. Det är fukt, våta löv och mögel, en skuggig plats helt utan det mossbelupna vemod som gamla byggnader ibland kan ha. Hur kan det komma sig att Hjalmar som hade alla möjligheter att välja, valde en så dyster norrsluttning för sitt sommarhus? Förklaringen är nog lika enkel som exklusiv. Det är i norrfönster som man har den vackraste utsikten. Mot norr syns vattenspeglarna som allra skönast och på rosaröda kvällshimlar lyser molnen guldgula. För Hjalmar var nog skärgården framför allt ett skådebröd att avnjuta när han anlände hit med ångbåt i kvällningen, ensam eller i sällskap med affärsbekanta. Som sådant var säkert husets placering noggrant uträknad. Många av sekelskiftets förmögna herrar lät bygga sina sommarvillor längs skärgårdens norrstränder, för att användas i representationssyfte i kombination med familjens rekreation. Det verkar uppenbart att Hjalmar också tänkte så, det handlade kanske inte så mycket om att skapa soliga lekplatser för barnen, om söta bär i hallonland eller att ligga på magen och meta vid bryggan.

Det stora fotot i min mammas album från systerns bröllopsfest får en ny innebörd. Gästerna som samlades i trädgården var nog främst affärskontakter vilket kan förklara de många prominenta personernas närvaro. Ett bröllop eller ett barndop kunde ordnas som en representationsmiddag där festföremålen var lika mycket förevändningar som huvudpersoner. Grosshandlarvillorna med sina ångbåtsförbindelser till stan fungerade säkert som mötesplatser i dåtidens nätverk av politiker och affärsfolk. Att träffas i familjens hägn gjorde det hela lite mindre formellt.

Vi går längs staketet och tittar närgånget in i trädgården. Det finns en liten lekstuga närmast stranden och ett tillbommat lusthus på höjden ovanför huset. Grusgången som förr ledde från grinden till huset går att skönja som en grund fåra i gräsmattan. En plötslig bild, skarpt tecknad: Mamma och jag står i handelsträdgården för att köpa blommor. Jag lyfter upp två krukor med violer som jag sträcker fram mot henne, men i stället för att nicka vänder hon bort blicken: Nej, inte violer! Jag ställer förbryllad tillbaka krukorna, vad är det för fel med dem? Så småningom får jag förklaringen. Att plocka hundra violer var ett straff som utdelades för olydnad på Sommarbo. För ett litet barn var det en ofattbar mängd. Hon berättar om de långa violrabatterna som kantade grusgången från grinden upp till huset. De små harmlösa blommorna förföljde henne och fick på det sättet ett nästan evigt liv. Nu ligger de begravda här under grästorven för alltid.

Någon enstaka minnesbild bara, en lösryckt berättelse, några föremål. En liten flicka niger för Hjalmar, sin farfar, har just fyllt tre med rosett i håret, nystruken klänning och lackskor. Hjalmar klappar barnet på huvudet och tar fram en cigarrlåda med kolor i. Men det är dockservisen i lekstugan som syns tydligast i minnet. En dockservis av riktigt porslin med blått musselmönster, tillverkad av Den Kongelige. Jag erinrar mig att jag ärvde ett par tallrikar av samma porslin som dockservisen, och en vas som mamma gav mig strax innan hon dog, en lysande blå porslinsvas med guldkant.

Detta vackra, dystra hus känns som en del av våra liv, trots att vi varken har vuxit upp i det eller har det minsta med det att göra. Det hände saker därinne som kom att få så katastrofala följder. På så vis tillhör det också oss.

Hallå där, hur var namnet, ropar någon uppifrån trädgården. Vi blir överrumplade av misstänksamheten i frågan och försöker förklara vår släktskap med dem som en gång bodde här.

Huset är nybyggt och uppfördes för tre år sen, säger hon spetsigt och stirrar på kameran som jag har i handen.

Byggdes villan för tre år sedan? Revs det ursprungliga och uppfördes ett nytt efter de gamla ritningarna? Kanske är det så. Vi frågar, men kvinnan svarar inte. Hon vill inte svara eller så vet hon inte. Vi känner oss bemötta som två inbrottstjuvar på rekognosering. Främlingar har ingenting i Velamsund att göra. Viken ingår i de utvaldas reservat och utomstående motas bort med högdragen min, nu liksom förr. Det har nog knappast förändrats, det är bara vi och de som så att säga har bytt plats.

Sydows sommarställe ovanför ångbåtsbryggan bestod av en hel anläggning med trädgårdsmästarbostad, växthus och flera byggnader av olika slag. Villan som Sofies familj bodde i ruvar fortfarande ovanför sjöbodar och brygga en bit bort. I annexet intill bodde de tolv gastarna som assisterade vid kappseglingar och i viken låg familjens båtar förtöjda när de inte befann sig i Sandhamn, jollarna vid bryggan och segelbåtarna på svaj och bredvid den stora skärgårdskryssaren, en Forslundracer i glänsande mahogny, så lång att hon måste läggas med vinden för att inte brytas i sjön. Vid bojar närmare stranden guppade barnens starbåtar. Fadern var ordförande i Kungl. Segelsällskapet KSSS med klubbhus i Sandhamn och familjen var känd som Stockholms seglarfamilj. Jämte Saléns i Göteborg vann man de flesta guldpokalerna i svenska och europeiska kappseglingar under mellankrigstiden.

Pokaler i rad på matsalens hyllor. Segerfanfarer, men också

nattsvart smärta. År 1932 dog Sofie och sommaren 1933 omkom hennes syster Marianne i en seglingsolycka.

Den sista etappen på Sandhamnsregattan avslutas och man väntar på att båtarna ska komma in. En femårig flicka i vitveckad klänning med sjömanskrage står med näsan tryckt mot fönstret och tittar ut över sundet. I den stora matsalen är bordet dukat för alla tävlingsdeltagare. Kvällssolen gnistrar i glasen, blänker i nyputsat matsilver, flyter över vit damast och kuvert med KSSS emblem och studsar mot de brutna servetternas solfjädrar. Rödvinsflaskor står uppkorkade på silverassietter, pilsner och moselvin väntar i jordkällaren, inkokt ål, inlagd strömming och aladåber är framdukade på buffén och potatiskastrullerna står på värmning i köket. En efter en angör kappseglarna hamnen men den båt som seglas av Alriks dotter Marianne, har ännu inte kommit.

Skymningsljus fyller matsalen, en jungfru stryker eld på en sticka och tänder fotogenlampan på buffébordet och barnet går ut i köket och äter en smörgås. Alla båtar som deltagit i tävlingen har lagt till – alla båtar utom en. Middagen får anstå tills Marianne och hennes gast anländer.

Folk samlas på bryggan. Några ger sig ut med motorbåtar för att söka medan andra spanar med kikare över fjärden från udden bortom klubbhuset. En lots gör sig redo, tänder lanternorna, startar motorn och knattrar genom gattet.

Den femåriga flickan i vitveckad klänning med sjömanskrage, ser solen sjunka bakom trädtopparna på Telegrafholmen. Hon ser en motorbåt komma in med Mariannes båt på släp och två män som lägger den man som seglat som gast, på bryggan. Men hon ser inte Marianne.

Nästa dag kryper barnet ihop intill gastens säng som står uppställd i annexet vid huset i Velamsund. Det är en febrig och förtvivlad man som talar med henne. Marianne föll över bord och han lyckades inte rädda henne. Flickan och den sjuke mannen erfar en stark känsla av gemenskap och hon hittar någon som vill dela sin sorg med henne när alla andra i familjen har förfrusit.

Efter månaders fruktlösa sökande efter Mariannes kvarlevor, låter Alrik resa en sten med fanborg till hennes minne på Telegrafholmen mittemot Sandhamn. På kort tid har han förlorat båda sina döttrar och efter det blir bara betryckthet kvar.

En svallvåg från ett annat liv. En föräldralös liten flicka som växer upp i resterna av någonting som inte längre finns. Här bodde mamma en gång, därborta fanns min pappa ... Vi sätter oss på en bänk vid ångbåtsbryggan och packar upp matsäckskorgen. Det är kaffe i termos och varsitt nybakat bröd som vi äter medan vi tittar ut över vattnet.

Vår stora skärgårdskryssare hette Sofie som mamma, och man såg när hon seglade in bakom Tegelön, berättar dottern och pekar. Jag kände mig så stolt, Sofie var den största båten av alla med en rigg som syntes högt över trädtopparna. Hon var snabb också, en lång, smärt och vacker skärgårdskryssare med marconirigg. När morfar dog, stod vi inte ut med att se henne med fulla segel och med någon annan till rors. Vi monterade bort den väldiga blykölen och sänkte henne härute.

Känns det smärtsamt, undrar jag.

Ja ... nej, det var ju helt enkelt ett slags människor och ett liv som levdes, en era som bara gick ur tiden för att aldrig mer uppstå.

Jag ser ut över vattnet, granskar ytan, iakttar måsarna, det är vindstilla och inga krusningar. Någonstans under vikens blanka vattenyta vilar skärgårdskryssaren Sofie. Om hon finns kvar. Om inte vatten och strömmar har utplånat henne.

JAG SÖKER EFTER Fredriks och Sofies kärlekshistoria. Att den fick ett våldsamt slut vet alla, men vad hände innan? Deras kärlek är så svagt tecknad att den knappast går att fånga. Spåren är borta och ingenting personligt finns bevarat, inga brev eller dagböcker eller ens en liten anteckning i någon fickalmanacka.

Jag hittar några fragment. En handskriven vittnesanteckning som visar att de tänkt ta sina liv långt före mordet. En inristning i ett cigarettetui som Sofie gav Fredrik i bröllopspresent, med inskriptionen *Dans la nuit,* en filmtitel. En uppgift att Sofie tar arbete i Malmö och ansöker om skilsmässa från Fredrik.

Tillsammans med arkivens fakta bildar de ett glest och bräckligt skelett och jag spinner en berättelse runt det. Men vad som tilldrog sig i Fredriks och Sofies inre, eller hände i deras relation, vet ingen.

VELAMSUND, MAJ 1924.

Jag följer inte med till landet, mumlar Sofie i ett försök att stanna hemma.

Ville du något Sofie?

Nej pappa, jag tänkte bara att …

Packa ner en varm tröja för det kan bli kallt.

Britta har födelsedagsbjudning ...

Bilen är strax här.

... och jag skulle så gärna vilja ...

Nå, skynda på!

Visst har Sofie sett att lårarna i serveringsrummet står färdigpackade med husgeråd och matvaror och visst vet hon att familjen ska besöka det nya huset i Velamsund. Men hon vill inte följa med. Åker Gabi ut till Velamsund, tänker Sofie stanna hemma. Så enkelt är det. Att hon vill stanna i stan har ingenting med Brittas födelsedag att göra, Sofie är inte bjuden och förresten träffas de knappt längre. Men hon törs inte säga till sin pappa hur det verkligen förhåller sig, och hon vet att slaget är förlorat redan innan hon för Brittas födelsedagsbjudning på tal.

En främmande kropp har kommit in i hemmet, en styvmor vars språk Sofie inte förstår, vars temperament hon inte begriper, vars regler hon inte vill lyda, vars vredesutbrott är farliga. Gabi är en häxa med glödgad treudd som hon håller bakom ryggen, dold för pappa. Varje antydan till kritik av Gabi gör pappa ursinnig och därför berör inget av syskonen den betryckthet som lägrat sig över familjen sedan Gabi flyttat in. Rädslan för Gabi kryper in likt en rå, unken lukt i familjen. Den växer till hat och Sofie står utan försvar när det sipprar in igenom ögon och näsa, genom kläder och hud. Visst har Sofie tyckt illa om någon ibland. Visst har hon känt sig kränkt och förödmjukad någon gång och svarat både högfärdigt och elakt. Men hat är någonting annat, det är ett gift som gröper ur Sofies väsen inifrån; du är ingenting Sofie, du är inte värd att älskas.

Pappas blick. Sofie tittar ner i golvet, vänder sig om och går in i sitt rum för att packa. Hon låser dörren och skriker sluta, när husan knackar, men stoppar snabbt ner tandborste och kam i fickan när Gabis steg närmar sig. Då öppnar hon som om ingenting hänt, går ner till bilen, tränger in sig bland syskonen, sätter sig på baksätets yttersta kant och stänger bildörren med ett knappt hörbart klick, som för att intala både sig själv och syskonen att hon inte är närvarande.

Det är precis så kallt i sommarhuset som Sofie befarat. Medan de andra nyfiket springer runt med skrattande munnar och inspekterar familjens nya sommarhus, sjunker Sofie ner framför vardagsrummets brasa med kappan på. När Gabi ropar på henne från övervåningen, reser sig Sofie och släpar sig motvilligt uppför trappan för att inspektera det rum som tilldelats henne – varför hon nu ska det. Men så veknar hon lite när Gabi berättar om det tjocka mjuka dunbolstret som hon beställt direkt från Tyskland, just för att glädja Sofie, och när hon öppnar dörren och trevar med handen över en varm murstock, stiger också humöret några grader. Husan går före och tänder fotogenlampan som står på ett litet bord vid fönstret medan Sofie stannar i dörren, inte mållös av förtjusning som många andra femtonåriga flickor skulle ha blivit, men ändå rätt nöjd. Det pösiga täcket glimtar rött och varmt under ett virkat överkast, och byrån mittemot sängen har en infälld spegel i lagom sminkhöjd. Husan slår upp garderobsdörren och där hänger nystrukna klänningar på rad med sommarhattar på hyllan ovanför. Att Sofie inte tänker ta på sig de där gamla klänningarna från förra året, behöver Gabi inte få veta, eftersom de säkert är urvuxna allihop, så hon nickar uppskattande mot henne och låter blicken glida bort mot kommoden och konstaterar att en ny handduk med Gabis broderade emblem hänger över stolen intill. Hon drar upp tandborsten ur fickan och smyger ner den i ett glas och bestämmer sig för att genast byta ut handduken till en gammal med mammas initialer – lite skamsen inför Gabi som för en gångs skull tycks ha bemödat sig. Sofie niger därför och pressar fram ett tack innan hon går fram till sängen och sätter sig.

Nej, nej, inte sitta på täcket, då förstörs dunet! Gabi rycker upp Sofie från sängen, knuffar undan henne och skakar lite i bolstret. Hon beordrar henne att genast packa upp sin väska, och lämnar sedan rummet med hackiga steg. Sofie ser sig om efter väskan och kommer plötsligt ihåg att hon aldrig ställde fram den i hallen därhemma och därför varken har morgonrock, nattlinne eller ombyte med sig. Inga varma koftor, bara fula gamla sommarklänningar i garderoben, och nu ska hon tvingas att vara på landet utan att få lov att ens sitta på sin egen säng. I tyst protest och med ett skadeglatt litet skratt som bubblar upp, slänger hon sig raklång ovanpå duntäcket utan att snöra upp skorna.

Är det skrattet som får Gabi att slita upp dörren? Lyssnar hon i smyg, har hon örat tryckt mot dörren, väntar hon på ett tillfälle? Sofie hinner inte resa sig förrän Gabi stormar in. Den första örfilen viner i luften och Gabi slungar okvädinsord över Sofie som kryper ihop av rädsla.

Så händer det ännu en gång, idag – liksom i går och i förrgår. Gabi exploderar. Hennes utbrott är oberäkneliga men uppträder aldrig när Alrik är närvarande. En trotsig blick från Sofie, en nonchalant gest, en uppmaning som inte genast besvaras och så brister det. Ibland behövs inte ens det. Sofies blotta existens tycks räcka för att utlösa raserianfall hos Gabi.

När Gabi lämnar hennes rum och slänger igen dörren efter sig faller en nyckel ner på golvet. Sofie låser snabbt, vräker undan överkast och duntäcke och kastar sig på sängen utan att klä av sig. Hon hatar, hon ska rymma, hon ska strypa häxan.

Hon väcks av solljuset som strilar genom fönstrets trådgardiner och studsar mot byråns spegeloval, vaknar svettvåt och stiger motvilligt upp ur sängen, lossar skärp och skor, drar av sig kliande strumpor och en skrynklig klänning och hänger sitt fuktiga linne på tork över en stolsrygg. Hon hittar pottan i kommoden och kryper sedan ner i sängen igen.

Ögonen fastnar på en fuktfläck i taket som liknar en karta med Stockholm över dörrposten och Velamsundsviken som en djup skåra ovanför sängens fotände. Stockholm och Velamsund, vad finns däremellan? Djurgården. Ormingelandet. Kvällens uppträde faller över henne och hon hamnar i ett land fullt med ormar. Sofie befinner sig i ormarnas rike, de väser, rasslar och ringlar emot henne, slingrar sig runt fötter och ben, kryper upp på hennes kropp och förvandlar hennes ljusa lockar till en härva av krälande ormar.

Sofie häver sig långsamt upp ur mörk morgondvala och blinkar osäkert mot ljuset. Rännilar av kondens flyter över fönsterrutorna, små floder av gråt som strömmar mellan rummets instängdhet och himlens rymd. Hon måste ut. Ge sig av. Försvinna långt bort. Hon öppnar garderoben och drar på sig den klänning som hon först får tag i, öppnar sedan dörren ut mot hallen och tassar över golvet, stannar upp ett ögonblick för att oroligt lyssna och smyger sedan nerför trappan bort mot ytterdörren. Men där tar nyfikenheten överhanden. Hon hejdar sig och kikar försiktigt in i olika rum. De är möblerade med en skärgårdsaktig vänlighet som fångar henne; den blommiga korkmattan med trasmattslängder, fuchsian på piedestal med korgstolen bredvid och runt matsalsbordet enkla pinnstolar. Här finns inga bonade parkettgolv, inga dunplymåer i soffan som man inte får luta sig mot och inga tunga kristallkronor. Över matsalsbordet hänger i stället en lantlig fotogenlampa med vit glaskupa och i herrummet står spelbordet uppfällt med markerna redan på plats.

Golvuret i matsalen slår fem slag och det dröjer flera timmar innan Gabi kommer att vakna. Frukosten är inte framdukad och inga morgonljud hörs. Sofie smyger genom serveringsrummet och sedan ut i köket. Vedspisen är ännu inte tänd och hon huttrar i morgonkylan, ryser lite av obehag, inte bara på grund av golvdraget utan också för att köket är otillåtet område. Ut med sig härifrån, brukar kokerskan fräsa om något barn vågar sig dit. Men nu tycks ingen av tjänstefolket ha vaknat så Sofie går fram till skafferiet, öser upp en kopp mjölk ur spilkumen och tar fram en smörbytta och en mesost inlindad i fuktig handduk. På köksbordet står redan ett brödfat med knäckebrödsskivor och efter en stunds letande hittar hon också en smörkniv och brer några smörgåsar.

Hon drar försiktigt ut en stol och slår sig ner vid bordet med öronen på spänn. Tänk om Gabi kommer och ser vad hon gör. Brödet krasar mellan tänderna, det knakar och brakar och ljudet uppfyller köket och tränger säkert genom takets trossbotten och in i sängkammaren där pappa och Gabi sover. Hon sväljer och lyssnar och stelnar plötsligt till. Det är någon som närmar sig, hon hör steg i grusgången och sedan i trappen utanför köksdörren. Men det kan inte vara Gabi som kommer den vägen, det måste vara kokerskan eller någon av husorna. Sofie andas ut men släpper mjölkkoppen, smiter in i vardagsrummet och kryper upp i korgstolen invid fuchsian. Hon hör hur någon pumpar med handtaget ovanför diskhon och hur vatten strilar ner i en kastrull, hör vatten skvimpa på golvet innan kastrullen ställs ner med en duns på spisen, hör ved späntas, spjäll gnissla och hur den lilla järnluckan i vedspisen stängs. Därefter tystnar det, köksdörren slår igen och stegen försvinner bort. Sofie har undgått upptäckt och är fri att göra vad hon vill. Hon rycker åt sig kappa och hatt i hallen, drar på sig sockor och kängor, öppnar dörren och springer ut.

Sofie är ett stadsbarn, men hennes pappa älskar naturen och lite av den känslan har spillts över på Sofie. Han har visat att molnen kan berätta om vilket väder som är att vänta och att myrstackar vänder mot söder. Sofie har fått låna hans Zeisskikare och försiktigt fått vrida på okularen, och lärt sig se skillnaden mellan duvhök och kärrhök, men mest har hennes pappa uppehållit sig vid sådant som har med hav och segling att göra. Med svag blyerts brukar han rita en planerad seglats på sjökortet och sedan ta ut kompasskurs med hänsyn till avdrift och deviation. Han kan bestämma båtens position med hjälp av logg och fyrar men blir rädd när han mister kontrollen. Han dras till naturens våldsamma utmaningar och kan berätta skärgårdens alla historier om tjocka som plötsligt förblindar, stormar och brutna riggar och smugglarkungen Niska som skeppar sprit från andra sidan Östersjön.

Av pappa har Sofie lärt sig respekt för naturen, men också att inte vara rädd. Hon tycker om att gå i skogen för sig själv, ibland nyfiket iakttagande men ofta utan att vare sig se eller höra. Hon kan gå länge och plötsligt upptäcka att hon har förlorat både tidsbegrepp och orientering. Hennes huvud har invaderats av sagor och berättelser lika vindlande som de stigar hon följt. Det är det allra bästa, tycker hon, att få vara ensam och låta tankarna strömma fritt, och ibland känns vistelsen i fantasin verkligare än det vardagsliv som brukar kallas verkligheten. Det som andra skulle kalla flykt uppfattar Sofie som en tillgång. Hon äger något som bara är hennes och som tillåter henne att leva ett liv utan intrång.

Hon är strax utom synhåll och följer vikens strandlinje på en smal väg. Morgonsolen mjukar upp hjulspårens frusna lera och efter en stund åtföljs hennes steg av kängornas tjipp-tjopp. Solen stiger och det blir varmare. Kappan stryker över bara ben men hon fryser inte. Hon öppnar den och stoppar handskarna i fickan, visslar glatt till ett svanpar som simmar längs iskanten med fastfrusen, rasslande fjolårsvass, sparkar lite i öar av grovkornig snö som fortfarande ligger i skrevor, och gläds åt rimfrosten som smält till glittrande droppar i strandgräset. Nyss stod hennes andedräkt som rök framför munnen men nu syns den inte längre, och hon känner hur kroppen nästan ångar när hon springer över rundslipade hällar och klättrar genom snåriga raviner. Sofie äger världen. Morgonen är hennes liksom stranden, vikarna, fjärden och den friska skärgårdsluften som gör det lätt att andas. Hon har vingar, hon flyger, hon seglar.

Ett stup och Sofie stannar tvärt och lutar sig försiktigt fram. Rakt under henne syns en öppen glänta som sträcker sig mot vattnet. Gul sand och en murken tångremsa löper längs stranden och vid resterna av en brygga står en sjöbod. Hon klättrar och hasar nerför berget, håller fast i småtallar, hittar sprickor och grunda skrevor för fötterna och hoppar den sista biten. Något som liknar en gammal husgrund, men som ännu inte är övervuxen med brännässlor, skymtar mellan träden. Hon sätter sig för att vila på ett av stenblocken och låter sinnet fyllas med platsens stillhet. Ängen bär spår från en trädgård för mycket länge sedan, och vildaplar med uppfläkta sår i den vresiga barken står framför det som en gång varit ett hus. Hon låter blicken glida uppför trädens förvridna, liksom söndervärkta stammar, bedövas nästan av fågelkvitter och ser till sin förvåning att grenverken är fulla med knopp. Så tycks det vara i denna strandglänta, en vissen, blek och urtvättad äng med år av träda efter människors händer, bortglömd och oansad. Det man tror är dött sjuder i själva verket av liv. Klargröna strån tränger genom vissen grästov, små bladknyten pressar sig ur en krusbärsbuskes taniga kvistar och i surt mörker under ruttna löv spränger en glänsande, svällande röd rabarberknopp fram. Var kommer allt liv ifrån, hur får det kraft att växa, undrar

Sofie andäktigt. Hon borstar lite löv och jord från kappan och beger sig ner mot stranden, passerar den lilla sjöboden och kliver upp på bryggan, balanserar försiktigt på murkna plankor och stannar längst ut på bryggnocken. Där blir hon stående och skuggar ögonen med handen mot det starka ljuset och ser ut över fjärden; nattgammal is i viken, öppet vatten längre ut, röken från ett ångfartyg långt borta och måsar som skränar och cirklar över ett skär. Sedan vänder hon sig om och betraktar strandgläntans skyddade lugn, en plats dold för världen utanför. Jag flyttar hit, bestämmer hon. Här kan jag bo, långt borta från Gabi och pappa som alltid tar henne i försvar. Sofie blir upprymd vid tanken. De kommer aldrig att hitta den lilla sjöboden. Hon har funnit en egen plats. Sofie skyndar bort mot boden och rycker upp dörren.

Det är då de möts, Fredrik och Sofie. Hon blir plötsligt varse hur en skugga lösgör sig ur bodens dunkel. Så står han där, en yrvaken man med håret på ända. Hennes hjärta bultar snabba rädda slag, hon ryggar först tillbaka, men lugnar sig när hon upptäcker att det är en pojke i hennes egen ålder. De stirrar på varandra, han i skrynklig kostym och hon i hatt och kappa, två främmande varelser bland intorkade fiskfjäll, flöten, nät och vettar med ejder och skrak som hänger på väggen.

Välkommen till min enkla boning, ler han. Vem har jag den äran att ...? Får jag bjuda på en kopp choklad?

Sofie svarar inte utan kastar i stället en misstrogen blick på honom. Det är nog bäst att ge sig av, vad är det för en konstig människa, i vilket fall ingen fiskare som är klädd i skjorta och vit linnekostym och pratar så sirligt artigt. Hon vänder sig om och går, men hejdar stegen när han ropar inne från boden.

Vänta medan jag tänder i kaminen!

Strax ringlar en tunn rökslinga ur plåtröret vid sjöbodens tak. Hon ska kanske stanna i alla fall, det vore faktiskt gott med något varmt att dricka, särskilt som det börjar blåsa upp. Sofie går bort mot en skjutskåra på en klippa, och kryper ner bakom stenröset i skydd mot vinden som nu känns kylig. Så hör hon plötsligt ett främmande ljud i vindens vinande, ett svagt muller som växer i styrka. Vikens glastunna is brister. Flak efter flak pressas upp på stranden och tornar upp sig till en vall. Ur det öppna vattnet väller rå dimma likt andedräkt av mjölk.

Här är chokladen!

Sofie rycker till. Hon hör hans röst intill sig trots att hon inte har sett honom komma, och tar emot en rykande mugg.

Sjöboden är min hemliga boplats. Man kan behöva en sån ibland, förklarar han lite generat.

Dimman tätnar och det är bara hon och han. De sitter i lä bakom det låga röset och samsas om den enda mugg han har, pratar inte mycket men turas om att smutta på den heta drycken. När luften klarnar ser de förvånat på varandra. Hon möter hans blick och tycker sig se ett styng av smärta i hans leende ögon. Hon böjer sig fram för att knyta ett kängsnöre som har gått upp.

Maj blir juni. Sofie ror ut med sin pappa i skymningen och lägger nät i viken och väcks tidigt nästa morgon, alldeles för tidigt, för att vittja dem tillsammans med Alrik. Det är sådant hon gör i stället för någonting annat, för att stilla en oro, för att få tiden förkortad. Men att fiska intresserar henne inte.

Pappa ror, Sofie halvsover och fastnar med blicken på pärlbandet av droppar och ser hur årbladen bryts i vattenspegeln. För varje årtag; man drar armar och åror intill sig, vinklar årbladen och låter dem klyva ytan utan plask, tar spjärn, andas ut och tar sats för ett nytt årtag. Vill du också pröva Sofie? Njae, en annan gång kanske. Nu vill hon bara hem och krypa ner i sängvärmen. Sofie skakar på huvudet och stirrar på gäddan som fått ett hugg i nacken, och makar sedan undan nätet med sprattlande abborrar på aktertoften.

Sitt mitt i båten, Sofie.

Jag vill hem.

Slå upp lite kaffe om du fryser.

Jag vill hem för någon väntar på mig, vill Sofie säga. Det är någonting som väntar och som Sofie ännu inte vet vad det är. Hon sträcker sig efter matsäckskorgen och tar upp den gråräfflade termosen med kaffeblött tidningspapper runt korken och tar fram en smörgås som ligger inslagen i smörpapper, häller upp en kopp som hon ställer bredvid sig på toften, öppnar patentkorken på den gröna glasflaskan och slår i en skvätt grädde medan hon rotar efter sockerbitarna i korgen.

Här pappa, säger hon och sträcker fram koppen.

Men du då?

Nej. Sofie skakar på huvudet. Hon varken fryser eller vill ha kaffe. Hon vill hem.

Vilken morgon, utropar pappa och drar ett djupt andetag, vilar på årorna och tar fram en liten plunta ur skepparkavajen.

Sofie petar undan gäddan med stöveln och ser med vämjelse på fiskslem och gäddblod i öskaret. Hon tänker inte stanna en sekund längre än nödvändigt i båten.

Vi hjälps väl åt att rensa sen, skrattar pappa. Det fiskaren har dragit upp ska han också ta hand om. Han förtöjer båten vid sjöboden och krokar upp nätet på järnrör som står nerslagna i klipphällen intill bryggan. Sofie tar motvilligt loss abborre efter abborre och slänger i en hink, sticker och river sig på fenorna, klagar och suckar högt och vilar sig allt längre stunder efter varje urtrasslad fisk. När gubben Österman kommer förbi och inspekterar fångsten, stoppar han sin pipa i fickan och tar över Sofies arbete. När han en stund senare slår sig ner på bryggan med en kaffekask, är flickan för längesen utom synhåll.

Sofie väntar. På hallbyrån finns en silverbricka där besökarna lägger sina visitkort. Varje morgon lägger husan dem i ordning. De förnämsta ska ligga synliga så att den som passerar, kan notera: Åh, amiralen eller disponenten den eller den har varit här, för att sedan smussla in det egna visitkortet längre ner i högen. Husan placerar dem med guldtryck eller präglade emblem överst och sorterar efter hand bort de vanliga, enkla. Också Sofie plockar med korten när ingen ser det. Hon söker ett särskilt brev. *Till fröken Sofie*, skulle det kunna stå utanpå kuvertet, och inuti ett violett brev med sirlig handstil.

Sofie väntar. Hon letar på silverbrickan, men ingen ung man ger sig tillkänna. Hon känner hans närvaro, hela hennes kropp är vaksamhet och hon märker tecken överallt; en skugga som glider förbi, ett andetag, en vissling, ett plötsligt skratt. Någon leker tafatt med henne i en okänd värld vars existens hon ännu bara anar. Hon har just fyllt femton. Grinden till den hemliga trädgården står på glänt och gnisslar lite i vinddraget.

KLOCKAN SJU I MORGON, hade Fredrik viskat innan de skildes. De brukar träffas i gläntan med den gamla husgrunden och de vresiga vildaplarna. Det är Sofies och Fredriks ställe. Där finns deras hemliga plats.

Middagen drar ut på tiden, Sofie äter sakta, tuggar omsorgsfullt och länge, tackar Gabi ordentligt för maten och reser sig med kontrollerat lugn och lyckas hålla rörelser och röstläge i styr.

Fredrik väntar nog.

Han kanske redan har gått.

Ingenting får märkas, ingen misstanke får väckas hos Gabi. Varför dröjer de så, varför sätter sig inte pappa och Gabi vid spelbordet som de brukar? Sofie väntar, plockar med fuchsian vid fönstret och nyper bort några vissna blommor. Hon tar ett par dröjande steg ut mot hallen när husan dukar fram kaffet och ser i ögonvrån hur Gabi tar fram kortleken och blandar. Ska du vara med på en trekarl, Sofie, skrattar pappa men blir abrupt avbruten av Gabi som slänger ifrån sig korten. Sofie går fri, hon är framme vid dörren nu och trycker ljudlöst ner handtaget och försvinner ut, släntrar långsamt så länge som hon är inom synhåll, och sätter av i språng borta vid ångbåtsbryggan.

Har han gått? Väntar han?

Framme vid husgrunden andas hon ut, tömmer gymnastikskorna från tallbarr och sand och ser sig omkring. Men ingen Fredrik syns till.

Solen sjunker i fjärden och kvällsbrisen krusar vattnet. Sofie fäktar mot myggen, spottar på ett finger och gnider på en rispa som blöder på smalbenet. Hon lyssnar, hon väntar. Mygg som svärmar, lövens prassel i vinden. Har Fredrik gått?

En vissling. Hon vänder sig om, spanar i snår och buskar och tittar upp i ekens lövkrona och får syn på Fredrik i grenverket. Kom hit, viskar han och hoppar ner, springer bort till en rönn, tar fram en pennkniv ur fickan och skär en liten flöjt till Sofie. Sedan är han plötsligt borta. Hon letar och springer bland kråkris och halkar på renlav, och varje gång hon är färdig att ge upp hörs en ny vissling en bit bort.

En kurragömmalek, en älsklingslek, en lek för älskande. Det är så de håller på, Sofie och Fredrik. Nu är det hon som gömmer sig, visslar i sin pipa och lägger sig i en mossbevuxen glänta. Hon blundar, väntar. En snabb blick, hans ansikte är över hennes, hon blundar igen och känner hans andedräkt och händer lätta som tornsvalor. De rör inte vid henne, de flyger bara helt nära och nuddar ibland hennes ögonlock eller hals eller halsgrop. Han knäpper upp hennes blus och hon låter det ske. Han placerar några föremål mellan hennes bröst, det kittlar, hon skrattar och vill veta vad det är. Då kysser han henne och lägger ett litet blåmusselskal på hennes tunga. Hon reser sig hastigt, drar igen sin blus och springer över klippan ner mot vattnet.

Också Fredrik hasar ner en bit för berget och sätter sig med en cigarett. Han röker långsamt och letar med blicken efter Sofie. Plötsligt skymtas hon på en klippavsats vid vattnet. Hon lyfter sina armar över huvudet, samlar mod och dyker och han ser solens sista strålar färga hennes nakna kropp till guld. Hon tar ett simtag men vänder genast, halkar på sjögräs och hala stenar medan hon klättrar upp ur vattnet och skyler sig med klädesplagg i famnen när hon springer upp till honom. Där ruskar hon sitt våta hår och han värjer sig mot kaskaden av droppar.

De återvänder hem när mörkret faller, hoppar över skrevor hand i hand, jagar varandra över släta hällar och trevar sig fram där skuggorna tätnar. Vid ångbåtsbryggan släpper han hennes axlar, vänder sig bort, kupar en hand, drar eld på en sticka och tänder ännu en cigarett. Deras vägar skiljs.

Ses vi i morgon?

Kanske, vi får se, svarar Fredrik, öppnar grinden till Sommarbo och försvinner bort på grusgången. Sofie står kvar på bryggan en stund, försöker urskilja hans ryggtavla i mörkret och vandrar sedan sakta längs vägen som löper utmed stranden bort till huset där hon bor.

Förälskelsen i Fredrik rullar in i Sofies liv med våldsam kraft. Ingenting kan hindra den, inga utegångsförbud och inga bestraffningar. Gabi kan stå vid dörren och vänta när Sofie kommer hem, slita henne i håret och utdela örfilar och slag. När Sofie blir inlåst tar hon sig ut genom fönstret i sitt rum, klättrar på takutsprång, hoppar och hasar längs stuprännor och springer iväg.

Det syns på ögonen att man har kysst en pojke. Det har Sofie hört och det tycks Gabi ha sett. Det som nyss var kärlek blir nu fult och skamligt, en undermänsklig handling, en förbjuden och fördärvlig handling. Gabi har rätt. Sofie är en smutsig människa. Gabis besinningslösa utspel knyter Sofie allt starkare till Fredrik. Han är räddaren och kraften som kan bryta upp lås och öppna dörrar, som kan göra flykten från hemmet och Gabi möjlig. Fredrik är löftet om ett annat liv. Hon bär honom i sin kropp och famnar minnet när han är borta. Hon har en hemlig speldosa som spelar i drömmar och får hennes steg att dansa. Hela hennes vara är riktat mot honom.

Sedan kommer oron. Sofie letar och letar i Fredrik, kan inte tolka, vet inte vad det är hon ser eller vad Fredrik erfar. Hans svar är sällan de förväntade och uteblir helt ibland. Hon iakttar honom ständigt, försöker avläsa varje skiftning i hans ansikte, lyssnar oroligt på sådant som kan ligga bakom orden, skratten, gesterna och ögonens rörelser. Fredriks liv är också hennes. Varje antydan om någonting annat får Sofies tillvaro att gunga.

En passion som en svetslåga, ett begär som lovar tillfredsställelse och sammansmältning. I stunder av lugn uppstår gemenskap, men aldrig över tid. Svetslågan brinner på komprimerat bränsle och i gasflaskan göms en explosion av lystnad och ångest.

I Fredriks värld finns det kvinnor överallt. Han möter dem i kammare, i studentrum, på barer och restauranger och dras till spänningen och den triumferande känslan i en erövring. Den efterlämnar inga särskilda spår, en glädjekick bara men ingen smärta, bekräftad manlighet men ingen längtan, sexuell mättnad men ingen rusig lyckokänsla. Att han besöker andra kvinnor har ingenting med Sofie att göra, viskar Fredrik till Sofie när hon svartsjukt frågar, försäkrar han henne när hon gråter, ryter han till henne när hon förtvivlad klamrar sig fast vid honom. Sluta för helvete!

När vintern kommer och Sommarbo är tillstängt för säsongen, träffas de på restaurang Cecil som är samlingsplats för Stockholms gymnasister, aldrig ensamma med varandra, alltid omgivna av skolkamrater, servitriser, vaktmästare. Hans blick får tag i hennes men de kan inte nå varandra för deras kroppar befinner sig på hundra mils avstånd, på varsin sida om det förbjudna. Det är hundra mil till honom men han finns en armslängd bort, oåtkomlig, omöjlig att vidröra, men hon kan sträcka sin arm över bordet och han kan röra vid hennes hand. Det fräser till, han reser sig och går någonstans, medan hon sitter kvar till synes oberörd. När han kommer tillbaka slår han sig ner som om ingenting hänt och i stället lämnar hon bordet. Hon går in i damrummet, river ur ett blad ur sin almanacka och ritar ett hjärta med läppstiftet, smyger sig sedan tätt intill honom och smusslar in lappen under servetten i hans knä. Vi måste gå, viskar han.

De har ingenstans att ta vägen men tar ibland in på hotell, någon enstaka gång, några timmar bara eftersom ingen får märka att Sofie är borta på natten. Det avlägsna ljudet från en dansorkester tränger in, de lyssnar på musik, på toner som blöder och glider från glädje till vemod, som skrattar, retas, svänger, tystnar, gråter. Han ligger med huvudet i hennes knä och lyssnar. Eller hon ligger med huvudet mot hans bröst och lyssnar. Det är natt. Han blåser cigarettrök i hennes ansikte, och hon röker också. Vinet, alltid rött vin, är uppslaget i tandborstglas och sänglampan lyser svagt. Tiden upphör, musiken tar tidens plats. Tankarna upphör, känslan tar tankens plats. De talar inte, tonerna talar i stället, de lyssnar och deras kroppar är omslutna av musik som får dem att leva.

Sedan ligger hon i hans famn med armar som håller om henne. Hon andas lugnt med hans andedräkt i nacken. De är tätt hopslingrade med hennes rygg mot hans mage och hans lår runt hennes. Han famnar henne som ett spädbarn och hon låter sig beskyddas av hans kropp. Ett ögonblick av sammansmältning.

Fredrik uppfattar sig själv som läromästare. Ibland när de möts är han uppfylld av tankar från just lästa böcker. Han vill dela med sig, han vill höra också Sofies kommentarer. Läs de här, uppmanar han, och Sofie tar motvilligt emot Oscar Wilde och Goethe. När de ses på Cecil nästa gång tar han fram ett litet block ur fickan och lägger på bordet.

Så förhöret har börjat, suckar hon. Jag är hungrig.

»Så kom du – å, min underbara älskling – och befriade mig som ur ett fängelse. Du lärde mig vad verkligheten är. Idag har jag för första gången i mitt liv genomskådat bedrägeriet, tomheten, den falska prakten.« Sibyl Vane i Dorian Gray, säger Fredrik och slår ihop boken med ett vikt hörn på sidan med citatet. Det kunde ju vara du, Sofie.

Ge mig menyn, Fredrik.

Både Sibyl Vane och Fausts Gretchen tar sina liv av olycklig kärlek medan Faust offrar sig för vetenskapen, för mänskligheten och det är högre än sentimental kärlek, fortsätter han.

Jag tar en omelett. Vill du också ha en?

En pakt med djävulen, godhetens åklagare. Fast det är inte det sämsta, han är ju den förste rebellen som vill förändring och söker oprövade vägar medan Guds hållhake på människan är tryggheten i det gamla. Har du tänkt på det, Sofie.

Men Sofie har fått syn på några av Fredriks vänner som är på väg mot deras bord på restaurangen. Hon vinkar till dem, reser sig och drar på sig kappan som hänger över stolsryggen.

Ni får fortsätta ert briljanta pladder själva, skrattar hon, struntar i omeletten, lämnar krogen och går ner till Norrmalmstorg och köper en glass.

EN VITTNESANTECKNING i polisutredningen:

> Fredrik von Sydow brukade aldrig besöka restaurant Tegnér vid andra tillfällen, än då något varit i görningen. Sålunda vore det känt, att han för några år sedan, då han ämnat taga sitt och sin hustrus liv (före äktenskapets ingående) besökt sagda restaurant.

Det är Fredriks bästa vän, Sven Hallman, som har avgivit det. Vad kan ha hänt som föranledde självmordstankar, handlade det om ett gemensamt beslut? År 1928 visade det sig att Sofie väntade barn. Båda visste vad som hänt Emmy i motsvarande situation. Nu skulle de själva utsättas för samma sak.

Älskade Fredrik,
det är natt och snöflingorna dalar utanför fönstret och jag har tagit in en liten julstake och tänt i mitt rum. Jag väntar barn. Nu vet du det. Jag är helt säker. Jag har inte vågat berätta det för någon. Jag är så rädd. Du får förlåta att bläcket flyter ut, för tårarna bara rinner …

Där slutar Sofie skriva. Hon lägger ifrån sig papperet och betraktar blötsnön som faller allt ymnigare utanför fönstret. Sedan tar hon ljuset och brevet med sig in till badrummet, håller det ovanför handfatet och bränner upp det. Det är ett av många brev som hon skrivit och sedan eldat upp under de senaste dagarna. Lågan slickar badrumsspegeln och Sofie hajar till, ett ögonblick ser det ut som om också hennes ansikte flammar upp. Hon tvättar bort sotflagorna i handfatet och ställer fönstret på glänt innan hon tar ljusstaken med sig till sitt rum igen, och plockar sedan fram ett nytt brevpapper.

Hon doppar pennan i bläckhornet och skriver: *Vi ses på restaurang Tegnér klockan tre på söndag. Din Sofie.* Hon vill träffa honom på en plats där de inte riskerar att möta någon bekant, inte på Cecil eller Djurgårdsbrunn eller något av de vanliga ställena. Hon trycker läskpapperet mot brevet och ser till att bläcket torkat ordentligt innan hon stoppar ner det i ett kuvert med Fredriks adress. Sedan tassar hon ut i herrummet, tar ett frimärke ur Alriks skrivbordslåda, klär på sig kappa och pampuscher och smyger ut köksvägen för att lägga brevet på lådan. Det snöar fortfarande, hon stretar i modden längs Narvavägen och drar in den kylslagna nattluften i sina lungor. Nu finns ingen återvändo. Fredrik ska få veta. För första gången på länge känner hon sig nästan upprymd.

Varför kommer han aldrig? Klockan visar tolv minuter över tre och Sofie har redan suttit länge på restaurang Tegnér och väntat. Hon lyfter tekoppen för att dricka men ställer genast ner den igen och tittar på klockan en gång till. Har han inte fått hennes brev? Hon har satt sig vid ett fönsterbord som vetter mot Tegnérgatan, och skjuter undan en flik av gardinen och tittar ut. Det har mörknat och Fredrik syns inte till. Restaurangen är utan gäster så här dags och även hovmästaren har dragit sig undan. Sofie sitter ensam och väntar, tar av sig hatten och flyttar handskarna från bordsskivan till stolen intill, tar upp spegel och läppstift ur handväskan och sätter lite mera rött på läpparna, reser sig för att gå på klosetten men vågar inte lämna bordet och sätter sig därför igen, för tänk om han kommer och vänder, när han inte ser henne.

Men så plinglar dörrklockan och Fredrik överlämnar hatt och rock till vaktmästaren och går med raska steg till Sofies bord. Efter en snabb kyss drar han ut en stol, sätter sig och väger på den en smula medan han slår ut med armarna och skrattar, vinkar till sig en servitris och beställer en sjua konjak, sockerdricka och pyttipanna och tittar frågande på Sofie som skakar på huvudet.

Ursäkta mig. Ett plötsligt illamående. Sofie lämnar bordet och springer bort till damrummet och när hon kommer tillbaka och sätter sig mittemot Fredrik igen, brister allt. Hennes huvud faller ner mot bordsskivan och hon skakar av gråt. Hon berättar om nätter då hon legat sömnlös av förtvivlan, om illamåendet och hur skräckslagen hon är inför pappa och Gabi. Fredrik skjuter undan tekopp och glas och flyttar sin stol intill Sofies. Han tar henne i famnen och stryker över hennes hår. En lång stund förblir de sittande och hon lyfter sitt tårdränkta ansikte upp mot hans, får tag i hans blick och ler ett kärleksfullt, innerligt leende.

Vårt barn, Fredrik. Du och jag ska få ett litet barn.

Han knäpper upp en knapp i hennes kappa, sticker in handen och lägger den på hennes mage. Han smeker den försiktigt när uppasserskan inte ser. De skrattar tyst mot varandra medan barnet tar form i deras sinnen. En liten Sofie. En liten Fredrik. Han sträcker sig mot bordet intill och lyfter upp en ros ur en vas som står där, ger den till Sofie och viskar i hennes öra:

Vill du gifta dig med mig?

De kan gå till kungs för att gifta sig. Det är inget problem, deras pappor måste godkänna det hela men Sofie är faktiskt nitton när barnet föds och Fredrik har hunnit fylla tjugo år. Folk kommer att prata förstås när barnet föds alltför nära efter bröllopet, men sådant behöver man inte ta så allvarligt. De bygger sin framtid så som Sofie tänkt ut den under sömnlösa nätter och deras samtal bubblar av infall och skratt. Ett hus i Toscana. De plockar citroner och oliver från träden och korgen med barnet står redan i svalkande skugga. En babykorg med ljusblå sidenrosetter, en barnsköterska med nystärkt förklä-de ... De skålar i pärlande vin bland bougainvillea och blåregn medan Lill-Fredrik leker med en boll på terrassen. Det blir så bra min älskade. Jag älskar dig Fredrik. Jag älskar dig Sofie.

När de skiljs är strategierna klara. De ska se till att få pappornas namnunderskrifter och skriva till kungs, och sedan gifta sig. Ingenting kan hindra dem, Toscanas gröna kullar väntar och Sofie går hemåt med målmedvetna steg liksom Fredrik.

När Fredrik stiger över tröskeln griper verkligheten tag i honom. Han stelnar till inför minnesbilden av Emmy förlamad i rullstol, står kvar i tamburen en stund och hör hur Hjalmar prasslar med tidningen i salongen, men beslutar sig ändå för att störa och prata med honom på en gång. Pappa ska inte få hindra honom, Fredriks barn ska inte lämnas bort och det som hände Emmy ska inte ske en gång till. Hjärtat bultar, han blir plötsligt rädd och fylls sedan med raseri. Inte den här gången också, väser han mellan tänderna medan han går fram och slår upp salongsdörren.

Jag ska gifta mig med Sofie.

Jaså, svarar Hjalmar utan att lyfta blicken. Du får väl vänta tills du kan försörja henne.

Vi gifter oss i vår.

Se till att bli klar med dina studier först.

Vi går till kungs.

Då släpper Hjalmar tidningen och tittar på Fredrik.

Struntprat. Så länge du är omyndig bestämmer jag.

Hjalmars ord virvlar i luften kring ett nav av nej. Fredrik lägger band på sig och hindrar en impuls att rusa fram till Hjalmar, rycka upp honom ur stolen och ruska om honom. Mitt liv är inte ditt, vill han ropa, det jag berättar för dig är inte struntprat! Lyssna på vad jag vill säga dig, det betyder någonting för det är min framtid det handlar om. Försök att förstå pappa, hjälp mig pappa, var mitt stöd, vi väntar barn och måste gifta oss! Men orden når inte ut, rummet han står i gungar likt ett skepp i sjöhävning och han lutar sig mot dörrposten för att inte falla. Han tar sig in i Emmys rum och slänger sig på hennes säng och plötsligt far känslan ut som ett rasande vrål ur strupen. Han slungar sängbord och lampa med våldsam kraft mot dörren. Jag hatar dig, din jävel!

Dagarna går och veckor förflyter. Ännu har Sofie inte berättat någonting för Alrik. Hennes oro och skräck växer starkare allteftersom tiden förflyter, och ju längre hon dröjer desto svårare blir det. Sofies mage växer och blir en dag omöjlig att dölja. Det är Gabi som först upptäcker det, naturligtvis är det Gabi. Hennes utbrott kommer plötsligt och oväntat när Sofie står oförberedd. Hon möts av örfilar och förfärliga ord. Ska den jävla horan dra hela familjen i smutsen!

Sofie söker upp Alrik på hans kontor. Hon sitter i ett hörn i hans arbetsrum och väntar på att sammanträden ska avslutas och telefonen tystna. När klockan på väggen slår fem, vänder sig pappa om.

Kom fram och sätt dig!

Sofie slår sig ner i besöksstolen på andra sidan om det blankpolerade skrivbordet och fru Lundh kommer in med en liten bricka med två flaskor vichyvatten som hon slår upp i varsitt glas. Alrik tänder en cigarr, lutar sig bakåt och granskar Sofie.

Förklara dig.

Barnet kommer att födas i juli.

Och fadern?

Fredrik. Det vet pappa.

Den där förbannade idioten. Jag har ju förbjudit dig att träffa honom.

Vi vill gifta oss. Vi skriver till kungs och ...

Otänkbart.

Vi har redan ...

Hörde du vad jag sa. Det är otänkbart.

Alrik reser sig ur stolen och öppnar dörren vilket betyder att samtalet är avslutat och att Sofie ska gå.

Redan nästa dag, strax före middagen, överlämnar pappa ett kuvert till Sofie. De praktiska detaljerna har fru Lundh ordnat. Nästa måndag ska Sofie åka till faster Malla i Värmland för att vistas där under våren. Därefter ska hon resa till Italien för att föda och lämna barnet till Gabis syster som bor i Milano. I kuvertet ligger också färdbiljetter.

Restaurant Tegnér intar en särskild ställning bland de ställen som Sofie och Fredrik besöker. Det är här som de träffas när de måste vara ensamma. De sätter sig alltid vid bord nummer 4 och Fredrik brukar flytta sin stol intill Sofies. Nu berättar hon för honom. Ett giftermål är otänkbart och barnet ska tas ifrån dem. Gabi påstår att Sofie har smutsat ner familjens heder, och som om inte det var nog, ska de tvingas att lämna barnet till Gabis syster. Den vidriga häxans syster ska ta Lill-Fredrik!

Fredrik griper tag runt bordsskivans kant. Knogar och fingrar fastnar i kramp, han andas och andas inte, andas tungt och väsande. Kroppen vill störta upp och vräka allt åt sidan men han hindrar raseriet från att slita sig. Mitt barn, viskar han, de ska stjäla min son. Vreden övergår i vanmakt och tårar stiger upp i hans ögon. En lång stund förblir de sittande, förstenade i stumhet tills Sofie får tag i hans blick och ler. Ett förtvivlat leende och utan hopp.

MARS 1928. Sofie deporteras till ett land av ingenting. Hon påbörjar en resa utan tidspil, ett tillstånd snarare, eller ett schakt som sluter sig allt tätare omkring henne. När hon vaknar på natten och tänder nattlampan med rosa sidenskärm, ser hon bara ett ogenomträngligt mörker utanför ljuskretsen. Ljuset kan inte dölja mörkret, nej, man måste bli vän med själva mörkret, stanna där en stund och lära känna det innan det är möjligt att ta kommandot över det. Men Sofie kryper ner under täcket för att slippa. Håll om mig, Fredrik, ta mig härifrån, viskar hon i kudden, men Fredrik finns inte där.

Hon förs bort av nattens maror till platser hon aldrig har besökt. Hon vandrar i en gruvgång med en pannlampa som fladdrande ljus, eller så är det bara hennes ögon som skiner. I gruvgångens tak hänger fladdermöss. De ser ut att vara döda men de kanske sover. De hänger nära varandra, tätt intill varandra, sammetskropp vid sammetskropp, tysta och svarta i hundratal. Var det hit hon skulle, är det här de dödas själar samlas? Hennes ljuskägla irrar över dem. Det böljar en vågrörelse genom sammetsflocken och några tycks vakna av ett vinddrag. Stillheten bryts, vingar flaxar och blinda fladdermusögon studsar mot ljuset. Luften vibrerar av oro, de vill henne något, de vill tala med henne. Det är inte dags än, Sofie! Då vaknar hon och sätter sig upp i sängen.

Sofie är borttvingad hemifrån men möter också medkänsla. Sjödén kör henne till Centralstationen och lyfter upp hennes koffert på bagagehyllan i kupén. När hon sträcker fram handen för att säga adjö, överräcker han en diktbok – lite reselektyr bara, ler han och ser på henne med vänliga ögon. En oväntad värme och Sofies tårar strömmar.

Hon blir omfamnad av faster Malla i Värmland som väntar i släde när Sofie stiger av tåget. Du är så välkommen, flicka lilla, säger hon, stryker över Sofies kind och bäddar in henne bland fårskinn och sträva hästtäcken i släden. De sitter tätt ihop. De pratar inte. Faster Malla håller Sofies hand i sin och Sofie vågar inte dra undan den. Snön hänger tung på granarna och vägen vindlar smal mellan höga vallar. Skymningsljus och blå snö. Hon är i Värmland nu. Släden glider nästan ljudlöst, och det klingar från hästens bjällror. De är snart framme vid faster Mallas hus.

När Sofie kommer ner i matsalen nästa morgon är frukosten redan bortdukad så när som på Sofies kuvert. Tekannan står i tehuva och frukostägget är inlindat i en grytlapp för att hålla värmen. En servettväska med *Sofie* broderat med blå stjälkstygn ligger bredvid gröttallriken och det luktar hund och lagårdsmjölk. Hon sätter sig intill den sprakande bergslagskaminen och ser sig omkring. Tennfat på rad i tallrikshyllor. En uppstoppad fågel på väggen mittemot. Hon lutar sig fram för att se bättre, en rovfågel, det är nog en duvhökshona, och hör hur pendylen ovanför skänken slår halv tio. Oj då, så sent! Hon lämnar frukosten orörd och smyger uppför trappan igen utan att bli sedd och hinner klä sig innan ytterdörren öppnas och faster Malla stampar av sig snön i hallen.

Vill hon gå husesyn? Sofie skakar på huvudet, hon är så trött, har sovit så dåligt så om faster Malla ursäktar ... Men Malla lyssnar inte, hon är fylld av iver att få visa huset och drar med Sofie in i farbror Svens arbetsrum. Minns Sofie farbror Sven? Jaså inte, ja han har varit död i många år nu och det är därför det är så kallt härinne, vi brukar inte elda här på vintern förstår Sofie, men hans saker får stå kvar, pipstället och räknesnurran och så värjorna på väggen förstås. Malla drar undan gardinerna men det svaga dagsljuset sugs upp av mörka väggar med dystra oljemålade porträtt. Intill fönstret finns ett bläckfläckigt ekbord och Sofie noterar snabbt att det är där som telefonapparaten står.

De passerar ut och in genom tillstängda rum som alla är utkylda med frostrosor på fönsterglasen, faster Malla först och Sofie sömngångaraktigt efter. Ett rävhuvud ovanför dörren in till salen, ett skåp som farbror Sven ropade in på auktion – det var ju den gången, folk förstod sig inte på sånt då och det hade stått i ett hönshus, kan Sofie tänka sig så förskräckligt, ett sextonhundratalsskåp i ett hönshus, så han ropade in det för ingenting. Malla pratar och pratar, en ström av ord väller fram som bara avbryts av korta pauser inför Sofies förväntade kommentarer: ett ja eller ett nej eller, tänk ändå. Hon låser upp skåpluckorna till den engelska silversamlingen, öppnar kabinettsskåpet och visar morfars fars sabeltand från en tiger som han sköt i Indien, pekar på en gulnad isbjörnsfäll som han också skjutit fast på Spetsbergen, visar lagningen på den ostindiska krukan som Sofies pappa stötte omkull när han var liten, gossen var en riktig odåga må Sofie tro, men det var ju då. Hur många rum återstår, hur många allmogeskåp och sabeltänder. Det svartnar för Sofies ögon, hon orkar inte längre utan sjunker ner på en stol för att inte falla. Faster Malla springer fram och tar tag om Sofies axlar. Upp med sig genast, det är en sjuttonhundratalsstol förstår Sofie och den tål verkligen inte att man bara sätter sig så där.

I den övre hallen är det varmt och ljust och den uppfylls nästan helt av en vävstol. Sofie kan väl väva? Det går bra att fortsätta, mattrasorna ligger där borta. Faster Malla pekar och förmanar, ta dubbla trasor till inslaget bara och håll ut kanterna ordentligt. De går vidare genom sängkammaren till badrummet som ligger innanför. Visst kan Sofie använda det när hon vill men slösa inte på varmvattnet och spara på dasspapperet. Tvål och handduk finns vid handfatet i Sofies eget rum men låna gärna farbror Svens morgonrock som hänger på kroken, den mörkbruna förstås, om det känns kallt härinne. Kom ihåg att ställa upp fönstret när Sofie är klar i badrummet. Sedan går de nerför trappan igen, tar en hastig titt i köket och rundvandringen i huset är avklarad.

Så ska vi prata lite allvar också, ler faster Malla och drar i de knirkande och gnisslande skjutdörrarna in till salongen. Hon slår sig ner i en emmafåtölj med spetsmedaljong på ryggstödet och Sofie sätter sig försiktigt på den yttersta kanten av en soffa. Faster Malla granskar henne, låter blicken glida över Sofies gestalt och skakar lite på huvudet.

Jaha, och när är det dags?

I början på juli, viskar Sofie och tittar ner i golvet.

Och Sofie mår bra?

Sofie nickar, rodnar, visst mår hon bra och känner hur yrseln kommer över henne igen, men lyckas ändå sitta upprätt med blicken fästad på mattans slitna frans.

Det är snart överståndet och sedan blir allt som vanligt igen!

En klapp på Sofies knä och Malla reser sig upp, nog talat om detta, nu väntar kokerskan på dagens arbetsorder. Hon öppnar skjutdörrarna och går med raska steg mot köket. Sofie förblir sittande med faster Mallas ord ringande i huvudet. *Sedan blir allt som vanligt igen.* Hon upprepar meningen om och om igen.

Sofie väver inte på faster Mallas vävstol och spelar inte på pianot som står i salongen. Hon går ner i matsalen när husan slår på gonggongen, men inte för att hon är hungrig utan för att hon måste. Mellan måltiderna vistas hon på sitt rum, försjunken i tankar och i sin kropp. Ibland gör fostret i magen en volt och hon måste sträcka på sig. Sofie avlyssnar varje liten rörelse och smeker med handen över barnet, men det går också dagar då hon varken hör gonggongen eller känner fostrets rörelser.

Den ena dagen lik den andra passerar i ett töcken. Frukost klockan åtta, middag klockan tolv, te klockan tre. Pepparrotskött med sås och russin till kvällsvard eller leverfärs som är särskilt nyttigt för Sofie. Maizenakräm och saftsås, spenvarm mjölk, vämjeliga smaker, dävna lukter. Sofie låtsas äta när faster Malla ser åt hennes håll, men smusslar undan mat och ger åt hunden. Men hon klagar inte, visar inte att hon tycker illa om maten och niger och tackar efter varje måltid. Sofie säger aldrig någonting i onödan. Hon berättar ingenting om pappa och Gabi eller syskonen. Att föra Fredrik på tal är uteslutet liksom barnet hon väntar. Det finns ingenting att prata om och därför är Sofie stum.

I brist på kontakt blir Malla alltmer forcerad. Kan Sofie laga mat? Jaså inte det, men hon kanske vill pröva på? Sviskonsufflé till exempel, som är så gott! Det finns skidor i källaren och spåren på fallet är fina idag, Sofie åker väl skidor, eller vill hon hellre följa med och hämta posten på brukskontoret? Malla lockar med än det ena, än det andra, men söndagarnas kyrkobesök är det enda hon lyckas få med henne till. När middagen är över tar Malla fram sin stickning. En svart tröja av ullgarn ska det bli och Sofie håller garnhärvan mellan händerna medan

Malla nystar. En liten spädbarnskofta då? Nej, inte svart förstås, men det finns lite blått däruppe bland vävgarnerna. Men Mallas försök är fruktlösa och Sofie släpar sig upp på sitt rum så snart tillfälle ges, tomhänt som alltid, som varje kväll.

Sofie blir sittande framför fönstret i sitt rum. Hon betraktar ån som flyter bakom alträden där trädgården tar slut, och erfar genom den hur vintern övergår i vår. Hon ser den första sångsvanen ta plats i öppet vatten, följer änder som glider medströms, först fyra, sedan två och efter en stund ytterligare två och ser gässen flyga norrut ovanför den glänsande vattenvägen. På vintern liknar strömfåran en svart orm som glider genom snön för att senare, när isen går upp, synas som ett mörkt flöde eller bara en krusning på vattenytan. Vattnet tar alltid samma väg, det tröttnar liksom aldrig och säger stopp och flyter åt motsatt håll. Ån rinner lugnt och flödar, men förvandlas plötsligt till en rasande vårflod som drar med sig allt i sin väg, bryggor, stockar, trädkronor som bävern fällt och skummigt avfall från bruket högre upp. Då reser sig Sofie från stolen för att se bättre.

Nu flyter ån stilla. I kvällningen färgas vattnet skärt och violett och bakom de nakna träden glöder solen. Vattenspegeln liknar hud av pärlemor, ett skimrande blankt skinn, som Sofies mage när barnet sparkar och mjuka rörelser fortplantar sig i fostervattnet under den strama huden. Där strömfåran går, trasas pärlemorskalet sönder likt ett ärr i huden eller som strian på Sofies mage.

Vårstormarna tycks ge liv också åt Sofie. Då dånar det i skogen och vindbyarna ryter. Vinden dundrar i skorstenspiporna, mullrar i kaminen, väser och visslar genom otäta fönster. Sofie trampar runt i rummet som ett oroligt djur och lägger sig till sist i sängen, drar täcket över huvudet och skyddar sitt barn med armarna tätt runt magen.

När den stora eken i grusgångens rundel vecklar ut sina blad, vågar sig också Sofie ut. En liten sväng runt gräsmattan bara, men Malla får syn på henne och kastar en sjal över axlarna, öppnar verandadörren, springer nerför trappan av huggen granit, sneddar över grusplanen och får fatt i Sofie.

Kom och titta! Malla visar krolliljor och narcisser i rabatten – tulpaner går ju inte för dem äter rådjuren upp – och drar med sig Sofie bort till skogsbrynets liljekonvaljemattor.

Vill Sofie hjälpa mig med beskärningen av rosorna? Det är dags nu, man sparar sex ögon på rosstjälkarna bara, vänta här så hämtar jag en sekatör i boden!

Men när Malla återkommer med redskap och handskar i en korg är Sofie redan uppe i sitt rum. För första gången blir Malla arg. Här har hon gått och oroat sig i månader och försökt göra allt som står i hennes makt för att Sofie ska trivas. Ingenting tycks intressera flickan och nu kan hon inte ens hjälpa till med några rosor. Bortskämd, det är vad hon är. Otacksam och ohövlig och väntar dessutom barn. Inte med ett ord har Malla kommenterat oäktingen, förutom den första dagen. Hon har aldrig sagt någonting nedlåtande eller ens antytt att flickan borde skämmas. Varför i herrans namn erbjöd hon sig att ta emot henne! Malla går resolut upp till Sofies rum och rycker upp dörren utan att knacka.

Nu får det vara nog, ryter hon. Upp med dig, sätt lite fart, tänk åtminstone på den där ungen du har i magen. Gå ögonblickligen ut! Och Sofie går ut för hon vågar inte annat. Hon låtsas ta de stärkande promenader som faster Malla tvingar henne till, men viker av från vägen när hon är utom synhåll och går ner till en liten brygga invid åstranden, där hon sätter sig och smygröker en cigarett. Så har hon suttit många gånger förut, fast i Sandhamn vid havet ett stycke bort från segelsällskapets klubbhus. Men hav och åar har inga likheter, här sluter sig trädens kronor till ett grönskimrande valv över ån, medan himmel och hav vid Sandhamn öppnar sig mot oändligheten. Fjärden kan ryka och skumma i mötet med vinden, och svallen med fräsande vågor hörs alltid. En å däremot, strömmar tyst och kluckar aldrig mot stranden. Det är sug och virvlar som drar, inte vind, och åar tycks leva med dolda krafter i djupet. Sofie ryser av obehag. Malar krälar på botten, man har sett ett storsjöodjur har faster Malla berättat. En drake, en urtidsrelikt, reste sitt frustande huvud ur ån. Lövsalens skirhet med kvittrande fåglar bedrar. I åns svarta vatten ruvar ett vidunder, långt nere i dyn och gömd i stinkande underjord. Där finns Näcken som suger mot djupet.

När mörkret faller börjar vattnet ryka. Dimman lägger sig över ytan en bit uppströms och bildar små virvlar som förtätas och upplöses. Då tar hon sitt ofödda barn i famnen för att värna det mot älvor och troll. Sofie är rädd, mörkret tar tag i henne och pressar sig allt tätare mot hennes kropp. Hon börjar plötsligt skälva, det är någon som spelar på fiol, det är någon som ropar. Det är Näcken som befaller och hans lockande toner rullar i dimman.

Släng ditt barn i ån, Sofie. Jag vill ha ditt barn!

Solen har för länge sedan gått ner när Malla med hunden i koppel hittar Sofie liggande på bryggan. Men Sofie är varken död eller dödssjuk, hon ligger kanske i dvala eller bara sover. I varje fall minns hon ingenting när hon vaknar, nerbäddad i sängen med faster Malla och en doktor vid sin sida. De viskar till varandra och husan kommer med en kopp buljong, stoppar kuddar bakom Sofies rygg och hjälper henne att resa sig till sittande. Sofie läppjar på buljongen, försöker höra vad som sägs och uppfattar enstaka ord ... det går inte längre ... behöver sol och värme ... borde skickas söderut ... Nästa morgon blir det bestämt att Sofie ska resa till Italien.

Den 11 juli 1928 föder Sofie en dotter i Milano. Ett foto finns bevarat, på bilden syns en bil, en ung flicka och en äldre kvinna med ett spädbarn i famnen, och kortet är taget i Italien 1928. Kvinnan som bär barnet är iklädd mörk kappa och hatt och ler mot fotografen. Ett stolt och lyckligt leende, för hon har fått det barn som hon längtat efter under så många år. Den unga flickans ansikte är uttryckslöst. Det är Sofie, en nittonårig flicka klädd i sommarklänning och sjalett runt håret. Hon har nu överlämnat sin lilla dotter till fostermamman, bilen är framkörd och återfärden till Sverige ska påbörjas. Sofie reser hem utan sin dotter som nu tillhör fostermamman.

SEPTEMBER 1928. Lindade bröst som spänner av odrucken mjölk. Sofie är på hemväg nu, barnet är fött och bortlämnat. Trots hettan i kupén har hon jackan på sig och drar den tätare omkring sig för att dölja fuktfläckarna på bluslivet. Brösten smärtar, mjölken sipprar men Sofies ansikte röjer ingenting. Hon gråter inte, hennes ögon är torra, det är bara brösten som svämmar över i en vitströmmande flod av tårar över barnet som hon inte fick lov att behålla. Tåget rullar obönhörligt hemåt, för varje dunk mot rälsen, en sekund längre bort från barnet. De läggs till minuter, till timmar. Det har redan gått ett dygn sedan hon ammade den lilla för sista gången.

Det är Gabis syster som tar hand om den lilla flickan. Sofie upptäcker när hon kommer till Milano att denna syster är Gabis motsats, en vänlig kvinna, en god fostermor till barnet. Tillsammans har de klätt babykorgen med tyg som Sofie själv fått välja, och efter förlossningen sköter fostermodern inte bara den nyfödda utan kommer också in med tebricka varje morgon, hjälper Sofie ut till en vilstol i trädgården och ställer en korg med söta druvor bredvid stolen. Stanna hos oss ett tag, erbjuder hon, vi har ingen brådska någon av oss, och så bestämmer de att två månader kan bli lagom innan det är dags för Sofie att resa hem.

Det är klart att Sofie kan stanna ett tag med sin nyfödda. Något annat vore både orätt och oklokt, det inser fostermamman. Den lilla behöver mjölken och själv har hon fått erfara sorgen av att mista ett barn genom missfall. Hon vet hur det känns och vill bespara Sofie den smärtan. Hon önskar att överlämnandet av barnet ska avlöpa väl, att Sofie ska känna sig nöjd över att få sin lilla dotter placerad hos en så kärleksfull mor, tills ... Fostermodern lyfter babyn från Sofie när amningen är klar, en snabb och girig rörelse. Hon har längtat efter denna stund. Kofferten med spädbarnsutstyrseln som stod på vinden är nu öppnad och kläderna uppackade; små plagg inlindade i silkespapper, skjortor i tunn batist som hon själv har sytt, navelbindor ihoprullade med skära sidenband omkring, halskrås av brodyr, små haklappar med en nalle eller rosenknopp broderat med korsstygn, ljusgula rätstickade sparkbyxor och en liten kofta med garnbollar längst ut på knytbanden. Stora förhoppningar och många tårar finns nerbäddade bland alla dessa kläder som nu kommer till användning.

Fostermodern bär barnet mot sitt bröst, klappar det lite i stjärten och låter det rapa. Hon tvättar och klär den lilla kroppen med skjorta och tunna blöjor av gasväv, för att till sist svepa in barnet i en bomullsfilt. Sofie står bredvid och tittar på säkra grepp som lyfter och vänder, händer som alltid ger stöd åt det bräckliga huvudet och noga torkar i varje veck, som pudrar och smörjer. Vill du försöka, frågar fostermamman men Sofie skakar på huvudet. Hon har aldrig prövat något sådant, hon törs inte, kan inte.

Det händer att hon kelar med den lilla och tar upp henne i famnen. Då kommer fostermodern oroligt fram, tar barnet och bäddar ner det mellan dun och spetskantade lakan i en mörkblå barnvagn med sufflett och parasoll. Sofie följer aldrig med på dessa promenader. Mellan amningarna tillhör flickan fostermodern, det är ingenting som sägs högt, men Sofie tillfrågas inte och vågar själv inte be om att få dra vagnen. I stället blir hon kvar bakom fönstret i sitt rum och följer dem med blicken, fostermodern som med stolt hållning drar den gungande barnvagnen över stenläggningen. Hon ser leende fruar stanna till och luta sig över barnet, hör inte vad de säger, men ser det på deras ansikten. Tänk en så söt liten flicka, får man lov att gratulera.

På dagarna är barnet fostermoderns, men om nätterna är hon Sofies dotter. När kvällsmålet är avklarat rullas babykorgen in i Sofies rum och placeras intill hennes säng. Fostermodern stoppar om den lilla, skjuter igen fönsterluckorna och går sedan ut och stänger dörren. När alla ljud i huset har tystnat lyfter Sofie upp sin lilla dotter ur korgen och lägger henne tätt intill sig i sin säng. Hon tänder nattlampan och deras blickar suger fast i varandra, barnets mörka dunkla och Sofies ljusa blå. Om nätterna blir Sofies händer mjuka och säkra och barnets lilla kropp griper så självklart om Sofies när hon vaggar det, när hon vandrar runt i rummet med flickan i famnen och visar klockan på byrån, spegeln ovanför handfatet eller vasen med de röda dahliorna på nattduksbordet. På nätterna äter barnet glupskt ur Sofies flödande bröst, fast det inte får och trots att fostermamman förbjudit nattmålen. Natten är Sofies och barnets utmätta tid med varandra.

Två månader var det sagt. En amma installeras, men fram till dagen för Sofies hemfärd får hon ha den lilla hos sig om nätterna. Jag kommer snart och hämtar dig, viskar hon i barnets öra så tyst att fostermamman inte kan uppfatta det. Men barnet hör och ler sitt första osäkra leende. Det är ett löfte och en överenskommelse mellan mor och dotter som bara de två känner till. Snart, snart ska jag hämta dig, mumlar Sofie, mamma ska bara vara borta en liten stund, bara bädda vaggan därhemma först.

Tåget rullar mot rälsen och drar Sofie längre och längre bort från barnet. Färden går genom gulbrända fält och sluttningar med dignande vinstockar, ångvisslan tjuter när tåget rullar in på stationer, skenorna gnisslar och skär och sedan följer det jämna dunket, en rytmisk ramsa, jag-hämtar-dig-snart-jag-hämtar-dig-snart. Brösten gråter, Sofie gråter och hon vänder bort huvudet så att ingen i kupén ska se det.

Möt mig i Köpenhamn, hade hon skrivit till Fredrik. Mellan två amningar hade hon tagit bussen till järnvägsstationen och på stapplande italienska tagit reda på när tåget skulle ankomma till Köpenhamn, och sedan vidarebefordrat alla uppgifter med datum, ankomsttid, tåg- och vagnsnummer till Fredrik. Men hon hade inte hört någonting ifrån honom. I själva verket hade hon bara fått ett enda brev från honom, där han gratulerade till dottern och föreslog några namn.

Nu närmar sig tåget Köpenhamn och Sofie tittar på klockan. Står inte Fredrik på perrongen blir det bråttom om hon ska hinna byta till Stockholmståget. Men han finns där. Naturligtvis har han kommit för att möta henne! Hon vinkar genom tågfönstret när hon ser honom långt bort på perrongen, lätt urskiljbar med hatten nonchalant tillbakastruken, paraplyet svängande och en gul sidenhalsduk under den öppna rocken. Han hjälper henne ner från tåget, visslar på en bärare och kramar hennes hand medan de går uppför trapporna och bort mot droskstationen. Först när de sitter i bilen tar han hennes ansikte mellan sina händer och söker hennes blick.

Det är över nu, viskar han, och drar henne närmare intill sig.

Bilen skramlar över stenläggningen, väjer för cykelbud och kärror och bromsar in utanför ett litet hotell. Skynda dig, kom nu, jag måste ha dig, det var så länge sen Sofie, viskar han och drar henne i handen. Han är så glad, så förväntansfull och Sofie följer honom med dröjande steg upp till ett kvalmigt hotellrum där gardinerna fortfarande är fördragna. Han hinner knappt ta emot kofferten från hotellets piccolo förrän han är hos Sofie igen, famnar henne och för henne bort mot sängen. Först där lösgör hon sig och sätter sig på sängkanten en bit ifrån honom.

Vänta Fredrik, ber hon.

Vänta på vadå, jag har väntat i månader!

Vi har ett litet barn, säger hon. Jag vill tala om vårt barn.

Han trevar med handen på överkastet, söker hennes kropp och drar upp hennes kjol över låren och knäpper upp ett strumpeband. Men Sofie reser sig och kliver ut på golvet, stannar plötsligt och vänder sig långsamt mot Fredrik.

Förstår du ingenting av vad som hänt, gråter hon. Därefter går hon ut i badrummet och låser dörren.

Det är sen eftermiddag med larmande folkliv när de lämnar hotellet. De promenerar längs Frederiksberggade i otakt och i tystnad, två främlingar som är förbundna med ett barn men som inte längre förstår varandras språk. De går inneslutna i sig själva och ser inte blomsterprakten på Nytorv, där violett flox trängs med högskaftad rudbeckia i rött och gult, tillsammans med ringblommor och rubinröd aster. Ingenting av detta når deras sinnen, de vandrar långsamt, han en bit före och hon en bit efter på andra sidan gatan. Han stannar emellanåt vid någon positivhalare eller gycklare och lyssnar men utan att höra musiken. Hon betraktar höstens mode i Østergades blankpolerade skyltfönster med liknöjt intresse.

En åskknall och häftigt regn. Skyfallet spolar gatorna rena från liv, människor trängs i portgångar och Sofie och Fredrik söker skydd i en liten vinkällare vid Kongens Nytorv. De tränger sig fram mot ett ledigt bord i den rökiga och svagt upplysta lokalen. Hviids vinstue, läser Fredrik på menyn som ligger på bordet. Kan man få en grogg på det här stället, ropar han och vinkar till sig kyparen som skrattar godmodigt och försvinner bort mot bardisken. Sofie skakar avvärjande på huvudet, ingen sprit för hennes del men ett glas vatten, som demonstration, som ett avståndstagande från Fredrik. De sitter mittemot varandra och tittar med låtsat intresse på teckningar av kända skådespelare, som pryder ställets mörka väggar. En mur av outsagda anklagelser skiljer dem åt, ett stängsel med vassa taggar, och det blir Sofie som först attackerar. När kyparen har ställt ner glaset framför Fredrik, slänger hon plötsligt fram en arm och sopar det i golvet.

Är sprit det enda som intresserar dig.

Jag älskar dig Sofie.

Varför skrev du inte.

Jo, jag skrev.

Du brydde dig inte om barnet.

Det är väl postgångens fel...

Du ljuger Fredrik!

Hon reser sig, rycker åt sig hatt och handväska, knuffar sig fram till dörren, snubblar på de få trappstegen upp mot torget, upptäcker en rad med droskor som står parkerade under träden på andra sidan gatan och går dit med raska steg. Men när chauffören håller upp bildörren och hon just ska kliva in, ändrar hon sig plötsligt och tar ett par steg tillbaka. Hon har inga danska pengar och kan inte erinra sig vad hotellet heter. Sofie ser sig villrådigt omkring. Regnet har upphört men tunga droppar faller från löven, och vatten forsar fortfarande i rännstenen. Hon ser Fredrik komma ut från krogen och skrattande hoppa mellan vattenpussarna medan han närmar sig henne.

Jag vill aldrig se dig mer, väser hon när Fredrik öppnar dörren till taxin igen och hjälper henne in.

Klockan har ännu inte slagit nio när de kliver ur bilen vid Tivoli och går bort mot en varietéscen där entrékassan just har öppnat. Inne är det kyligt och folktomt. Inga strålkastare är tända mot den lilla scenen med stjärnbeströdd ridå men musikerna finns på plats och stämmer instrumenten. De prövar några ackord i väntan på att kvällens föreställning ska börja.

En Aalborg mot kylan, och ytterligare en mot tystnaden. Värmen stiger en aning. Fredrik beställer en flaska champagne och tittar frågande på Sofie som inte rör en min, men när blomsterflickan närmar sig och han köper en mörkröd ros och lägger i hennes knä, tycker han sig se en strimma liv i hennes ögon.

För tusan Sofie, skål!

Hon iakttar hans valhänta försök att nå henne, hans oförlåtliga oförmåga att hantera hennes sorg, den som borde ha varit deras gemensamma smärta över barnet som togs ifrån dem. Hon lyfter upp rosen mot näsan men den doftar ingenting, stirrar på de sammetsröda kronbladen och upptäcker att de redan svartnat i kanterna. Djupt inne i hennes vrede väcks en svag förnimmelse av ömhet inför hans tafatthet. Vad ville han med rosen, trodde han verkligen att den skulle lindra hennes smärta. Så löjeväckande, så patetiskt, en halvvissen ros mot förlusten av ett barn. Hon släpper rosen och krossar den med klacken, och själva den brutala handlingen får plötsligt hennes känsla att byta riktning. Vad fick Fredrik av sitt barn? Ingenting. Det är hon, bara Sofie, som har burit barnet, fött det, kysst det, smekt det och fått erfara en förälders smärtfyllda kärleksband. Hon har ett barn, men det har inte Fredrik. Kan hon begära att han ska förstå hennes känsla, har han rätt till något utöver hennes förakt? Sakta sprider sig medkänslans värme.

Orkestern har börjat spela nu och silverstjärnorna glittrar i strålkastarljuset. Hon reser sig och går fram till Fredrik, stryker honom med fingret längs kragkanten i nacken och böjer sig ner och bjuder upp honom till dans. Han reser sig långsamt, tar henne om livet och begraver sitt ansikte i hennes hår. Deras kroppar flyter ihop till en vaggande, dansande varelse. De har funnit varandra i ordlös utsatthet.

Jag ska hämta mitt barn, viskar han.

När, Fredrik, när?

På min myndighetsdag, då jag själv kan bestämma.

De dansar inte mer. De sitter tätt intill varandra, uppslukade av samtal. Besvikelser reds ut, Sofies vrede falnar, deras längtan får ord liksom kärleken, och sorgen över barnet förbyts till en stark förvissning om att hämta det. De ser inte att ridån går upp och kvällens föreställning börjar, men de känner den ljumma vinden smeka deras kroppar när de går hem till hotellet genom tivoliparken, tätt omslingrade. Löven rasslar i de stora trädens kronor, lampor speglas i den lilla sjön med sömniga änder och musiken från nöjesetablissemangen omsluter deras löften och förhoppningar.

TVÅ ÅR SENARE, i mars 1930, gifter sig Fredrik och Sofie i Köpenhamns rådhus. Några vänner kastar risgryn som duvorna på Rådhusplatsen kuttrande plockar åt sig. Sofie skrattar med brudbuketten i handen och någon tar ett foto. Vad hände sedan med alla drömmar och planer de hade?

Giftermålets efterspel är fyllt med frågetecken. I flera år har de väntat på den dag då de kan gifta sig, men när de slutligen gör det bildar de inte familj. I stället flyttar Fredrik till Uppsala, avslutar sina studier vid Stockholms högskola och börjar direkt efter bröllopet att läsa vid Uppsala universitet. Han tar några betyg men verkar mest ägna tid åt annat. Sofie bor kvar i våningen på Strandvägen där en liten dubblett avdelas för henne och dottern. Någon gång före jul 1930 flyttar också Sofie, men till Malmö där hon tar ett arbete på ett försäkringsbolag. Varför bor de inte ihop nu när de är gifta och myndiga? Det finns inga förklaringar i de dokument och intervjuer jag har. Händelserna som följer spretar åt olika håll till synes utan logik.

Det blir Gabi som åker till Milano och hämtar barnet. Hemresan blir lika förtvivlad som barnets avsked från fostermodern. Den lilla flickan insjuknar och resan måste avbrytas i Berlin där Gabi tvingas stanna en månad. När det sker och vem som tar hand om barnet när Sofie arbetar i Malmö, är oklart. Kanske är det Gabi, kanske Sofie, ingen vet.

Är det Fredrik och Sofie själva som ger upp en framtid tillsammans? Kanske är det deras pappor som har ingripit för att påskynda en brytning, genom att ordna så att de bor åtskilda. De hade inte kunnat förhindra ett giftermål, men har möjlighet att styra genom sina plånböcker eftersom både Fredrik och Sofie befinner sig i ett totalt ekonomiskt beroende. Att Fredrik skulle ta ett arbete för att själv försörja sin familj betraktar han säkert som otänkbart. Visst skulle Alrik, och kanske även Hjalmar, haft råd att försörja Fredrik och hans familj. Men ingen av dem gör det. Ett första enkelt skäl är samtidens syn på familjen, där mannen ensam svarar för familjens ekonomi. Minnet från lösdriverilagen där en gift man kunde dömas till tvångsarbete om han inte var i stånd att försörja hustru och barn, lever säkert kvar. Hjalmar och Alrik hade själva varit omkring fyrtio och hunnit en bra bit i sina yrkeskarriärer innan de bildade familj, och så länge Fredrik inte kan uppfylla en gift mans ekonomiska förpliktelser, kvarstår Sofies far som försörjare med faderlig auktoritet som Sofie har att rätta sig efter.

Fredriks och Sofies relation uppskattades aldrig av deras familjer. Alrik ansåg att Sofie hade hamnat i dåligt sällskap, och hans olust riktade sig inte bara mot Fredrik utan också mot Hjalmar. Papporna tillhörde båda näringslivets toppar och man skulle kunna tro att de hade mycket gemensamt, men så var det inte. Hjalmar var vice häradshövding och Alrik affärsman, en uppkomling, vilket innebar skillnad i position. Det hade med rangskalan att göra, en hierarkisk ordning inom de övre samhällsskikten som var betydelsefull i umgängeslivet och fungerade som en sorts överhetens kastmärke. En häradshövding, riksdagsman, professor eller en generallöjtnant hade hög rang, medan Alrik, som visserligen var ytterst framgångsrik och förmögen, men saknade både militär och akademisk grad, var helt utan rang.

Rang. Ett uråldrigt bördssystem från Karl XI:s tid. Rangordningen var ett socialt system som reglerade officiell värdighet och företrädesrätt och som fanns kvar ända till 1909. I Alriks och Hjalmars generation var det levande långt efter att det avskaffats. För Alrik hade det plågsamma konsekvenser. Att vara utan rang betydde till exempel att man blev illa placerad på middagsbjudningar. Han kände sig utpekad och tackade därför ofta nej. Det hjälpte inte att han hade byggt upp sin affärsrörelse till ett av landets största försäkringsbolag – han var utan rang, utan värdighet, vilket han ständigt var medveten om. För Hjalmar gällde det omvända. Rangen var en så självklar del av hans värdighet att han knappast behövde fundera på saken.

Men det finns ett skäl till pappornas motvilja som väger tyngre än alla andra, och som förmodligen är avgörande. Det är Fredriks alkoholmissbruk och misstankar om att han använder narkotika. Alrik önskar en annan framtid för sin dotter. I hans ögon är Fredrik en oduglig slarver som aldrig skulle kunna försörja vare sig fru, barn eller sig själv. Också Hjalmar är bekymrad, han har sett sin egen hustru gå under i psykisk ohälsa och av morfin, och de förhoppningar han har på sin son sviktar. Därför gör de båda papporna säkert vad de kan för att förhindra att Fredrik, Sofie och barnet blir en familj.

Fredriks och Sofies dotter minns sina föräldrar. Inte mycket, några enstaka bilder bara, en doft, en känsla. Hon var omkring två år när hon kom till Sverige och bara tre när hon förlorade dem. Handflatan minns mammans mjuka sidenklänning, kroppen det ljumma vattnet i karet när de badar tillsammans och hon kan minnas svartsjukan när pappan kommer på besök, och hon stängs ute från rummet som hon delar med mamma.

Fredrik skrattar lite för högt, berättar sagor med alltför stark röst, känns främmande och inger flickan obehag i sitt fumliga försök att få kontakt.

Hur många minns något från treårsåldern? Upplevelser täcks med lager på lager av nya intryck, men det verkar som om man kan komma ihåg vissa saker från mycket tidiga år. Vardagslivets rutiner bleknar bort medan det extraordinära finns kvar. Vem var mamma, hur var pappa? Den som plötsligt mist sina föräldrar vet precis. De finns inristade i starka färger som aldrig flagnar. Oföränderliga. Den lilla flickan minns dem med barnets sinnevärld och referenser.

Ett treårigt vittne med bilder sköra som glas. Pappa och mamma är kung och drottning och prinsessan står i världens mitt. Ingenting har solkats, glansen har inte mattats, föräldrarna framstår ännu inte med alla de brister och förtjänster som folk i allmänhet har. Den lilla prinsessan lever kvar med sin kung och drottning i en magisk värld, för hon fick aldrig uppleva någonting annat.

Frågorna om vad som hände dem blir dotterns följeslagare. De följer och förföljer och finns närvarande livet igenom som ett nystan av gåtor som fördjupar hennes intresse för det drama mellan livsfientliga och livsbärande krafter som pågår inom varje människa.

När Fredrik ringde på dörren, glömde Sofie bort mig, berättar dottern. För Sofie fanns bara Fredrik och för Fredrik bara Sofie. Det var i Velamsund som jag kände en sådan kränkning, jag var ju solen i Sofies liv och plötsligt bara upphörde det så fort Fredrik kom i närheten. Jag fanns inte längre. Det gick inte att fånga deras uppmärksamhet. I min värld var jag huvudpersonen som de skulle ägna sig åt. Det var en elektrisk ström som vibrerade emellan dem, och därför har jag dragit slutsatsen att det handlade om en stark passion; du och jag mot världen!

HÖSTEN 1930. Under det kommande året tätnar mörkret. Fredrik är i ständigt behov av pengar trots ett stort månadsunderhåll från Hjalmar och i *Upsala Nya Tidning* läser jag: »Från personer som haft tillfälle att på närmare håll iakttaga Fredrik von Sydows liv och leverne framhålles att han måste betecknas som en asocial individ som inte tog några hänsyn utan gjorde ungefär vad som föll honom in. Det har upplysts att han åtminstone tidigare använt narkotika och i varje fall har hans spritbegär varit synnerligen besvärligt.« (UNT 9.3.1932)

Men Fredrik är också en berest och karismatisk person i Uppsalas studentliv. Han är intresserad av kultur, både den antika och den nya tidens avantgarde, och studenter samlas och lyssnar intresserat på hans redogörelser om Tutankhamun vars guldsarkofag han har sett i Kairo, och om den franska experimentfilmen *Dans la Nuit* i Paris. Filmen handlar om det verkliga livet, berättar Fredrik, om kärlek och svek och mannen som tvingas bära en ansiktsmask av järn inför sin älskade. Bakom masken finns en människa som inte ens han själv känner, en man som jag, som ni, ett öde som vi alla delar. Studenterna applåderar och nickar instämmande mot Fredrik. Det blir sena kvällar och dyra notor, men när det är dags att betala och vännerna förstulet börjar plocka med sina plånböcker, erbjuder sig

Fredrik att stå för kalaset – alltför världsvant och allför flott – och bland studenterna börjar man prata. Det händer för mycket kring Fredrik, och det går rykten om förskingring och bedrägerier. Hans vänner börjar dra sig undan.

I flera tidningar målas bilden av Fredrik upp som en spännande person som många dras till. Han är en man som har allt, och som förlorar allt, men det senare har ingen ännu sett. »Överallt uppträdde han som balens konung, en smula blaserad, men skicklig i konversation och charmerande ...« (DN 8.3.1932), och det är många som berättar om detta; det är fest kring Fredrik och han besitter en andlig vitalitet som få. Han tycks befinna sig i sällskapslivets centrum med Sofie vid sin sida, en vacker och dyrbart klädd kvinna. Det vilar någonting grandiost över dem i den bild som pressen förmedlar, en strålglans så stark att den lever kvar ännu sjuttio år efter deras död. Men är den sann, undrar jag.

Anklagelser och misstänksamhet börjar fräta på deras förhållande. Fredrik som under våren 1930 rest till Stockholm i stort sett varje veckoslut, träffar nu Sofie alltmer sällan. När hon ringer till honom, anför han sina studier som förhinder och umgås i stället med sina vänner på resturang Gillet eller i Gästis abonnentmatsal. Där finns inga som anklagar honom eller ber honom påskynda sina studier, vare sig Sofie eller Hjalmar eller hans egna inre inkvisitorer. Men mellan krogbesöken griper ångesten tag i honom. Han kryper ihop i sängen medan bilder virvlar i rummet. Ett töcknigt avtryck från Sofies ansikte, och sedan hennes blick som inte viker undan. Ta hand om mig och vårt barn, bönfaller hon. Sofies bedjande ögon förvandlas till Hjalmars rasande, och plötsligt ser han klart vad det handlar om. De vill åt honom, ställa honom till svars, dra honom inför rätta. Han slänger på sig överrocken, måste hindra dem och snubblar utför trappan och ner på gatan, springer mot järnvägsstationen för att ta tåget till Stockholm, men stannar andfådd utanför en krog där han går in och sjunker ner vid ett bord. Efter några groggar blir han lugn. Värme och längtan gör hans sinne mjukt och innan han återvänder hem ringer han till Sofie. Min älskade, viskar han. Jag kommer snart till dig.

Sofie väntar men Fredrik kommer inte. Hon beger sig till Uppsala för att söka efter honom, knackar på hans dörr och lägger en lapp i brevlådan när han inte öppnar, fortsätter att leta på måfå, går till Smålands nation där han är inskriven, kikar in i föreläsningssalar och studentkaféer, men hittar honom ingenstans. När mörkret faller besöker hon Gästis, går uppför trappan till matsalen, ser ut över den rökiga lokalen och granskar bord för bord. En av Fredriks kurskamrater kommer fram och tar henne under armen. De slår sig ner en bit in i matsalen och hon låter sig tacksamt bjudas på något att äta och berättar om sitt sökande och sin oro. Vad kan ha hänt med Fredrik, har kandidaten sett honom på sista tiden, men mannen skakar på huvudet. Han lyssnar vänligt och pekar på klockan när det blir dags för henne att lämna restaurangen för att inte missa sista tåget till Stockholm.

Sofie ser inte att Fredrik iakttar henne, upptäcker inte hans blick som följer varje rörelse, varje åtbörd. Han sitter till hälften skymd bakom den stora kakelugnen, kommer inte fram till hennes bord, sliter inte upp henne från stolen och drar med henne ut från restaurangen. Han tittar bara. Väntar. Först när Sofie står i garderoben och den vänlige kandidaten hjälper henne på med kappan, kommer Fredrik fram och griper tag i henne. Du ska få igen, väser han och försvinner.

En söndag i oktober upptäcker Sofie plötsligt hur Fredrik kommer gående på Strandvägen med en okänd dam under armen. Hon drar sig snabbt undan i en port och hoppas att han inte har fått syn på henne. Var det hans avsikt att Sofie skulle se honom med en ny kvinna, varför promenerar han annars i hennes kvarter där han riskerar att möta henne? Svartsjukan hugger tag och Sofie kippar efter luft. Vilket är budskapet? Ett svar på hennes oskyldiga samtal med hans studentkamrat i Uppsala, en inbjudan till ett farligt spel? Tänker han tvinga Sofie att delta i en maktkamp vars spelregler han ensam ställer upp? Vad är planen, att driva upp en spänning mellan dem, att manipulera fram en samvaro byggd på svartsjuka? Nej, Sofie förmår inte spela med. Hon äger inget sådant redskap, står försvarslös inför maktkampen och ser sig själv sjunka ner i vanmakt.

Det händer ibland att Fredrik söker upp henne och det sker alltid vid midnatt när mörkret är som tätast. Han kommer oanmäld, ringer på hennes dörr, smyger in och kryper ner i hennes säng. Hon kan skönja hans ansikte ovanför sitt och letar efter hans blick, men hans ögon är slutna. Hon låter honom låsa hennes armar i ett smärtsamt grepp, hon är hans nu, han har kommit, han behöver henne. Hon möter honom med girigt begär och han svarar med att dra sig undan. När hennes väntan blivit outhärdligt lång, tränger han in i henne. Min ljuvliga Sofie, mumlar han, jag kan inte leva utan dig. Han fyller henne med sig, målmedvetet och beslutsamt. Han kysser hennes mun, haka, kinder, näsa och hon öppnar sina inre djup för honom, pressar handflatorna mot hans kropp och trycker honom långt in mot livmodern, bak mot ryggmärgen. Dammen brister och vattnet rusar genom fördämningarna. En kulblixt längs ryggraden exploderar i urtidshjärnan, i ödlehjärnan. Ett eldklot, magnesiumvitt.

Sedan sträcker hon ut handen efter tändare och cigarett och i lågans fladdrande sken ser hon honom sova intill sig. Säg att du älskar mig, viskar hon. En flaga med glöd faller ner på hans rygg och han vaknar med ett ryck och reser sig snabbt ur sängen. Månljuset flyter in på hans utspridda kläder på golvet och han klär sig och går. Ytterdörren slår igen och hon hör några steg i farstun innan också de försvinner.

Sofie tror att varje nattligt möte är ett tecken på förändring, och de får ett sällsamt skimmer genom hennes hoppfullhet. Men sedan tvingas hon förtvivlad konstatera att de är isolerade händelser som aldrig får en fortsättning. Dörren in till Fredrik är stängd. Den kan öppnas någon enstaka natt, men bara för att sedan reglas med dubbla lås. Varför är deras kärleksmöten så hotande, varför driver de bort honom? Hon försöker förstå men hittar ingen förklaring, och när hon klamrande vädjar om kontakt väljer Fredrik att svara med tystnad. Vad har jag gjort för fel? snyftar hon, och får till svar: Inget alls, men du finns.

Det kommer en dag då det inte kan bli värre, för det finns en gräns för ett liv som levande död. Men det blir Fredrik som bryter, för Sofie besitter inte längre någon egen kraft.

Det dröjer innan hon orkar se. Den Fredrik som var hennes, som hon hade hört ihop med och som lovat öppna dörren till frihet, hade nu stängt den. Han har övergivit både henne och barnet de har tillsammans och svikit de löften som de gav varandra. I sådana stunder lyssnar hon till vad Alrik säger: Jag har ordnat ett arbete åt dig i Malmö. Sofie följer hans uppmaning och flyttar. Ett knappt år efter giftermålet ger Sofie upp hoppet om en framtid tillsammans med Fredrik.

Det finns några få uppgifter om Sofie i Malmö. Hon arbetar på ett försäkringsbolag och är skriven på fastigheten Concordia 16 i Caroli församling i centrala staden, från den 20 december 1930 till den 7 januari 1932, alltså nästan ända fram till katastrofen två månader senare. Hennes arbetskamrater tycker om henne och beskriver Sofie som en »sympatisk och rättfram flicka men ganska excentrisk, speciellt genom sin klädsel«. Hon ansöker om skilsmässa och det verkar som om hon är på väg att bygga upp en ny tillvaro utan Fredrik. Men plötsligt förändras situationen dramatiskt.

På söndagsmorgonen den 26 april 1931, ringer telefonen och väcker Sofie. Det är Gabi som berättar att Fredrik hoppat ut genom fönstret och ligger svårt skadad på Akademiska sjukhuset i Uppsala. Det hade börjat brinna, han hade själv tänt på, rökt i sängen förstås, full var han, men det var ju vad man kunde vänta sig.

UPPSALA AKADEMISKA SJUKHUS, 1931. Det finns två sängar i sjuksalen. I den ena ligger en skadad man och den andra är tom. Det är tyst i rummet. En sköterska vakar. Ljudet från ambulanssirener tränger in, men upphör tvärt vid akutintaget en bit bort. Dörren öppnas och en läkare stiger in följd av sjuksköterskor. Steg klapprar mot stengolvet, läkaren talar med hög röst och systrarna nickar tysta och bekräftande. Den vakande sköterskan reser sig, niger och går undan. Läkaren går fram till patienten och studerar ett diagram som hänger vid sängens fotgavel. Gipsförband och bandage kontrolleras. En syster tar pulsen och viskar resultatet till doktorn och skriver sedan in värdet på diagrammet.

Sofie har anlänt till sjukhuset och väntar på att professorn ska komma. Nattens sömnlöshet har efterlämnat en bultande huvudvärk och hon sitter med slutna ögon i väntrummet.

Fru von Sydow, varsågod, ropar han. Hon hoppar till, och med huvudvärken som bortblåst följer hon med honom in till hans mottagningsrum.

Det var ju en olyckshändelse, säger han.

Sofie nickar mot professorn, och säger inte högt det hon tänker. Det var ett självmordsförsök. En förtvivlad mans handling, ett rop på hjälp.

Efter ett fall på tio tolv meter klarade han sig förvånansvärt bra.

Överlever han?

Vi tar en dag i sänder, fru von Sydow. Det går bra att gå in i rummet. Vill ni sitta hos honom även efter besökstid så går det att ordna. Sofie tar i hand och tackar för professorns tillmötesgående. Hon förstår innebörden i hans erbjudande.

Den ena dagen flyter in i den andra, töcknig och knivskarp på samma gång, märkvärdigt tidlös. Hon sitter med blicken på droppflaskorna som hänger i en ställning intill sängen. Innehållet ringlar sakta ner i tunna gummislangar som är fästade vid kanyler i hals och armar. Det är eftermiddag, det fläktar lite från fönstret som står öppet och Fredrik ligger orörlig.

Sofie sitter med sin skadade man framför sig. Ett lakan täcker kroppen från midjan och neråt, huvudet är fixerat med en stålställning och överkroppen är bar. *U A S* står det i ett kors med en krona som är broderat i rött på kudden och lakanet. Fredriks kropp, hjärta, blodbanor och bröstkorg som häver sig i tunga andetag, tillhör nu Uppsala Akademiska Sjukhus. Vad har jag här att göra, är det för hans skull jag sitter här eller för min egen, undrar Sofie och den vakande sköterskan på andra sidan bädden svarar. Han vet alldeles säkert att frun är här. Men Sofie ser inga tecken på att han hör och när hon viskar hans namn kommer ingen reaktion.

Tisdag 3/5 kl. 16.45. Puls 131, blodtryck 114/88, skriver sköterskan med tunn anilin i sjukjournalen. Sofie lutar sig fram och läser. Värdena i diagrammet ger Fredriks liv ett iakttagbart och koncist avtryck och hon slappnar av och böjer sig ner mot hans huvud. Jag finns hos dig, mumlar hon. Det är så hon gör ibland. Talar med honom i hopp om att få kontakt. Hennes stämma är låg, nästan viskande, ibland orolig och ängsligt frågande. Kanske Fredrik lyssnar och registrerar det hon säger och kanske pågår en fördold process långt inne i hans hjärna. Sofie skakar tvivlande på huvudet, men sköterskan nickar. Så är det nog. Han drömmer säkert om det som frun säger.

Fredrik vaknar inte. Han vill inte vakna, eller orkar inte komma tillbaka. Sofie väntar en dag och en natt och sedan ytterligare tio dygn. *Lördag 14/5 kl. 17.10. Börjar vakna. Man märker det på rysningar och skakningar, som darrningar som då och då sätter in,* antecknar Sofie i sin almanacka. *Kl. 17.30. Känns varm. Sover. Sköterskan kontrollerar temp. 38,5.* Plötsligt slår Fredrik upp ögonen och ger Sofie en hastig blick. Jaha, så vi har flyttat ihop nu, säger han och orden flyter upp snabbt och konstaterande. En kort stund ser han en liten familj förenad, ett ögonblick bara innan verkligheten slår sönder drömmen. Sedan faller hans ögon ihop igen. Hon smeker honom över huvudet och frågar uppgivet: Vad har du gjort Fredrik, ville du ta ditt liv? Hon får ett grötigt svar: Nej, jag var ju redan död.

Han sover en tung morfinstinn sömn och vaknar bara då man ger honom soppa att dricka med sugrör. Oåtkomlig och innesluten i gips ligger Fredrik med käken knäckt och armar och ben brutna. Så länge han legat sovande hade Sofie varit fullt upptagen av honom. Hon hade granskat varje liten muskelryckning och hoppat till av förfäran vid någon förändring i hans andningsrytm, emellanåt smekt hans bara överkropp med lätta händer, så försiktiga att de knappt kunde känna värmen från hans hud, sällan flyttat blicken från droppflaskorna och bevakat att sköterskan stod beredd med en ny flaska innan de sista dropparna hade runnit ut. Men nu när han har vaknat tränger hennes egna tankar fram. Hon sitter intill en man som hon har lämnat, och är fylld av medlidande men ingen längtan. Hon tränger undan en växande ångestfylld kärlekskänsla, reser sig och går sakta runt i sjuksalen, öppnar fönstret som vetter mot sjukhusets park och låter den friska luften svalka sinnet. Sofie lutar sig mot fönsterkarmen och häpnar över lövkronornas grönska, över solen och ljuset och ljudet från skrattande barnröster. Nyss var det gråkallt och smutsbrun snö, men nu växer spirande gräs och gröna knoppar. Hon börjar tala till de blommande kastanjerna, till barnen som leker nere i sjukhusparken, till sköterskan i mörk kappa som drar en rullstol på grusgången, till påskliljor, tulpaner och sädesärlorna som vippar i gräset. Ni måste få veta, säger hon, jag måste bli fri, och orden flyger ut genom fönstret.

Hon berättar om det som varit, om Fredriks kast mellan glödande kärleksförklaringar och skrämmande kyla. Hon hade tålmodigt lyssnat på hans försäkringar om att han snart, mycket snart, tänkte bilda familj med henne och barnet, för att i nästa andetag byta skepnad till en hånfull och avvisande person. Av rädsla för den vrede som han ibland drabbades av, hade hon tagit på sig skulden för saker hon inte gjort och gråtande bett honom om ursäkt för att på det sättet få honom lugn, men då visade det sig bara att hans anklagelser tilltog i styrka. Senare, när hon flyttat till Malmö och fått distans till deras relation, kunde hon se att hon hade invaderats av hans vanföreställningar utan att själv vara medveten om det. Det var som om vansinnets makt hade smittat henne, och den var starkare än hennes förnuft. Det är över nu, viskar hon.

Hon lämnar fönstret och sätter sig intill hans säng igen och fortsätter sin långa monolog – men tyst, behåller orden för sig själv för mannen vid hennes sida ligger redan slagen.

I korta stunder kände jag mer avsky än ångest inför dina svek, det ständiga drickandet och hur du lurade Hjalmar på pengar. Jag hatar dig, sa jag, när du träffade andra kvinnor, men du svarade bara att ingen kunde hata dig mer än du själv. Det var skickligt, du gjorde dig oåtkomlig både för mitt hat och min kärlek. Men nu står jag fri ifrån dig, Fredrik, jag finns här men kommer inte att stanna.

Sofie har framfört vad hon vill säga och hennes oro är stillad. Hon stryker försiktigt över hans ansikte och baddar honom med en fuktig handduk och lutar sig tätt intill honom när hon ser att han vill säga henne någonting. Hon vilar sitt huvud mot hans bröst och låter sig smekas av hans klumpiga arm i gips. Kom tillbaka, bönfaller han. Hon vänder tyst bort huvudet med ögonen fyllda med tårar.

Sofie drar honom i rullstol mellan gullregn och syrenbuskar och den lilla dottern klänger upp i hans knä. Fredrik trycker fast en liten lönn-näsa på flickans nästipp medan Sofie dukar upp saft och bullar på en bänk i sjukhusparken. När saften är urdrucken leker barnet med muggen i en sandlåda. Hon bygger sandslott och det ena efter det andra växer fram på sandlådans träram. Fredrik ber att få bli skjuten närmare barnet, han vill ha kontakt, vill leka och låta sig imponeras. Vad du kan, ett Schönbrunn, ett Versailles, vilken duktig flicka jag har! Och barnet skrattar och bygger ännu fler slott. Sofie iakttar dem från bänken: en pappa med sin dotter, hennes man och deras lilla flicka. Hon tänder en cigarett och ruskar på huvudet.

Andra dagar kommer Fredrik inte ur sängen. Han har ont och det är syster Margots fel. Hon är den snåla sjuksköterskan som vägrar ge honom den dos morfin som han behöver. När syster Margot tjänstgör, går timmarna oändligt sakta. Han känner illamåendet komma krypande, tittar oavbrutet på klockan medan kallsvetten bryter fram, naglar sig fast vid visaren, den vassa kniven som klyver tiden i små, små bitar och långsamt, långsamt hackar sig fram. Klockan tio i nio går hon av och någon annan tar vid, det har han kontrollerat. Det blir syster Hilde i natt och hon är den bästa, hon är snäll och frikostig för hon förstår hur han har det. I sängbordets låda har han en lapp med tjänstgöringsschemat som han har bett Sofie skriva av, och han delar in dagar och nätter i bra och dåliga. Söndag kommer att bli en hyfsad dag för då har den långa, ljushåriga dagpasset. Henne går det att lirka med och sköterskan som brukar avlösa henne kan man lura med smärtor som inte känns. Men syster Margot är obeveklig. Hård som flinta.

Sofie sitter intill hans säng och läser. Jag stannar tills syster Hilde kommer, viskar hon, hämtar ett nytt glas friskt vatten till honom och tittar allt oftare på klockan.

Vid midsommar, efter två månaders sjukhusvistelse, blir han utskriven från sjukhuset, tar sig fram med hjälp av två käppar och tillbringar sommaren i Velamsund tillsammans med Sofie och barnet. I september är han så pass återställd att han kan återvända till studierna och Uppsala, och bor efter eldsvådan i ett litet hyresrum på Kungsgatan. Han ringer ofta Sofie i Malmö, ibland nästan dagligen för att övertala henne att resa till Uppsala. Hur har du tänkt att jag ska bära mina saker med käppar i båda händerna, undrar han när Sofie skrattande avböjer. Men så tar hon ledigt en lördag och kommer till hans undsättning, drar av och på hans stödstrumpor, hjälper honom på klosetten och i badrummet, hämtar ut recept från apoteket och bär hem beställda böcker från Carolina Rediviva, eftersom backen upp till biblioteket är för brant för hans värkande ben. De bor inte i hans hyresrum när hon kommer utan tar in på hotell. När portieren på Stadshotellet skymtar dem genom svängdörren gör han sig beredd att överlämna nyckeln till rum nummer 17 som vetter mot den stenlagda gården där det stora paradisäppelträdet växer.

Ett hemligt rum för ett nytt liv tillsammans, skrattar Fredrik när hon öppnar fönstret och får fatt i ett körsbärsstort äpple som hon kastar på honom. Hon knuffar omkull honom på sängen, slänger hans käppar i ett hörn och kryper sedan själv upp och lägger sig tätt intill honom. Nästa dag går han inte att känna igen. Fredrik är sjuk, kallsvettas och kastar sig av och an i sängen utom sig av skräck, till synes oförklarligt och inför någonting hon varken kan se eller förstå.

Lämna mig inte, kvider han och gömmer ansiktet in i hennes pälskrage när hon måste tillbaka till Malmö. Då hänger hon av sig ytterkläderna och tar hans skakande kropp i sin famn. Jag finns här Fredrik och jag stannar hos dig, lovar hon, och springer snabbt nerför trappan till hotellreceptionen och bokar rummet för ännu ett dygn. Sedan ringer hon hans läkare för ett nytt recept morfin.

Sofie ligger vaken i sovvagnskupén hela resan tillbaka till Malmö. Hon slits mellan olika viljor och känslor, vill göra sig fri från Fredrik, gråter av längtan och fasar för en framtid tillsammans med honom. Trots tryckande ångest lyckas hon kliva ner på perrongen när tåget är framme, och ta sig bort till droskstationen. Så fort hon är hemma och innanför dörren, kastar hon sig över telefonen och ringer honom.

Jag kommer till dig, jag tar tåget tillbaka med detsamma eller på fredag eller när som helst. Sedan hänger hon förtvivlad tillbaka luren. Fredrik har inte tid med henne, det är mycket att göra den närmaste tiden med föreläsningar, seminarier och tentor. När hon till sist frågar om det finns en annan kvinna svarar han: Det är du som ansökt om skilsmässa Sofie, inte jag.

DECEMBER 1931. De har bestämt att träffas i Uppsala, men när Sofie anländer till järnvägsstationen finns inte Fredrik där. Hon väntar, tittar på stationshusets klocka och går ett varv runt byggnaden för att försäkra sig om att de inte har missat varandra. När hon har stampat i kylan nästan en halvtimme drar hon sig ner mot ån och bort mot torget där han bor. Hon har aldrig besökt hans studentrum tidigare, men nu nickar hon till portvaktsfrun, får veta att Fredrik bor på tre trappor, går upp och trycker på dörrklockan. Hon ringer flera långa signaler och just som hon är på väg att ge upp hör hon ett hostande och harklande och hur Fredrik rasslar med låset. Klockan är redan över fyra på eftermiddagen, men han har uppenbarligen just vaknat och öppnar i bara kalsongerna, vinkar in henne och stänger snabbt.

En frän stank av sprit och cigarettrök slår emot henne när hon kliver över tidningar och brev i tamburen och fortsätter in i ett torftigt möblerat rum med en säng utan sängkläder. I stället för täcke ligger en sönderbränd överrock slängd på madrassen och nedanför står ett askfat översvämmat av fimpar. Hon makar undan lite kläder på en stol och sätter sig ner medan Fredrik försvinner ut på dasset. Gardinerna är fördragna och i dunklet ser hon tomflaskor i ett hörn och på bordet bland böcker och anteckningar, ytterligare en urdrucken vinflaska. Hon tar en bunt pantlånekvitton som ligger bland papperen och bläddrar förstrött och läser. En frack, ett blått vaddtäcke, en vevgrammofon, en pärlcollier, två par skor, det ena av svart lack, det andra av svinläder, två guldarmband, en dunkudde … I stort sett allt som Fredrik äger har han pantsatt, och därtill smycken, vems de nu är. Hon reser sig för att gå när Fredrik återkommer och med häftiga rörelser rycker fram en solkig skjorta ur en hög kläder på golvet.

Jag går nu, viskar Sofie.

Ge fan i mina kvitton! Fredrik sliter dem ur Sofies händer.

Oborstade tänder, lukt av gammal sprit och gammal svett och Sofie drar sig undan. Men Fredrik får tag i henne och knuffar ner henne på sängen.

Vem har skickat hit dig? Polisen eller … är du här för att spionera?

Vi hade stämt träff, Fredrik.

Din jävel, är du också ute efter mig?

Släpp mig, låt mig gå, snyftar hon.

Så lätt kommer du inte undan!

Han ställer henne till svars för handlingar hon inte känner till. Hon förnekar, värjer sig och skriker i kränkthet, hon känner igen det från förr, men hans anklagelser är mer hotfulla nu. Men plötsligt tystnar han, kroppen sjunker ihop och faller ner som ett bylte på sängen. Han famlar efter rocken och gömmer sig under den.

Ett svagt ljus från en gatlykta faller genom gardinerna. En spårvagns skärande ljud tränger in från gatan. I övrigt är det tyst i rummet. Fredrik har slumrat till och nu kan hon lämna honom utan att han märker det. En fråga måste fram innan hon går, en outtalad fråga som hon vet att hon inte ska ställa, och vars smärtsamma svar hon inte förmår att höra.

Vems är pärlhalsbandet och armbanden som du pantsatt?

Gå nu, mumlar han. Jag orkar inte mer.

Inte heller Sofie orkar. Inte just nu, inte denna kväll när dimman ligger tät över ån som hon följer på väg bort mot stationen.

Sofie känner till det som alla i Fredriks närhet iakttar. Att hans missbruk accelererar. Att han pantsätter allt han äger. Att Fredrik inte fungerar normalt efter olyckan, vilket många i hans omgivning lägger märke till. Sedan lång tid tillbaka sviktar dessutom deras förhållande. Varför söker hon upp honom?

I Uppsala är hans studentkamrater rädda för att han ska företa sig någonting oberäkneligt, men också Fredriks gamla vänner i Stockholm är oroliga. Teknologen Klas Witt berättar vid förhör hos polisen: »von Sydow var mycket opålitlig ifråga om penningar och hans affärer ansågs dåliga. Bland kamrater hade det på särskilt senaste tiden blivit att de tagit avstånd från Sydow, enär de ansett att han förfallit, vilket var ett allmänt omdöme«, och hans närmaste vän Sven Hallman säger ungefär detsamma. I november 1931 söker Fredrik upp amanuensen Karl Axel Charpentier för att få hans namnteckning på en lånehandling på fem sex tusen kronor (cirka 125 000 kr i dagens penningvärde). Hjalmar von Sydow samt en okänd person, står som borgensmän och Fredrik vill få deras namnteckningar bevittnade. När Charpentier vägrar och ska ringa Hjalmar för att förvissa sig om att namnteckningarna är äkta, blir Fredrik förargad och tycker att Charpentiers sätt är ofint. Men i samma andetag berättar Fredrik om ett hetsigt samtal han haft med Hjalmar där fadern nekat att skriva på och påpekat att Fredrik gjorde av med både hans och sina systrars pengar. Är det en person i mentalt upplösningstillstånd som Charpentier berättar om?

I februari 1932 aviserar Fredrik att han tänker besöka Sommarbo. Kokerskan Karolina Herou ringer upp trädgårdsmästaren Törner som bor intill, och han berättar: »Han hade ju alltid varit lite äventyrlig av sig, kandidaten, det visste vi ju om, gumman och jag, men den här gången måtte fru Herou ha varit särskilt orolig för honom, vilka misstankar hon nu kunde ha. 'Men snälla Törner', sa hon, 'se för Guds skull efter att han inte ställer till någon eldsvåda i huset.' Och det lovade jag naturligtvis att göra så gott jag kunde.«

Veckan före mordet besöker de båda tjänstekvinnorna Ebba Hamn och Karolina Herou arbetsförmedlingen för att få ett annat arbete. Båda är rädda för Fredrik. Det är någonting nytt, de har tidigare klagat över att han är besvärlig och »onaturlig« mot sin far och det har förekommit upprepade bråk om nyckeln till spritskåpet. Nu känner de sig själva hotade.

Varför lämnar inte Sofie honom? Det som förefaller obegripligt går kanske att förklara. Bakom Fredriks sönderfall ser hon kanske en övergiven liten pojke som fäktas mot världen. Sofie som aldrig har behövts av någon, är nu den enda människa som stannar hos honom när alla andra vänder sig bort. Hon vet hur det känns, för hon har själv blivit bortstött och övergiven av Gabi och modern som lämnade henne. Barnet togs ifrån henne och hon förnekades ett liv tillsammans med Fredrik.

Veckan före mordet finner Sofies äldre bror henne i upplösningstillstånd. Jag vet att Fredrik går mot en katastrof, men jag kan inte lämna honom, gråter hon förtvivlad.

Kvällen den 7 mars 1932 är inristad i dotterns minne. Någonting oerhört händer, men treåringen vet inte vad det är. Familjen äter middag hemma på Strandvägen, och de stora skjutdörrarna ut mot hallen står som vanligt fråndragna. Plötsligt ringer det på dörrklockan. Vem är det, vem vågar störa vid middagstid? Dörrarna dras igen, husan går ut för att öppna och ett dämpat mummel hörs. Hon återkommer och böjer sig ner mot morfadern. Två herrar vill tala med direktörn. Vad för slag? De är från polisen, svarar husan. Morfar reser sig och går ut i hallen. Där tar barnets minne slut.

Mord

MÅNDAG DEN 7 MARS 1932. Det otänkbara inträffar, det som ingen kan föreställa sig, det som bara inte kan hända.

Måndag den 7 mars 1932, en alldeles vanlig marsdag i Stockholm, några grader kallt bara och det snöar och blåser men inte mer än vad som är normalt för årstiden. Trottoarerna är snötäckta men skottade och sandade och springpojkar cyklar på körbanorna utan större svårigheter. När min mamma beger sig till skolan är klockan tjugo över sju. Det är redan ljust ute och hon småspringer till spårvagnshållplatsen vid Hantverkargatan. Hon är femton år och elev vid Lyceum för flickor.

Monica, en släkting och jämngammal med min mamma, bor tillfälligt hemma hos Sydows. Hon är i Stockholm för att studera vid Tekniska skolan. Den här morgonen är hon lite försenad och kommer iväg först klockan åtta.

Allt är som vanligt. På frukostrasten kommer både Monica och min mamma hem och äter. Också Hjalmar, Fredrik, husan Ebba Hamn och kokerskan Karolina Herou finns hemma. Trotjänarinnan Amanda är däremot bortrest just denna dag. Monica återvänder till skolan kvart över elva, Hjalmar lämnar våningen halv tolv och beger sig till Arbetsdomstolen för att äta lunch och min mamma går hemifrån tjugo minuter i tolv. Innan hon går frågar hon Fredrik när han tänker återvända till

Uppsala. Han sitter och läser och svarar att det blir först i morgon.

Sofie befinner sig i våningen på Strandvägen. Strax före klockan tolv tar Gabi emot ett telefonsamtal från Fredrik, räcker luren till Sofie och hör hur glad hon blir. Sofie springer in på sitt rum, gör i ordning sin lilla flicka och ringer sedan efter en droska. Hon går ner på gatan med barnet i handen och åker iväg, förmodligen till Norr Mälarstrand för att äta lunch med Fredrik. Efter några timmar är hon hemma igen, vid två- halvtretiden ringer väninnan Britta Hallman och de pratar om helgen som de tillbringat tillsammans i Persbo på Skarpö. Enligt Britta låter Sofie precis som vanligt. Någon gång därefter, osäkert vid vilket klockslag, återvänder Sofie utan dottern till Norr Mälarstrand. Klockan fyra vet man säkert att hon befinner sig där.

Flera personer vittnar om att de har haft kontakt med Fredrik under eftermiddagen. Vid tvåtiden ber han att få en 20-ask virginiacigaretter uppskickad. Affärsbiträdet Olga Linnea Andersson springer genast uppför trapporna och ringer på vid huvudentrén, och till hennes förvåning öppnar Fredrik själv i stället för husan. Han verkar glad och skrattar och säger »god dag lilla fröken« och ber henne skriva upp cigaretterna på kontot som vanligt. I polisens vittnesförhör med Olga står det: »Andersson fäste sig omedelbart vid att Sydow själv hade öppnat dörren till våningen, och funnit detta märkvärdigt samt omtalat detsamma för sin principal. Sydow hade varit klädd i en brunaktig morgonrock, men huruvida han hade haft krage på sig eller icke hade Andersson icke lagt märke till. Under det Andersson lämnat cigarretterna, hade von Sydow hela tiden hållit i dörrhandtaget och haft dörren på glänt, varför hon icke kunnat se in i våningen.«

Tjugo minuter över tre ringer hovrättsnotarien Gösta

Boëthius. En kvinna svarar och han ber att få tala med Fredrik, som enligt Boëthius förefallit vara på mycket gott humör. Samtalet gäller en fordran till Uplandsbanken och Fredrik upplyser Boëthius om att han har kommit överens med sin far att lösa en del lån och ordna sina trassliga affärer påföljande dag.

Direkt efter telefonsamtalet med Boëthius lämnar Fredrik våningen och beger sig till Forsbergs järnaffär på Hantverkargatan 26, där han köper en järnstång. Affärsbiträdet Nils Borg sågar till ett 44 cm långt rundjärn med en diameter om knappt tre cm. Den liknar en järnbatong och väger två kilo. Fredrik är nykter, enligt vad affärsbiträdet kan se. Senare undersöks stången av Statens rättskemiska laboratorium som konstaterar att den är tvättad med vatten. Trots detta hittar man blodpartiklar på dess ena ände.

Klockan halv fyra ringer Fredrik upp Alrik och säger att han väntar på att Sofie ska komma, och att de ska åka till Uppsala tillsammans.

Strax före fyra kommer Hjalmar hem. Maskinisten John Forsberg ser honom komma gående vid Kungsholms Hamnplan ner mot Norr Mälarstrand och vika av runt hörnet mot huset där han bor. Grannpojken Axel Heyman åker upp i samma hiss som Hjalmar, öppnar hissdörren åt honom och fortsätter själv ytterligare en våning. Det är barnkalas hos Heymans och modern sitter i ett mindre rum och syr medan barnen leker. Fru Heyman lystrar, hon hör ett ljud som inte härrör från barnens lek utan rätt hårda, jämna dunkningar från någon plats, som hon lokaliserar till von Sydows underliggande våning och då närmast fru Herous rum. »Hon hade särskilt fäst sig vid dunkningarna, som hon tyckt härleda från slag mot trä eller annat liknande föremål«, står det i polisens förhörsprotokoll. Fru Heyman tycker att det är så pass egendomligt att hon berättar om det för sin make när han kommer hem vid sextiden.

Mellan fem eller högst tio minuter över fyra, ringer kontorsbiträdet Gunnar Olof Leonard Sterner från Arbetsdomstolen på dörrklockan hos Sydows för att hämta en del papper. Fredrik öppnar, håller i dörrhandtaget, vägrar släppa in Sterner och påstår sig inte känna till några handlingar. Sterner står på sig, Fredrik vidhåller att de inte finns och Sterner finner det bäst att ge upp. Det är mörkt i tamburen men han kan ändå se Sofie längre in i våningen. Fredrik verkar berusad, eller kanske bara nervös. Han är iklädd Hjalmars morgonrock, som Sterner känner igen.

När min mamma kommer hem från skolan tio minuter över fem, befinner sig redan kusinen Monica i våningen. Hon väntar oroligt på min mamma, det är någonting som känns konstigt och som inte stämmer. Min mamma är femton år och Monica sexton. De två flickorna vet ännu inte att tre personer ligger ihjälslagna i lägenheten.

Oktober 1991. Det är den sista gången jag besöker min mamma i Köpenhamn. Hon sitter i den blårutiga fåtöljen med de små kopparsticken i silverramar ovanför, Le Klint-lampan intill och tebrickan som står uppdukad på björkbordet som kommer från hennes barndomshem. Hon riktar blicken mot mig, men ser mig inte längre. Min mamma befinner sig långt borta och de traumatiska minnesbilderna, de som hon aldrig lyckats utplåna, rusar emot henne med våldsam kraft. *Vad hände*, har jag frågat, och dessa två ord, denna enkla fråga, denna utifrån sett legitima önskan att få veta någonting om mordet, kastar nu min mamma i avgrunden. Förtvivlad försöker jag ta om henne men hon märker det inte. Mot dessa minnen finns ingen tröst.

Jag tar sista flyget hem till Stockholm den kvällen. Planet är försenat och jag väntar fylld av vemod i ett undangömt hörn på

Kastrup och anländer till Arlanda mitt i natten. Serveringar och taxfreebutiker är stängda och den lilla skaran passagerare vandrar i svagt ljus förbi passkontrollen och igenom bagageutlämningen. Jag löser en parkeringsbiljett i automaten och går ut till min bil. *Arlanda* står det med blå neonbokstäver på terminalens fasad och de speglar sig i regndiset och uppfyller nattmörkret med ett blåkallt sken. Huttrande av ödslig ensamhet vrider jag på startnyckeln men bilen startar inte. Jag försöker igen tills bilbatteriet ger upp och hittar efter en stunds letande en vakt som hjälper mig. När bärgningsbilen är beställd vänder jag långsamt tillbaka till bilen igen, och det är först då de syns, de ensamma människorna som sitter hopkrupna längs kulvertens väggar och utanför terminalen. De hukar tätt intill byggnaden under det smala utskjutande taket i ett hopplöst försök att skydda sig mot regnet. Detta är också Arlanda, tänker jag, men det är en flygplats som jag aldrig tidigare har sett. Ett Arlanda som är porten ut, men aldrig in, för dessa bylten med uppdragna huvor, för flyktingar utan fristad som ingen vill ta emot, för ett slags mänskliga fåglar på väg från ingenstans till ingenstans, men ändå alltid på väg. Så här ser världen ut varje dag, varje natt, men det är först i natt den gör sig synlig. Vid Arlanda sammanfaller världens smärta och min egen, i dessa okända människors och mitt eget gråtande hjärta.

Vad jag inte vet då, men som framkommer senare, är att mamma samma kväll som jag lämnar Köpenhamn, ringer upp sin kusin Monica. De har bara träffats en enda gång efter mordet, men då inte berört det med ett ord. Nu ber mamma att Monica ska berätta för mig och mina systrar om det som hon själv inte förmådde tala. De gör en överenskommelse. Vi ska få veta vad som hände, men först när mamma inte längre finns i livet.

Ett halvår efter mammas död kontaktas jag och min syster av Monica. Hon framför sitt uppdrag.

Vid halvfemtiden den 7 mars 1932 kommer Monica hem från skolan, sticker in sin nyckel i låset för att öppna men upptäcker att säkerhetskedjan ligger på och ringer i stället på dörrklockan. Fredrik öppnar iklädd morgonrock, och Monica noterar att en handske är instucken i nyckelhålet men reflekterar inte särskilt över det. Sofie ligger på knä i salen och tvättar bort en fläck på mattan, och Fredrik förklarar att hon spillt ut lite rödvin. Hjalmar har rest till Göteborg, säger han, husan och kokerskan har fått ledigt och Monica ska få en slant så att hon och min mamma kan gå ut och äta. Monica drar sig tillbaka till ett intilliggande rum och tar fram en bok och sätter sig att läsa. Efter en stund kommer hon på att Fredrik glömt att ge henne pengar. Hon ropar och han kommer genast in i rummet och ger henne tjugo kronor. »Ni kan gå på bio också om ni vill. Ha det så trevligt«, säger han och går ut. Monica fortsätter läsandet och hör konstiga ljud inifrån Karolina Herous rum som ligger vägg i vägg. Det låter som rosslingar och hon känner ett obestämt obehag komma krypande, men gissar att det är kokerskan som lagt sig att vila och snarkar. Efter en kvart, tjugo minuter återkommer Fredrik, tar i hand och säger adjö och därpå hör hon ytterdörren slå igen. Hon går ut i hallen och upptäcker Hjalmars ytterrock, hatt och käpp. Hennes obehagskänsla växer, det är underligt att hans ytterkläder hänger kvar när han rest till Göteborg. När min mamma kommer hem en stund senare berättar hon vad Fredrik har sagt, om de konstiga ljuden från fru Herous rum och pekar på Hjalmars kläder.

Tillsammans går flickorna runt i våningen. De upptäcker att dörren till kokerskans rum är låst men hör stönanden och ljudet av sparkar. De går ut på den långa balkongen som löper längs flera rum. Min mamma lutar sig över balkongräcket och sträcker sig bort mot Karolina Herous sovrumsfönster och ser en skymt av henne sittande i en stol. Sedan visar det sig att också dörren in till Hjalmars sovrum är låst. De ropar på honom men får inget svar.

Klockan är halv sex på eftermiddagen och det är gråmulet ute. Den snötäckta isen på Riddarfjärden kastar fortfarande lite ljus in i våningen och inga lampor är tända. I dunklet ser de först inte blodspåren på mattor och tapeter, men efter hand upptäcker de att någonting förfärligt har hänt. Badkaret är halvfyllt med blodfärgat vatten, en hink i serveringsrummet är fylld med blod och de hittar bloddränkta trasor.

Fredriks vänner Sven Hallman och Arnold Haggren anländer omedelbart när min mamma ringer efter dem. De skickar ut flickorna för att köpa cigaretter och under tiden hinner Hallman kontakta polisen och be grannfamiljen Heyman att ta emot mamma och Monica när de återkommer. På så vis förskonas de från upptäckten av de tre ihjälslagna, husan Ebba Hamn, kokerskan Karolina Herou och min morfar Hjalmar von Sydow.

Ur polisrapporten:

> Måndagen den 7 mars 1932 klockan 6:40-tiden eftermiddagen, meddelade en person som uppgav sig heta Hallman, att någon troligen blivit mördad i en våning 4 trappor upp i huset n:r 24 Norr Mälarstrand, vilken våning beboddes av häradshövdingen Hjalmar von Sydow. Två kriminalkonstaplar begav sig skyndsamt till platsen. Någon minut senare ringde Hallman igen och begärde att läkare måtte tillkallas. Distriktsläkaren Harald Österberg ombads att så fort som möjligt infinna sig å angiven plats. Ytterligare två poli-

ser begav sig till Norr Mälarstrand och undersökning av våningen verkställdes. Doktor Österberg konstaterade att tre personer vore döda, troligen sedan några timmar tillbaka. Andre stadsläkare Gustaf Hultkvist tillkallades för närmare undersökning av de skador som tillfogats de döda, för att få utrönt, vad slags tillhygge som kommit till användning, men detta kunde inte med säkerhet avgöras. Dock hade det sett ut som om något trubbigt tillhygge, såsom t.ex. ett strykjärn använts. Vid undersökning i våningen anträffades inget föremål, som kunde tänkas ha kommit till användning.

I kokerskans rum hittades Karolina Herou sittande i en stol samt Hjalmar som hade släpats från salen dit in. I hans rum fann man husan Ebba Hamn på golvet, också hon ihjälslagen troligen med samma mordredskap.

Det gick inte att fastställa vid vilken tidpunkt dådet begåtts eller i vilken ordningsföljd de tre personerna bragts om livet. Men med ledning av vittnesförhören bör morden ha utförts mellan klockan halv fyra och strax efter fyra, då grannen i våningen ovanför noterar dunkningar lokaliserade till kokerskans rum. När Monica kommer hem från skolan tjugo minuter över fyra, ser hon Sofie tvätta bort fläckar på mattan i salen. Då är mordgärningen slutförd.

Fredrik misstänks omedelbart och polisen går ut med en efterlysning. Sofies roll i dramat är däremot oklar. När Sterner ringer på dörren strax efter klockan fyra, ser han Sofie i hallen när Fredrik öppnar. Hon kan ha anlänt till våningen strax före Sterner, men det är också möjligt att hon kommit tidigare och blivit vittne till Fredriks besinningslösa dåd utan att kunna ingripa. Hur det än förhåller sig, förefaller det osannolikt att hon skulle ha varit delaktig.

Jag vet att Fredrik går mot en katastrof, men jag kan inte lämna honom, grät Sofie. Inte ens när katastrofen är ett faktum lämnar hon honom. Vad tar hon sig till, hur kan hon ha reagerat? Hon måste ha blivit skräckslagen, chockad, paralyserad ... och att försöka undkomma var säkert inte möjligt. Hon har kanske bevittnat hur den unga husan försökt komma undan genom att springa till lägenhetens bortersta rum som är Hjalmars sovrum, och sett hur det slutade.

Sofie börjar städa, en handling i trans och fasa. Om det är Fredrik som tvingar henne eller om hon tar itu med det själv vet man inte. Det ohyggliga måste tvättas bort för det går inte att bära, det måste utplånas, göras ogjort, och med handen på skurborsten utförs också en mental bortstädning. Men när Sofie börjar gnugga fläckar och skölja blodiga trasor i badkaret, händer också något annat. Från att ha varit en oskyldig och livrädd åskådare till Fredriks besinningslösa mördande, görs hon nu i sina egna ögon delaktig i dådet. Kanske är det därför hon inte gör några försök att fly.

TORSDAG DEN 7 MARS 2002. De flydde från Stockholm till Uppsala efter mordet och jag beslutar mig för att göra samma resa som Fredrik och Sofie gjorde. *Upsala Nya Tidning* har en helsida om de sydowska morden. Den 7 mars 2002 är en sorts märkesdag i kriminalhistorien, åtminstone i Uppsala. Sjuttio år har gått sedan 1932 och dramats sista scen utspelades på restaurang Gillet. Jag ringer till tidningsredaktionen och påpekar att bilden på förstasidan inte visar Fredrik som man påstår. Nej, de är medvetna om felet, det föreställer spionen Stig Wennerström som står nära Fredrik på det arkiverade studentfotot. En mördare eller en spion, sak samma, de tillhör båda de fördömdas skara.

Det är en gråregnig marsdag som pockar på uppmärksamhet – det är dags nu – och mitt inre värjer sig. Vad ska jag i Uppsala att göra, vad kan resan ge som jag inte redan vet. Efter lunch tilltar regnet. Jag samlar ihop polisutredningen och går ut till bilen, lägger papperen på passagerarsätet och kör först till Norr Mälarstrand 24 där Fredriks och Sofies flykt började.

Huset finns kvar med sin imposanta portal och jag hoppas att bli insläppt genom att använda porttelefonen som går till företagen i huset. Ett klick i låset och jag smiter in, tar hissen upp till fjärde våningen och ringer på där Sydows en gång bodde. När ingen öppnar går jag långsamt nerför trapporna. Jag hade tänkt mig breda marmortrappor och mörkbonade dubbeldörrar men detta är ett ganska ordinärt trapphus. Här sprang min mamma under hela sin uppväxt, först från våning fyra, och efter morden från våning fem där familjen Heyman bodde, som tog hand om henne fram till studentexamen. Under flera års tid passerade hon varje dag ytterdörren till det som varit hennes hem.

Sofies och Fredriks resa till Uppsala börjar med ett virrvarr av adresser i Stockholm. De hoppar in i olika taxibilar och gör en mängd ärenden. Den första droskan beställs per telefon från våningen vid Norr Mälarstrand. Bilen får vänta en stund innan de kommer ner på gatan, och chauffören lägger inte märke till den järnstång som Fredrik bär gömd under rocken. De begär att bli körda till restaurang Cecil, ändrar sig vid Stadshuset och vill till en pappershandel, ändrar sig igen vid Tegelbacken och beställer Hamngatan 31. Där går Fredrik ur och är borta en stund medan Sofie sitter kvar i bilen och väntar. Adressen är Sven Hallmans. Huset finns inte längre kvar, Hamngatan 31 måste ha legat i Hamngatsbacken som grävdes bort när Stockholms nya city anlades.

Klockan är fem när Sven Hallman öppnar dörren. Fredrik verkar till synes nykter och lugn. De pratar lite om gårdagen då Fredrik och Sofie besökte Skarpö och Fredrik tar fram en ovikt tiokronorssedel som han har lånat av Svens syster, och ber honom återlämna pengarna. Han säger sig ha blivit utmanad på pistolskytte av en god vän och undrar om han kan låna en pistol. Sven Hallman ser ingenting konstigt i det, pistolskytte är någonting de båda håller på med ibland, och överräcker en mauserpistol 7:65 mm till Fredrik. Men ammunitionen är slut och eftersom Fredrik saknar licens går de till Widforss vapenaffär en liten bit bort på Hamngatan och köper tjugofem skarpa skott för 2:25 kr. När Hallman följer med bort till taxin för att hälsa på Sofie får han veta att de är på väg till Operakällaren, och Hallman blir förvånad över att de inte ber honom följa med.

Pistol och ammunition är anskaffad. Den järnstång som Fredrik bär gömd under rocken, kanske för att kunna försvara sig om de grips, behövs inte längre och han gör sig av med den så fort tillfälle ges.

Fredriks och Sofies flykt efter morden kantas av sprit, cigaretter, lugnande medel och nya infall. Vid Operakällaren byter de bil och beger sig till restaurang Tegnér som är »deras« ställe. Klockan är halv sex när de anländer och Fredrik lämnar sin överrock och järnstången i garderoben och säger att han ska hämta stången nästa dag. De slår sig ner vid bord nummer 4, till höger i matsalen närmast entrén. Uppasserskan fröken Tyra Karlsson berättar för polisen: »Mannen hade varit iklädd mörk kavajkostym och kvinnan pälskappa, eller åtminstone kappa med stor skinnkrage. Mannen hade beställt mat, två portioner för kronor 1:50 per styck, samt 15 cl. konjak och en sockerdricka. Maten hade gästerna icke smakat utan endast förtärt spriten. Huruvida kvinnan smakat på groggen vore Karlsson icke säker på, men hon hade för sig, att kvinnan druckit av den av mannen tillagade blandningen av konjak och sockerdricka. Mannen och kvinnan hade haft mycket bråttom och Karlsson hade fått den uppfattningen, att desamma skulle inställa sig å någon viss plats vid ett visst klockslag. Mannen hade betalat den intagna förtäringen med en hundrakronorssedel, varefter båda avlägsnat sig.«

Fredrik betalar med en hundrakronorssedel ur Hjalmars plånbok (cirka 2 500 kr i dagens penningvärde). Det är klart att uppasserskan Tyra Karlsson minns Fredrik och Sofie.

Efter tio minuter lämnar de Tegnér. När rockvaktmästaren

Alf Lorentz Eklund sträcker fram Fredriks överrock, ser han hur Sofie borstar av Fredriks kavaj och skrapar bort ett flertal röda prickar med nageln. Därefter beställs en taxi. Fredrik vill först bli körd till närmaste apotek och sedan till Uppsala. Droskägaren Folke Sigfrid Edvinsson startar bilen och stannar utanför apoteket Leoparden en liten bit bort på Tegnérgatan, där Fredrik går in och köper bromnatriumpulver som är ett receptfritt lugnande medel. Sofie frågar efter närmaste herrkonfektionsaffär där det också kan finnas damstrumpor, och Edvinsson föreslår Carl Axel Pettersson på Kungsgatan där de köper strumpor och en ny kavaj till Fredrik. Taxin väntar i tjugo minuter för att sedan stanna utanför restaurang Vallonen. Efter några minuters besök där startar resan till Uppsala. Edvinsson som först inte trott att Uppsalakörningen var allvarligt menad, gläder sig nu åt en inkomstbringande körning. *Upsala Nya Tidning* skriver:

»Chauffören berättade att han aldrig förr sett en dam byta strumpor i hans bil men det gjorde fru von Sydow. Jag kunde icke underlåta att se det i backspegeln, och jag lade märke till att de voro åtskilligt fläckade. Tydligen hade de kastats bort under färden, ty de voro ej kvar i bilen. Däremot hittade jag i bilen, sedan paret efter motorkrånglet måst taga en annan bil, tio cigarettfimpar, två vita tabletter och märket som suttit på strumporna.« (UNT 11.3.1932)

Vid tvåtiden lämnar jag stan och följer i Fredriks och Sofies spår på gamla Uppsalavägen. Vindrutetorkarna slår över rutan med högsta hastighet, bilarna framför syns knappt i de rykande regnmolnen och jag kör sakta för att inte riskera vattenplaning. En liten mikrofon är fäst på kragen och jag talar in mina iakttagelser på en bandspelare medan jag kör; restaurang Tegnér som numera är en irländsk pub med gröna skyltar och namn på olika ölsorter mellan fönstren, apoteket Leoparden som har flyttat till Sveavägen. Tankarna hoppar till ett samtal för många år sedan med en pensionerad daghemsföreståndare. Bråkiga barn fick en tesked brom inne på expeditionen, och så blev de snälla igen. Det var någon gång på trettiotalet. Snälla och stygga, det var så man delade in barn. Är det de stygga som idag kallas bokstavsbarn, skulle Fredrik ha fått en sådan diagnos om han levt nu?

I Tureberg börjar Fredriks och Sofies taxi krångla och i närheten av Norrviken är det definitivt stopp. Fredrik betalar elva kronor, han är nervös och ber chauffören stoppa första bästa bil. När det inte kommer någon hoppar de i stället på en buss till Norrviken. De besöker Fromholts konditori, ringer droskstationen i Norrviken och sätter sig vid ett bord invid fönstret på verandan och väntar. Klockan är kvart i sju när droskägaren Erik Oskar Valdemar Nordkvist lämnar Norrviken med Fredrik och Sofie i baksätet. »Det var ju bra att den andra gick sönder för den här är ju större och bättre«, hör Nordkvist Sofie säga.

Även jag stannar i Norrviken för att söka efter Fromholts konditori. Hela samhället verkar nybyggt, det är en modern förort med pendeltåget på ena sidan genomfartsleden och ett centrum på den andra, samt en tom parkeringsplatta. Där finns två gröna plastbehållare för krossat glas, en reklamskylt för akupunktur och Qigong, en ICA-skylt – och så regnet. Jag parkerar, fumlar med nya batterier till bandspelaren, trycker ner den i innerfickan och drar huvan över mikrofonen i ett försök att skydda den från vätan, och går lite planlöst bort från centrumanläggningen. Runt hörnet vid ICA-affären dyker plötsligt Fromholts konditori upp, ett gammalt hus insprängt bland allt det nya. Det måste vara det gamla konditoriet som numera kallas Restaurang Pizzeria Norrvikens krog. Det är en sliten villa med omisskännlig karaktär, ett hus med beige sprutputs, falsat plåttak och grönmålad veranda, precis som den beskrivning taxichauffören Nordkvist gav polisen. Intill järnsmidesstaketet växer gamla almar vars stammar delar sig i två armar. Idag är träden drypande av fukt men på sommaren säkert idylliskt grönskuggande.

Det är öppet och jag går in. Glasverandans fönster är utbytta och i överkanten löper en tygkappa av blommig chintz. Bordens ljusa dukar är täckta med plexiglasskivor, i taket brummar en fläkt i gulmetall och på den skarpt skära murväggen in mot huset hänger en kitschig oljemålning i något slags tyrolerstil. Trots detta lyser det gamla konditoriet igenom. Från mitt bord på verandan skulle jag ha kunnat betrakta Sofie och Fredrik. De delar på en flaska Citronil, som är det enda i dryckesväg som konditoriet har att erbjuda, och Fredrik sväljer ett bromnatriumpulver med en klunk. Han spanar nervöst efter taxin som de har beställt, tar fram ett paket Camel ur rockfickan, bjuder Sofie och tänder också en åt sig själv.

Jag bläddrar bland mina papper och dricker en kopp kaffe. Morden sker en måndag, dagen efter Sofies tjugotreårsdag. På söndagskvällen hade de besökt restaurang Cecil och beställt in supé med ostron och champagne. Några dagar tidigare, den 2 mars, hade de firat sin bröllopsdag, också då med ostron, champagne och presenter, som enligt vittnesförhöret med min mamma »icke stode i rimligt förhållande till hans [Fredriks] ekonomiska ställning, vilken hon ansåg vara rätt så dålig«. De hade tagit Waxholmsbåt hem från familjen Hallmans villa i skärgården på söndagseftermiddagen, och Britta Hallman berättade för polisen: »Fredrik von Sydow och hans hustru hade under landsvistelsen varit anmärkningsvärt kära i varandra, vilket även kand. Haggren tyckt. Fredrik von Sydow hade alltid varit oerhört artig emot sin hustru, men fröken Hallman hade aldrig sett att han visat sin kärlek förrän just vid nämnda landsvistelse.« Också Gabi hade noterat att Sofie blivit glatt överraskad när Fredrik ringde henne på måndagen. Det verkar som om någonting hade förändrats i deras relation efter det att Sofie flyttat tillbaka från Malmö till Stockholm i januari.

Fredriks och Sofies flykt till Uppsala avslutas på resturang Gillet där Fredrik sätter punkt. Allt som tidigare sagts och skrivits om deras död har utgått ifrån att det handlade om ett gemensamt beslut, ett »utvidgat självmord«. Men nu när jag granskar vittnesförhören framträder en annan möjlig berättelse. De företar en sista resa tillsammans men med olika destinationer, han för att dö och hon för att överleva. Det finns ingenting som tyder på att Sofie är införstådd med en gemensam död.

Efter vad taxichaufförer och restaurangpersonal beskriver från deras färd till Uppsala efter mordet förefaller Sofie förvånansvärt samlad, något som blir allt tydligare ju längre tid som förflyter. Så länge Fredrik bär järnstången gömd under rocken vet Sofie att hon när som helst kan bli hans nästa offer och följer därför hans infall utan att protestera, vilket liknar en gisslans skräckslagna undergivenhet. Men när Fredrik har lämnat järnstången i garderoben på restaurang Tegnér, förändras också Sofies uppträdande. Hon agerar praktiskt, ser till att strumpor och kavaj köps in i stället för de blodfläckade, kommenterar den nya taxibilen med att den är bättre än den förra. Det är Fredrik, inte Sofie, som oavbrutet måste döva sin ångest med sprit och lugnande medel, visserligen bara brom som är ett ganska harmlöst preparat, men som är det enda han får tag på. Hon gör vad hon kan för att normalisera situationen med vardagligt småprat som kan lätta upp stämningen. Båda vet att det är en tidsfråga innan polisen hinner upp dem och för Sofies vidkommande handlar det om att överleva till dess – tills polisen griper dem.

Vet Sofie att Fredrik har en pistol i fickan? Hon följer aldrig med till Sven Hallmans lägenhet där Fredrik lånar en pistol. Kanske har han sagt att ärendet gäller pengar som ska återlämnas. Ingenting mer.

Jag finns hos dig Fredrik, lovar hon. Han tolkar hennes ord som en överenskommelse om ett gemensamt slut. Sofie tillhör honom, hans smärta är också hennes, de är sammanflätade i samma slutna cirkel som kretsar i ett eget lopp. Fredrik och Sofie är de två förkastade som gemensamt faller, fastklamrade vid varandra. Men hos Sofie har löftet en annan innebörd. Hon ska finnas vid hans sida fram till slutet, till dess han grips.

Regnet vräker ner när jag lämnar Fromholts konditori och återvänder till bilen. Jag plockar bort mikrofonen, lägger bandspelaren i handskfacket och stänger luckan för det finns ingenting mer att säga. Klockan är halv fem när jag är framme i Uppsala och följer ån bort mot det hus där Hotell Gillet låg och där Sofie och Fredrik intog sin sista måltid. Brunt vatten flyter lugnt här en bit nedanför Fyristorg, men i höjd med Gillet forsar ån i en grav av slippriga granitblock med sjok av is hängande längs vattnet. När jag var här i höstas fanns det blomsterstånd och uteserveringar, men nu är det bara isiga kullerstenar, regnigt, råkallt och halt. Folk skyndar mellan affärerna med uppslagna paraplyer eller med ansikten indragna i uppfällda kapuschonger. Alla försöker att vara ute så kort stund som möjligt denna regnmörka eftermiddag. Efter någon timme lämnar jag Uppsala efter att ha tittat in på Gillet som numera är en herrekiperingsaffär. Det är skymning, mörkret djupnar, det regnar fortfarande och gatlyktorna är tända. Jag måste företa mig någonting annat, tänker jag, besöka Ikea eller vad som helst. Men jag kör direkt hem.

KLOCKAN TJUGO I ÅTTA DEN 7 MARS 1932. Droskägare Erik Oskar Valdemar Nordkvist, innehavare av Nordkvists bilstation vid posthuset i Norrviken, bromsar in taxin vid Stadshotellets entré i Uppsala, går ut och håller upp dörren för passagerarna i baksätet. Kvinnan stiger genast ur bilen, medan mannen förblir sittande, liksom sovande eller som om han ännu inte märkt att de är framme. Chauffören böjer sig fram och tittar på taxametern, 24:70 och meddelar summan. Mannen i baksätet rycker till och sträcker fram fem tiokronorssedlar som betalning och Nordkvist hör honom säga till kvinnan: »Vi säger väl att detta blir jämnt« och noterar också att hon inte svarar. När båda har stigit ur bilen och står på trottoaren frågar Nordkvist om han får hämta dem när de önskar återresa men mannen svarar då att de är bosatta i Uppsala, varpå Nordkvist kör från platsen.

Portieren på Uppsala Stadshotell, Nils Magnus Eriksson, slår igen liggaren och lägger tillbaka den under disken. Han skakar på huvudet, alla rum är upptagna, men mannen tycks inte förstå och reagerar inte på beskedet förrän kvinnan som han har i sällskap rycker i hans arm. Då tar han ett steg tillbaka, tittar först uttryckslöst på portieren men lyfter sedan artigt på hatten och vänder sig om för att gå. Kvinnan som uppfattar de knastriga nyheterna från en radio i hotellobbyn, drar med sig mannen som sjunker ner i en fåtölj. Hon kastar en blick på klockan, letar i handväskan, tar upp en cigarett, tänder, röker hastigt ett par bloss, och ställer sig tätt intill apparaten. Just då avannonseras nyhetssändningen och väderleksrapporten tar vid.

> Ett kraftigt oväderscentrum mellan Island och Norge rör sig i sydostlig riktning över Danmark och norra Tyskland mot Polen. Härvid förskjuts ett högtryck mot norr vilket medför hård vind till storm längs svenska ostkusten med snöfall därstädes. Temperaturen är minus två grader. Ett på sina ställen 30 cm tjockt snötäcke täcker området mellan Stockholm och Uppsala. Hela Bottniska viken är täckt med is och alla fyrskepp i Bottenhavet har lämnat sina stationer. I övriga Östersjön förekommer drivis ...

Kvinnan står kvar med den brinnande cigaretten och går sedan fram till det lilla bordet som står bredvid mannen i fåtöljen, och krossar fimpen mot askfatet. Hon böjer sig och hjälper honom att resa sig och tar honom under armen medan de går bort mot svängdörrarna. Vi återkommer senare om det blir något återbud, nickar hon mot portieren när de går ut.

Bort ångest, mumlar mannen. Kan en sån som jag kallas människa? Under ett fasans ögonblick bröt hunden inom mig fram. Kopplet höll inte, Sofie. Den fostran jag fick för att klara mitt eget kaos brast. Det finns ingen mening med den långa resan hit. Hör du det, varför går vi här på den satans gatan. Vart ska vi gå tycker du, ner till ån kanske, jag kan hoppa först, jag bryr mig inte om platsen bara det blir ett slut, jag måste bort. Det är slut nu, Sofie, vi fick en frist och den var totalt onödig, vi kunde ha hoppat från kajen vid Norr Mälarstrand och förkortat min ångest. Jag går och halkar fram, irrar i dödsskuggan, det skymmer och klockan klämtar, jag går och går, bara går och har redan kallnat, famlar efter fars slocknande blick. Det var inte jag som dödade dem. Sofie, hör du det. Jag dödade dem inte. Försvinn, stick åt helvete, lasta mig inte med ditt meningslösa offer ... eller gör det om du vill, jag bryr mig inte, jag måste bara bort. Jag går och halkar fram, irrar, det skymmer, det slocknar visst och klockan klämtar. Jag går och går, bara går.

Portvakten Karl Edvin Andersson skottar bort snön utanför porten till Drottninggatan 63, och ser en man och en kvinna streta mot vinden och följa gatan ner mot Fyristorg. Butikernas skyltar slår i vinden, blåsten drar upp snö som sveper runt gathörnen och paret halkar och snubblar fram. I övrigt är det folktomt för ingen utan ärende är ute denna kväll. En spårvagn glider ljudlöst nerför backen och stannar i ett snömoln, men paret stiger inte på utan fortsätter mot ån där de blir stående och lutar sig mot broräcket. Portvakten Karl Edvin Andersson följer dem med blicken och ser hur mannen tar ett steg tillbaka för att sedan kasta sig mot broräcket och luta sig ut över ån.

Herrejävlar, ska han hoppa? Karl Edvin Andersson vänder sig om i obehag, stampar av sig snön, ställer ifrån sig snöskyffeln och går in genom porten.

En bilist i en Buick av årsmodell 27, bromsar in när en man plötsligt vacklar ut i körbanan. Han ser hur en kvinna drar och nästan släpar upp honom på trottoaren igen. De halkar på isiga gatstenar och pulsar med lågskor i drivsnö. Vart går de, vart är de på väg? Vinden ökar till storm och sikten försvinner i snörök.

Håll om mig, Fredrik, jag fryser.

Han stelnar till. Gå, vill han säga, men orden fryser fast i kylan. I stället slår han upp kragen på sin grå ulster och kör ner händerna i rockfickorna. För varje steg känner han pistolen i sin vänstra byxficka dunka mot låret. Han lägger inte sin arm kring hennes axlar och drar henne inte intill sig. För varje steg ökar hans avstånd till Sofie.

Försvinn!

Håll om mig.

Far åt helvete!

Jag är hos dig, Fredrik.

Jag vill inte ha dig!

Hon måste nå honom och drar in honom i en portgång och pressar sig emot honom. Rykande kyla, rasande hetta. Deras tid tillsammans rinner ut.

Jag finns hos dig Fredrik. Jag stannar tills polisen hinner upp oss.

Och sen?

Det finns en fortsättning. Vi har ett barn, Fredrik.

Hennes iskalla hand kring hans nacke. Hennes snödränkta hår mot hans mun. Hennes heta andedräkt mot hans öra. Han öppnar motvilligt sin rock och sveper ulstern runt hennes späda gestalt. De står intill varandra, de håller om varandra, de klamrar sig fast vid varandra och sjunker ner på trappstenens kyla. Fredrik och Sofie. De är en kropp nu, de är varandras andetag, en varelse med samma blodomlopp, ett förtvivlat vi mot världen utanför.

Följer du mig, frågar han.

Sofie svarar inte. Det är mörker och snöyra. Hon vinkar till sig en taxi. Kör till Gillet, säger hon när chauffören öppnar dörren.

RESTAURANG GILLET. Vaktmästare Ernst Gustaf Norman, anställd i garderoben på Gillet, hör ljudet av en bildörr slå igen och hälsar på kandidat von Sydow som tillsammans med sin hustru kommer genom entrén. Han ser hur de båda slår sig ner vid ett bord i Skeppet, som den bortre delen av matsalen kallas. När polisen senare förhör Ernst Gustaf Norman, försöker han minnas tidpunkten, och bestämmer den till strax före klockan åtta på kvällen.

Sofie behåller kappan på som om hon väntar på bussen eller spårvagnen som har blivit försenad i snöovädret, men i själva verket väntar de på att ett rum ska bli ledigt på Stadshotellet, eller hoppas att något rum ska bli ledigt, eftersom det är där som de ska tillbringa sin sista natt tillsammans. Hon har på sig kappan eftersom de strax ska lämna krogen, men Fredrik hänger av sig rocken i garderoben. Han vet att de inte kommer att hinna tillbaka till hotellet innan polisen hinner upp dem och vill bli av med rocken för att snabbt få tag i pistolen som han har i byxfickan.

De slår sig ner vid ett ledigt bord längst in i restaurangen där de har uppsikt över de andra gästerna och härifrån, genom ett brett valv, kan de också se vilka som kommer och går genom restaurangens entrédörr. De har just anlänt och är redan på väg och kunde ha nöjt sig med en kopp kaffe, men när kyparen kommer fram till deras bord beställer de samma meny som de brukar, ostron, kaviar och champagne.

Vad säger de till varandra, vad har de att tala om, vad finns att tillägga? Förmår de ens att tänka eller är kanske mordet bortsuddat ur deras medvetanden?

Fredrik och Sofie sitter bredvid varandra. Servitören Sven Berggren sopar bort smulorna på duken med en servett, lyfter över en vas med rosor från bordet intill och dukar fram två kuvert. Han häller upp champagnen och serverar ostronen. Men Fredrik lyfter inte glaset och skålar, glasen står orörda, skummet löser upp sig på ytan och pärlandet avtar. Sofie tar inte citronklyftan som ligger på tallrikskanten och pressar över ostronen. De sitter tysta, skjuter faten åt sidan och beställer i stället in frukt.

De flesta gästerna i restaurangen är studenter, Gillet är deras krog, de sorlar i matsalen, dricker och äter och röken tätnar under det nikotinbruna taket. Det är en vanlig måndagskväll i Uppsala och ett litet musikkapell spelar fast inte till dans utan mer diskret, som bakgrundsmusik. Man spelar det som önskas. Vi vill höra Tiggarstudenten, spela Glada änkan ... publikens rop tilltar under kvällen liksom skratten och sorlet.

När klockan är strax före tio återvänder Fredrik och Sofie till Stadshotellet för att ännu en gång få beskedet att det inte finns något ledigt rum. Där träffar de tre herrar, som Fredrik bara känner flyktigt. En av dem, en av tidningarnas namnlösa vittnen som presenteras som en yngre läkare, återger vad som hände under Fredriks och Sofies sista kväll.

»Jag kände verkligen von Sydow ytterst litet«, berättar läkaren, »och hade bara träffat honom ett fåtal gånger. Detta visar bättre än något annat, att han inbjöd oss alla tre bara därför att han och hans fru, som jag inte tidigare träffat, inte kunde fortsätta ensamma längre. Nu efteråt har en del egendomligheter från i går kväll framträtt klarare i belysning av vad som inträffade.

Klockan var ungefär tio när vi kom ut från Gästis abonnentmatsal efter vår supé, då vi mötte paret von Sydow i vestibulen. Fredrik slog då ut med händerna och utropade: Mina herrar, jag bjuder på supé. Vi gjorde en del invändningar, men lät slutligen övertala oss att följa med. När det blev fråga om att flytta över till Gillet, som ligger hundra meter längre bort, sade fru von Sydow: Min kåre Fredrik, jag vill absolut inte gå mellan Gästis och Gillet. Det är så många hus emellan. Då yttrade von Sydow åt oss: Min fru är en gentleman, varpå han lät portieren beställa en bil. När vi sedan for den lilla omvägen över Drottninggatan upprepade hon plötsligt igen: Här ser du, det finns många hus.

Vi var naturligtvis en smula konfunderade över dylika repliker, men tänkte då inte så allvarligt på saken. Dock föreföll mig fru von Sydows beteende ytterst egendomligt.

På Gillet var en stor korg med frukt placerad på deras bord jämte ett fång rosor. von Sydow beställde in ostron och champagne till oss, varpå han med den utsöktaste älskvärdhet höjde sitt glas och hälsade oss välkomna till den lilla festen.

Nu inträffade emellertid det egendomliga. Under den korta stund som vi var tillsammans – kanske cirka 20 minuter – hände det märkligt nog att samtalet gång på gång fullständigt avstannade, något som knappast var tänkbart i ett lag där von Sydow befann sig, allra minst om han presiderade. Han var ju kolossalt berest och besatt en andlig vitalitet som få.

Under samtalet nämndes vid ett tillfälle bland annat ordet Långholmen, varvid fru von Sydow anmärkte: Där brukar jag varje dag valla min unge. Vidare kom vi in på reinkarnation och dylika spörsmål, varvid paret von Sydow bland annat resonerade om, att man alltid träffas så småningom efter döden. Under hela denna tid var samtligas uppträdande ytterst lugnt och behärskat. Det rådde en god, men visst inte särskilt uppsluppen stämning vid bordet, som man kan förstå, och det är min fasta övertygelse att även fru von Sydow mycket väl kände till hela historien från Stockholm.

Det bevisas bland annat vid att hon omedelbart följde maken när han på vaktmästarens uppmaning gick ut för att träffa de 'vänner' som i själva verket var detektiver. Vi som var gäster var förstås förvånade att överges av både värd och värdinna på en gång, men båda försäkrade att de snart skulle vara tillbaka.« (DN 9.3 1932).

Klockan är tjugo minuter över tio när hovmästaren kommer fram till deras bord. Fredrik och strax därefter Sofie, reser sig och följer med ut till restaurangens vestibul som ligger en halv trappa upp från gatan räknat. Där väntar en civilklädd polis som ber Fredrik komma med ytterligare en våning, men när han har tagit några trappsteg vänder sig Fredrik plötsligt om och springer ner till Sofie som sitter på en stol i vestibulen. Poliserna ser hur han böjer sig fram och viskar några ord i hennes öra. Innan de har hunnit fram, har Fredrik dragit sin pistol och skjutit först Sofie och sedan sig själv i tinningen.

I Fredriks fickor hittade polisen följande föremål, som antecknades för att sedan återbördas till de efterlevande: Rockfickan: Hjalmars plånbok med en norsk femkronorssedel, en checkräkningsbok från Svenska Handelsbanken, 10 st. pantlånekvitton, 10 st. visitkort med Hjalmar von Sydows namn, 4 st. inträdeskort till olika ställen, 1 st. nota från Gästis, 1 st. räkning från Lundequiska bokhandeln, 2 st. pennor, 1 st. rakblad, en almanacka, ett brev ställt till Hjalmar utan kuvert. Byxfickan: 7 st.

nycklar. Västfickan: 75 kronor. Kavajfickan: Ett paket Camel, 4 st. bromnatriumpulver i en papperspåse från apoteket Leoparden.

Flera år senare kontaktar polisen de anhöriga. Man önskar att få Fredriks efterlämnade föremål avhämtade, och det råkar bli min pappa som tar telefonen. Han hämtar Fredriks saker, förskonar min mamma från detta uppdrag, och tar bilen bort till Frihamnen där han slänger allt i vattnet. Polisen behöll de två kulorna som fortfarande förvaras i polisarkivet. De ligger i varsitt litet ljusgrönt kuvert med namnen skrivna i svag blyerts. Jag öppnar kuverten och betraktar dem i min handflata, två små glänsande projektiler som på en tusendels sekund släckte deras unga liv. Deras död blir plötsligt alltför påträngande och jag lägger snabbt tillbaka kulorna i kuverten.